CON AMOR, MAMÁ

 Planeta Internacional

ILIANA XANDER

CON AMOR, MAMÁ

Traducción de Julia Osuna

Planeta

Título original: *Love, Mom*

© Iliana Xander, 2024
© por la traducción, Julia Osuna Aguilar, 2026
© Editorial Planeta, S. A., 2026
Avda. Diagonal, 662-664, 08034 Barcelona (España)
www.editorialplaneta.es
www.planetadelibros.com

© de la imagen del interior: brgfx / Freepik

Primera edición: marzo de 2026
ISBN: 978-84-08-31604-6
Depósito legal: B. 447-2026
Composición: Realización Planeta
Impresión y encuadernación: CPI Black Print
Printed in Spain - Impreso en España

PRÓLOGO

No le he hecho daño a nadie en mi vida, pero en estos momentos le pegaría un puñetazo a la cara que me mira desde la primera plana de un periódico de tirada nacional. Una fotografía de ella, con el carmín rojo y el pelo largo negro azabache que la caracterizan. La carita de ángel de un monstruo.

HALLAN MUERTA
A UNA ESCRITORA SUPERVENTAS
Elizabeth Casper, de 43 años, más conocida como A. Z. Ganven, autora de truculentos *thrillers*, fue hallada muerta en lo que parece ser un «accidente improbable».
La sobreviven su marido, Ben Casper, y la hija de ambos, Mackenzie Casper, de 21 años.
El mundo entero ha quedado conmocionado ante la trágica pérdida de un alma tan talentosa que nos ha dejado demasiado pronto. Por todo el planeta, sus fans se reúnen en vigilias para rendir un multitudinario tributo a esta genialidad de las letras.

Cuántas mentiras juntas...
Esa sonrisa fría se burla de mí desde el periódico, que

me tiembla en las manos, y siento unas ganas inmensas de romperla en dos y borrarla de mi memoria.

Se lo ha buscado ella solita.

Merecía morir.

Y ojalá hubiera sido antes.

PRIMERA PARTE

1

MACKENZIE

Seguramente no volváis a ver otro funeral como este, uno sin una sola lágrima derramada.

El funeral de mi madre es la función más rimbombante del año, o puede que de toda su vida.

La muchedumbre de seguidores a las puertas del tanatorio de Saint John no lo sabe. Creen que esta numerosa concentración es natural, no tienen ni idea del dinero que se ha invertido en publicidad, en *influencers*, en columnas de cotilleos o en *booktubers*.

Desde que mamá ha muerto, sus novelas han vuelto al número uno de las listas de más vendidos.

«¡Mira, mamá! Incluso muerta, todo el mundo sigue sacando tajada».

Los titulares de la prensa han sido una locura toda esta semana, venga a proponer todo tipo de teorías disparatadas.

A. Z. GANVEN MUERE DE FORMA TRÁGICA
EN LA CÚSPIDE DE SU CARRERA.
ACCIDENTE O...

9

Esa es la razón por la que ha venido el tipo que se encuentra al fondo de la sala. De mediana edad, con un gracioso bigotito, vestido con traje y corbata.

—Este acto es privado. Haga el favor de irse —le dice en un susurro tajante mi abuela, que, en cuanto se aleja del hombre, borra la sonrisa.

No hay que ser la más observadora del mundo para ver que lleva una pistolera bajo el traje de chaqueta: es inspector de policía. Vino a casa hace dos días. Le abrí yo la puerta y se puso a preguntarme por mi madre, hasta que la abuela apareció y se abalanzó sobre nosotros como una gallina furiosa.

—Mackenzie, déjanos solos, por favor —me ordenó al tiempo que se interponía entre el policía y yo; luego, cuando doblaba ya la esquina del pasillo, la oí decirle al tipo en tono cortante—: Debería darle vergüenza... Interrogar a una cría que acaba de perder a su madre.

Ahora el hombre se ve obligado a irse una vez más.

Tanto la prensa como los blogueros llevan días sugiriendo todo tipo de teorías disparatadas sobre la muerte de mi madre. Según los investigadores del caso, la verdad es mucho más banal: mi madre resbaló, se cayó y se abrió la cabeza con una piedra mientras estaba dando su paseo diario por el bosque que hay al lado de casa.

«Muerte accidental», lo han llamado. Casualmente, los libros más vendidos de mi madre están llenos de muertes accidentales y otros percances.

No me malinterpretéis, seguro que hay gente que está muy afectada.

Como la arpía esa de Laima Roth, aquella que está allí hablando con el editor como si esto fuera una reunión de trabajo normal y corriente. Afectadísima, claro, después de veinte años siendo la agente de mi madre: ya puede ir olvidándose de los futuros lanzamientos que tenía pensados. Aunque no me cabe duda de que sabrá seguir exprimiendo el asunto con ediciones especiales, bordes en pan de oro, cofres y lo que se les ocurra. Esta empresa nunca se agotará.

A mamá la incineramos hace unos días en un acto íntimo al que solo asistieron una docena de personas o así. Allí tampoco hubo lágrimas.

Este funeral es puro márquetin. Para los «amigos», han dicho, para que puedan presentarle sus respetos. El respeto era algo que mi madre valoraba mucho, pero ¿los amigos? No tengo claro que tuviera alguno de verdad, aunque por los discursos floridos que llevan dando en las últimas dos horas cualquiera diría que era la mismísima Shakespeare.

Las calles de alrededor están plagadas de gente, mientras que en el salón del homenaje reina un silencio algo inquietante, con susurros que retumban contra las paredes.

A un lado de la sala han colocado ampliada la típica foto de libro de mi madre, con una blusa de encaje de cuello alto y unas rosas rojas de fondo. «A. Z. Ganven», reza debajo. El fotógrafo, un cuarentón con pinta rara que ha contratado la editorial, está sacando fotos desde todos los ángulos posibles. Del editor, las agentes, mi padre. Me ha pedido que pose yo también, pero me he negado.

«Que les den a todos».

Al otro lado del pasillo hay una fotografía de mamá en su estudio. Va supermaquillada y recién salida de la peluquería, pero tiene un aspecto soñador, sentada ante una estantería de libros. Su nombre real, Elizabeth Casper, aparece bajo el retrato desenfadado. Esta versión es para otras fuentes, como el periódico local, la iglesia a la que va la abuela y las organizaciones benéficas a las que mi madre hacía donaciones.

Yo prefiero quedarme al fondo de la sala, lejos de los focos, cerca del abuelo, que siempre ha pasado de mi madre. Y de mis pintas, ya puestos.

A la abuela sí que le importan. Antes, en casa, me ha pedido que esta vez no me pusiera el pintalabios negro y el delineador grueso que siempre utilizo.

—Y ponte algo apropiado.

Yo casi siempre voy de negro. Lo que, casualmente, es de lo más apropiado para un funeral. Igual que el delineador y el pintalabios negros con los que me he maquillado de todos modos.

La abuela, por supuesto, va vestida de Dior y engalanada con joyas caras. Se asegura de hablar con todos los asistentes.

Mi padre va vestido con un traje negro que le queda perfecto y está bastante elegante. Tiene algo de mala cara, pero seguramente sea por la falta de alcohol. Mis abuelos viven a solo cuatro horas, pero llevan en casa desde que murió mi madre. La abuela lo tiene controlado para que no empine el codo demasiado temprano. Con mi madre fuera de la película, ella se enorgullece de haber tomado las riendas de la casa.

¿Y yo? Me gustaría llorar, de verdad que sí, pero todavía no me ha calado lo ocurrido. Quiero sentirlo, pero siempre tuve la sensación de que mi madre pasaba de mí.

En los últimos años lo viví con mucha amargura y nos fuimos distanciando.

Mi mejor amigo, E. J., dice que lo mío es duelo retardado, pero quizá solo soy una desalmada. Le pedí que no viniera porque no quería que mi mejor amigo viese lo neurótica que lleva siendo mi vida desde, en fin..., prácticamente desde que tengo uso de razón.

Lo veré luego en casa, donde esta noche daremos una fiestecita con cáterin para nuestro «círculo más íntimo». Yo estoy convencida de que será una fiesta, por mucho que hayan dicho que será una «celebración de la vida».

Miro a mi alrededor y tuerzo la cara cuando veo que una silueta conocida se acerca a mi padre y le estrecha la mano. Es el rector de la universidad a la que voy. Aparto la vista y miro al techo con hastío. Mamá se codeaba con él. «Lo hago por tu futuro», me dijo una vez. Incluso dio una clase magistral en mi universidad y, por supuesto, donó un dinero. No me extrañaría que le pusieran un monumento o algo por el estilo.

También está la terapeuta de mi madre. Dos de sus editoras. Sus tres ayudantes. El abogado de la familia. La mayoría de sus «amigos» eran simplemente gente con la que tenía una relación de trabajo estrecha.

Quiero llorar, de verdad que sí, pero no lo consigo. En esta última semana desde el accidente, que he pasado en casa de mis padres en vez de en mi piso de la ciudad, no he parado de pensar en ella, en la relación que teníamos en nuestra pequeña familia neurótica. Me da pena, pero supongo que no es la pena abrumadora que debería estar sintiendo.

Veo que mi padre mira el móvil y se aleja precipitadamente del bullicio para dirigirse a la puerta, donde reparo en un hombre con gorra que se da media vuelta y se aleja. Mi padre lo sigue.

Sería un gran momento para decirle a mi padre que me duele la cabeza y que creo que me va a dar una crisis nerviosa —todo mentira, por supuesto— y que tengo que irme. Bullo de emociones por dentro, pero no logro distinguirlas. Lo que quiero más que nada es estar lejos de esta gente.

Salgo al vestíbulo vacío que conecta con otro pasillo pequeño y veo allí a mi padre hablando con el desconocido, al fondo del todo.

Empiezo a acercarme y voy cada vez más lenta cuando oigo en un susurro:

—Eres escoria.

¿Cómo?

Me pego a la pared, tras la puerta, donde ellos no me ven pero yo los oigo perfectamente.

—Aquí no —sisea mi padre—. ¿Cómo te atreves?

—¿Que cómo me atrevo? Tengo todo el derecho a estar aquí.

—Lárgate. Pero ya.

El hombre suelta una risa socarrona por lo bajo.

—¿Sospecha algo?

—¿Quién?

—Mackenzie.

El corazón me da un respingo al oír mi nombre.

—A mi hija ni la nombres.

—Ah, entonces ¿ella no sabe nada? Bien jugado, Benny.

¿Benny? ¿Mi padre? Nadie lo llama así...

—Te he dicho que te largues —insiste más desesperado mi padre—. Vete y... ya está. Ya hablaremos más adelante.

Me acerco más a la puerta para escrutar al otro lado, pero el parqué macizo que hay bajo la moqueta cruje, cruje con ganas.

«Maldita sea».

Me quedo inmóvil como un ciervo ante los faros de un coche. Oigo pisadas amortiguadas, mi padre, que se acerca a la puerta. En cuanto me ve, pone cara alarmada.

—¿A qué ha venido eso? —le pregunto, y miro al otro lado de la puerta, pero el hombre misterioso ha desaparecido.

Mi padre se enjuga la cara con ambas manos.

—No es nada.

—¿Estabas discutiendo con él?

—No, bonita, solo estábamos hablando. —Mete la mano en el bolsillo interior de la chaqueta y la saca con una petaca.

—¿Conoces a ese hombre?

Mi padre da un trago nervioso y luego suelta el aire lentamente.

—No lo había visto en mi vida.

Menuda mentira.

Se guarda la petaca de nuevo en la chaqueta y luego me guiña un ojo y me pregunta:

—¿Tú estás bien?

—No soporto estar aquí. Esa gente... —No termino la frase, pero, con cara de hastío, miro hacia el salón.

—Ya lo sé, lo sé. —Mi padre cierra los ojos y se pellizca el arco de la nariz.

—Y tú, ¿estás bien? —le pregunto.

Mis padres no es que fueran precisamente la pareja ideal. Sobre todo en los últimos tiempos. Se peleaban más que nunca, y eso era solo lo que yo veía los fines de semana que iba a su casa, porque llevo dos años viviendo de alquiler en un pequeño estudio en la ciudad, que me pilla más cerca de la universidad.

Mi padre inspira con fuerza, suelta el aire resoplando y luego logra esbozar una sonrisa falsa.

—Sí, bonita. —Me da una palmadita en la espalda—. Todo saldrá bien. Si quieres irte, vete tranquilamente.

—Te veo en casa —le digo, y me alejo por el pasillo que lleva a la salida de atrás.

El numerito más espectacular vendrá fuera, en cuanto salgan todos del edificio. Son los fans de todos los rincones del país los que de verdad están afectados por su muerte. La editorial ha mandado a alguien del gabinete de comunicación para dirigir el evento. Sí, lo llaman «evento». Han contratado a un grupo de actores para que provoquen caos y confusión, griten obscenidades y profanen fotografías de mi madre mientras proclaman que A. Z. Ganven es el demonio. Porque, como ya se sabe, no hay publicidad mala. Lo sé porque me han informado de antemano. Justo después de firmar un contrato de confidencialidad. Esta farsa conjurada en secreto por el gabinete de comunicación está pensada para que las ventas de sus libros se disparen.

Por supuesto, yo no pienso aparecer por ahí; no quiero verme ante una manada de paparazzi y fans enloquecidos.

Exhalo aliviada cuando salgo por la puerta trasera del edificio y, tras asegurarme de que no hay nadie en el aparcamiento, voy hasta mi coche.

Me suena el teléfono.

—Menos mal —digo nada más cogerlo—. Me estoy largando ya.

—Tranqui, Mordicia, ya casi ha acabado todo. —La voz tranquilizadora de E. J. es como un bálsamo para mi alma.

—Vas a venir a casa de mis padres, ¿verdad?

—Ya voy de camino. Lo mismo llego antes que tú.

—Ten cuidado con los paparazzi delante de la verja principal, ¿vale? —Pulso el botón para abrir el coche y abro la puerta—. Seguro que habrá... Un momento. —Hay un sobre en el asiento del conductor; arrugo el gesto, confundida, y lo cojo—. Espera, E. J. —Pongo a mi amigo en altavoz, me siento y estudio el sobre—. ¿Qué leches es...?

—¿Estás bien? —me pregunta.

—No lo sé —digo con el corazón desbocado mientras leo lo que pone en el sobre.

De tu fan número 1. ♡

2

En los círculos literarios, la fama llega en forma de buenas críticas, correo de fans, acosadores y, de vez en cuando, algún frasquito de orina o una prenda íntima manchada de sangre. Sí, hay gente muy loca suelta por ahí. Y no entraré en cosas más macabras, que de eso también hay para rato...

Nerviosa, miro por las ventanillas del coche. El aparcamiento está lleno, pero no se ve a nadie.

—Kenz, ¿qué pasa? —me pregunta por el altavoz E. J., preocupado.

—Correo de fans —respondo devolviendo la atención al sobre.

—¿Alguna cosa loca?

—Lo loco es que esté dentro de mi coche.

—¿Se te habrá olvidado cerrarlo?

—Qué va, tío, tan tonta no soy. Espero que no sea ricina ni nada parecido. Debería tirarlo y ya está.

—¡Ábrelo! A lo mejor tiene gracia.

A E. J. siempre le emocionan las historias de fans de mi madre.

—Vale, venga. —Rasgo el sobre para abrirlo.

18

Separo los bordes cuidadosamente con las puntas de mis negras uñas y miro el interior. Con los fans hay que andarse con mucho cuidado. Cosas más raras se han visto. La gente le manda todo tipo de objetos a mi madre. Cartas de amor, de amenaza, sus propios libros manuscritos, juguetes, galletas, mechones de pelo. Un bote de orina... Eso dio bastante asco. Hubo un tipo que le mandó un montaje con una foto de él y ella juntos y semen por encima.

—Venga, suéltalo. ¿Qué es? —pregunta con impaciencia E. J.

—Se ven unas hojas dentro. Seguramente sean cartas lacrimógenas de alguien.

—Léelas.

A E. J. le encantan todas estas cosas raritas. Terminó la carrera en mi misma universidad hace un año y ya está trabajando por su cuenta de informático para varias empresas. Ahora es posible que sea un programador brillante que con veintitrés años se saca más pasta programando movidas que el adulto medio. Pero cuando yo lo conocí, hace ya varios años, era el típico friqui. Me contó que había tenido que repetir el segundo curso del instituto porque no había ido a clase y se había pasado el año en su casa con el ordenador. Sigue siendo un friqui, lo que pasa es que encontró un grupito de gente muy parecida. A veces, eso lo es todo en la vida.

Saco los papeles del sobre y los desdoblo.

La carta está escrita a mano y consiste en tres hojas con un lado irregular, como si las hubieran arrancado de un cuaderno.

—¡Venga! —me insiste E. J.

—Tranquilo, hombre. La paciencia es la madre de la ciencia, ya lo sabes.

En la primera página solo hay un par de líneas escritas, que leo en voz alta:

¿Quieres saber un secreto?
Con amor, mamá.

3

—Pero ¿qué...? —digo indignada, aunque luego miro la segunda hoja y se me pone el vello de punta.

En el papel veo nombres que conozco, una fecha de hace veintidós años en la esquina superior izquierda. Ubicación: Old Bow (Nebraska).

Si es una broma de mal gusto, desde luego quien sea se lo ha currado bastante, porque conozco ese pueblo: es donde mis padres fueron a la facultad, hace más de veinte años.

—Mordicia, ¿estás ahí? —pregunta E. J.

—Oye, te llamo ahora.

—¿Va todo bien?

—Sí, luego te llamo.

—Más te vale.

Durante los siguientes cinco minutos no me muevo. Leo las tres hojas que contiene el sobre y siento un pellizco en la barriga. Las releo y las vuelvo una y otra vez para asegurarme de que no se me escapa nada.

No sé mucho sobre el pasado de mis padres, pero algo los conozco. La historia de esas hojas parece personal, íntima. Mi madre nunca se molestó en contarme gran cosa. ¿Para qué iba a hacerlo ahora?

«Es complejo», recuerdo que me decía.

Conociendo sus novelas, yo diría que más bien retorcido. Los críticos decían de ella que tenía una imaginación «fascinante». Yo más bien la calificaría de imaginación de pirada total, claramente inspirada en su pasado. ¿Y qué progenitor le habla a su hija de su pasado retorcido?

En lo primero en lo que pienso es en meter las hojas en un baúl gigante lleno de cosas similares que le han escrito a mi madre durante sus veinte años de carrera como escritora. Guarda un baúl en el estudio de casa, un mueble antiguo, gótico, del tamaño de un ataúd, consagrado a las misivas de sus seguidores.

Pero me pica la curiosidad: ¿y si esta carta fuera realmente de mi madre?

Hay algo que puedo hacer para comprobar si es auténtica.

Arranco y pongo rumbo a casa de mis padres.

Viven a una hora en coche de la ciudad. Por eso insistí en mudarme mientras me sacaba la carrera, ya que además mi madre no me dejó estudiar en otro estado. Mudándome a la ciudad por lo menos gané algo de libertad.

Voy a ver a mis padres a menudo, cada dos fines de semana. Pero ahora, desde que murió mi madre, me he estado quedando allí. Por supuesto, la idea fue de mi abuela, para que «nos unamos en la tragedia», en sus propias palabras. Aunque estoy convencida de que no ha sido una tragedia para nadie.

Una hora después enfilo el camino privado que lleva hasta la finca de mis padres. Es una casa de setecientos metros cuadrados en un terreno de dos hectáreas, con residencia de invitados, piscina y un estanque natural, todo ello al lado de un lago rodeado de bosque.

Un guarda de seguridad, al que ha contratado el gabinete de comunicación, me hace una seña para que pase. Pero debería haberme imaginado que con uno no era suficiente, porque cien metros después ahí los tengo, varios hombres surgiendo de entre el espesor con cámaras, sacándome fotos a medida que me acerco a la verja principal.

—Mackenzie, ¿crees que la muerte de tu madre fue un accidente?

—Mackenzie, ¿terminarás tú la novela que estaba escribiendo?

—¡Señorita Casper!

—¡Esto es allanamiento de morada! —les grito por la ventanilla.

Pero ya lo saben y les da igual. Al menos, cuando las verjas de forja se abren lentamente y las traspaso con el coche, no se atreven a seguirme.

Un minuto después estoy entrando en la casa.

Un aroma dulzón y empalagoso me abofetea la cara: cientos de flores enviadas por amigos, compañeros del gremio y seguidores. La casa está llena de personal de la empresa de cáterin, inmerso en los preparativos de la recepción de esta noche.

Voy directa al estudio de mi madre, con el sobre en la mano.

El estudio está cerrado. Mamá era la única que tenía llave, o eso creía ella. Solo se podía entrar cuando estaba ella dentro. Pero yo sé que mi padre tiene una copia porque lo pillé colándose dentro hace unos meses. Mi madre no se enteró, y que ocurriera algo así puede dar una idea de la relación tan chunga que tenían.

Pero ahora debo entrar en ese estudio como sea.

Voy hasta una pequeña máscara indígena que hay colgada en el baño de invitados y hundo la mano en la melena de pelo falso que tiene. La llave del estudio está en la base blanda y gomosa del cráneo.

—Bingo —murmuro.

Mi padre sigue guardándola allí y es un alivio. Me precipito hacia el fondo del pasillo y abro el estudio de mamá, para nada más entrar cerrar a mis espaldas.

Nunca había estado aquí sola, únicamente he entrado estando ella. Si tenía curiosidad por esta habitación es porque siempre la cerraba con llave. Era su refugio para escribir, decía. Pero eso se acabó.

Estoy esperando que me golpee la pena de repente, que se abalance sobre mí aquí, y no en otra parte, pero no veo que llegue. Ni una lágrima. Ni siquiera tristeza, la verdad, tan solo amargura.

Mi madre y yo nunca estuvimos muy unidas. Me han dicho que contrató un pequeño fondo fiduciario a mi nombre con el que pagarme todo lo que quisiera estudiar, pero ya está, nada más. Nada en la herencia, es todo para mi padre. Me gustaría ser una hipócrita y decir que no queremos a nuestros padres por su dinero, pero mi madre ganó millones y no me ha dejado ni un penique aparte del fondo para la universidad. Mentiría si dijera que esto no me cabrea o, cuando menos, me toca la moral. Así que sí, no era muy fan de mi propia madre. ¿Quería darme una lección? A la mierda. Me las arreglaré por mi cuenta.

Ahora mismo lo que quiero es saber a qué viene esta carta anónima. A lo mejor es la lección, que todavía está por llegar. Si esta novatada resulta no ser tal cosa, sino una carta de despedida de mi madre, ya investigaré más concienzudamente otro día.

Lo único que quiero comprobar ahora es un pequeño marco que hay encima del escritorio de caoba gigante. Para mi madre ese marco era —un momento, redoble de tambor, por favor— un recordatorio de todo lo que había conseguido. Ya le vale. Típica palmadita en la espalda. Tras el cristal está la primera página del manuscrito original de *Mentiras, mentiras y venganza*, su primera novela y el superventas de fama mundial que vendió millones de ejemplares y dio a conocer a A. Z. Ganven.

Seguramente esta primera página podría venderse por miles de dólares hoy en día. Está manuscrita en la vieja página de un cuaderno que mi madre utilizaba de joven. Sí, la página es así de antigua, puede tener unos treinta años. Ella empezó a escribir su superventas a los dieciséis. Eso es talento y lo demás son tonterías.

Pero necesito esta pequeña reliquia para compararla con las hojas que he recibido del fan anónimo.

Me siento en lo alto de la mesa —mamá me habría matado—, doblo el soporte del marco para apoyarlo ante mí, aliso luego las hojas del sobre y me pongo a compararlas.

Evidentemente, yo no soy grafóloga ni experta forense, pero me acerco mucho a ambas muestras y las inspecciono letra por letra: el palito superior de las I mayúsculas, que es ondulado; la B, de Ben, el nombre de mi padre, que se riza por abajo; las comas, las comillas, la forma de subrayar palabras, con dos líneas, tanto en la carta como en la primera página enmarcada, justo por debajo de «Prólogo».

A los cinco minutos me duele el cuello de mirar abajo y me escuecen los ojos de entornarlos, mientras una sensación de inquietud se me forma en la boca del estómago. La caligrafía de ambas, la página enmarcada y la carta, es idéntica.

—Ajá —musito para mí.

Aun así, no demuestra que la carta provenga de mi madre.

Pero eso no es lo que me despierta la curiosidad.

Es lo que ha escrito al final:

Este secreto será ahora tuyo.

CARTA N.º 1

Cuando eres joven, no te cuelas por los tipos buenos, sino por los menos recomendables.

El primer amor puede ser tóxico. En ocasiones, una decide aferrarse a él. Con Ben Casper me ha sucedido justo eso.

¿Cómo pude colarme por él? Buena pregunta. A menudo nuestro presente es un collage de nuestros actos pasados. Yo no diría, sin embargo, que mi pasado haya sido un error, si acaso una cadena de acontecimientos deleznables. Aunque ya llegaremos a eso...

La clave, sin embargo, es que en el pasado siempre me rodearon los chupópteros. ¿Ben? Él tenía el don de hacer sentir especiales a quienes tenía cerca. Fue el primero que me prestó atención, y lo hizo con unas maneras que embelesarían a cualquier chica.

Así que me embelesó.

Yo estaba cursando el último año de la carrera de Escritura Creativa. Vivía en un pequeño pueblo universitario, Old Bow, en Nebraska. Se extendía casi cinco kilómetros a los lados de una calle principal y estaba rodeada de bosques muy frondosos. Parecía un lugar aislado, pero a mí me venía bien. En un sitio así mi pasado no vendría a ajustarme las cuentas, o al menos eso creía yo.

La primera vez que vi a Ben fue en el comedor del campus. Yo estaba sacando algo de la máquina expendedora y él se me quedó mirando.

—Bonito carmín —me dijo señalándome los labios con la barbilla—. Color rojo fresa.

No rojo sangre, como decía todo el mundo, sino fresa. ¿Podían decirte algo más romántico?

Me dedicó esa sonrisa aniñada tan característica de él, una que parecía como si hubiera entrado una brisa fresca en una habitación con el aire viciado. Prometía risas fáciles, andar cogidos de la mano y posible mal de amores. Pero una no piensa en lo malo que pueda pasar, ni en que él no esté a la altura o en que sus amigos se estén riendo de ti y dándote repasos condescendientes desde una mesa del fondo. A ti te da igual porque cuando ese chico se acerca a tu mesa, vuelve la vista y te sonríe una vez más y te guiña un ojo, ya no hay quien pare el tamborileo de tu corazón, ni las cosquillitas en la barriga ni los pensamientos que te van a mil por hora con las imágenes de lo que podría pasar si él se molestara en conocerte.

Y resulta que se molestó.

A la semana siguiente vi a Ben en el salón de actos. Esa vez iba solo, sin amigos que lo distrajeran.

—Anda, hola, boquita de fresa —me saludó, y, en cuanto se me acercó, sentí que se me aflojaban las piernas y que me volvía el cosquilleo traicionero en la barriga—. Has sido tú la que ha ganado el concurso de relatos, ¿no?

No pude evitar sonrojarme.

—Sí.

—¡Enhorabuena!

—Gracias.

—Vas a ser la próxima Sylvia Plath.

El corazón me latió emocionado: a él le gustaba leer. No importaba que fuese la semana en recuerdo de Sylvia Plath y que justo lo pusiera en el tablón que anunciaba los premios, en la pared que teníamos al lado.

—Bien hecho, señorita Elizabeth Dunn.

¡Mi nombre! ¡Nunca había sonado tan bien en los labios de nadie! El corazón se me iba a salir por la boca y a rendirse a sus pies... ¡Sabía mi nombre! No importaba que en el tablón de los premios también estuviera mi foto.

—Me llaman Lizzy —murmuré.

—¿Lizzy?

—Lizzy —repetí.

—Lizzy. —Sonrió con ganas—. Yo me llamo Ben.

«Ya lo sé», pensé, pero le dije en cambio:

—Encantada, Ben.

—Encantado, Lizzy. ¿Has escrito más relatos así de chulos?

—¿Te gusta leer?

—¡Claro! Nunca digo que no a una buena historia.

A Ben ni le iba ni le venía leer y casi suspendió la Lengua II de primero. Pero eso no lo supe hasta más tarde. Ni eso ni otras cosas: como que, cuando aprobaba, lo hacía por los pelos; que sus arrogantes padres habían intervenido para que no le suspendieran el bachillerato a su niño; que ya tenía problemas con la bebida; que no le aceptaron en ningún programa de prácticas de empresa; que sus amigos, un grupito muy popular, se reían de mí; que yo fui su pequeño secreto durante meses, hasta que todo en nuestras vidas empezó a descontrolarse y saltó por los aires.

No, eso llegaría más tarde.

Porque aquel día, con él allí delante, mi hambriento corazón solo rogaba que se quedara un minuto más hablando conmigo.

Ben tenía algo que atraía las miradas. Su risa era el sonido más maravilloso del mundo. El hoyuelo que le salía al sonreír hacía que se me aflojaran las rodillas. Y cuando me preguntó tan tranquilamente mi número de busca, con un «me encantaría saber más sobre tus relatos», tartamudeé, me quedé cortada y me sonrojé. Yo no tenía busca, solo un teléfono fijo.

Más adelante escribiré sobre eso, sobre nuestra primera vez, y la segunda y la tercera, sobre los días felices y las noches en vela, las sonrisas tímidas y las lágrimas amargas, las citas alegres y una traición muy fea.

Sin embargo, esa misma noche él me recogió en la puerta de mi casa y me llevó a cenar a su restaurante favorito y luego al cine. Después compramos una botella de vino y varias botellitas de licor y nos fuimos a mi piso, un estudio muy cutre encima del supermercado del pueblo. No pareció nada desconcertado al ver lo pequeño y humilde que era. Yo quise que él lo viera, y sabía que seguramente sería una cosa de una noche, pero me daba igual. «Me pasaré meses escribiendo sobre lo sucedido hoy», pensé.

Bebimos y reímos y entonces él me estrechó entre sus brazos.

—¿También saben a fresa? —murmuró contra mis labios, antes de besarme y susurrar—: No haremos nada que tú no quieras.

Una hora después estábamos los dos desnudos y él hacía todo, pero todo, lo que yo quería que hiciera.

Más adelante esa misma noche, él se quedó tendido en la cama mientras yo me sentaba a su lado y le leía extractos de la novela que llevaba años escribiendo. Él me miraba con sus rutilantes ojos azules llenos de asombro, haciéndome sentir en la cresta de la ola.

Yo me había criado en un centro de acogida, donde no me juntaba con nadie, y luego me vi arrojada al mundo de los adultos con lo puesto y una ayuda al alquiler. Pero era una chica lista. Tenía tres trabajos. En la facultad me dieron una subvención que me cubría todos los gastos de matrícula. Estaba decidida a abrirme camino y dejar atrás aquella vida deprimente.

Esa noche tenía tantas ganas de impresionar a Ben que incluso le conté lo único que me hacía soñar.

—Una agente literaria se ha interesado por mi novela.

A él se le iluminó la cara al instante.

—¿En serio? ¡Qué bueno! ¿Te la van a publicar de verdad?

Me encogí de hombros porque me daba corte.

—Eso espero. Está hablando con varias editoriales. Dice que mi novela es brillante.

Ben me atrajo hacia él y me besó y me besó, por todas partes, haciéndome reír y quedarme embelesada y sentir como si por fin, ¡por fin!, después de todo el horror vivido en el centro de acogida, la vida empezara a sonreírme.

—Eres... —se apartó para observarme bien, como si fuera el mayor tesoro que hubiera visto— increíble, Lizzy Dunn.

Se me quedó mirando un buen rato, con una intensidad en los ojos que en ese momento no llegué a descifrar, aunque más tarde bien que lo entendí.

Para mi sorpresa, Ben regresó a la semana siguiente, y todas las semanas desde ese día. Normalmente lo hacía por la noche. Algo achispado, siempre alegre, con esa sonrisa ensoñada y un tierno «hola, Lizzy, preciosa», y nos acostábamos, y él me pedía que le leyera y luego se deshacía en halagos. Los halagos son todo un truco con las mujeres.

Le encantaba mi melena larga y morena con el flequillo liso. Y mi pintalabios color fresa. «Es tan Kat Von D...». Le encantaban mis relatos y los giros oscuros con los que siempre intentaba impresionarlo.

Ben y yo veníamos de sitios muy distintos. Yo no tenía más amigos que John, el camarero de la cafetería de la calle principal.

Ben, en cambio, vivía su vida sin preocupaciones y se pasaba el día de fiesta. Yo sabía que nunca encajaría con su pandilla. Salí con ellos un par de veces hasta que una de las chicas me dijo, ya borracha: «Si Ben sigue contigo es por tu talento. Si no, jamás se habría fijado en alguien como tú».

Pero yo eso ya lo sabía, la verdad. Hay quien tiene atractivo físico y hay quien tiene talento. Yo no quería hacerme amiga de sus amigos, yo lo quería a él, a alguien que pudiera ser solo mío. Y tampoco quería ser de las que atraen la atención, porque ya sabía lo que podía pasarme si eso sucedía. Ya estaba escarmentada y me sentía cómoda viviendo en la sombra.

Nunca le he contado a nadie lo de los tres chicos del centro de acogida de Brimmville, lo que me hicieron. Nadie tiene por qué conocer mi pasado, y menos aún Ben.

Pero tú sí.

Aunque, como siempre, mi pequeña, me estoy adelantando.

La cosa es que Ben sí, venía de una familia de dinero, pero no había hecho ningún mérito propio. Su único talento era su sonrisa: deslumbrante, encantadora, entrañable o arrepentida cuando era necesario. Allá donde la dirigía, hacía que la gente volviera la cabeza. Ese era su don. Prácticamente el único que tenía. Así que se rodeaba de gente popular y, en ocasiones, de gente talentosa, para compensar por su falta de personalidad.

Tardé tiempo en darme cuenta. Pero para entonces ya estaba enamorada de verdad y descubrí lo que estaba haciendo a mis espaldas. Luego me partió el corazón una primera vez, pero yo me empeñé en que podía hacer que la cosa funcionara.

Iba todo estupendamente hasta que esa mujer entró en nuestras vidas, cuando, con sus garras afiladas, a él le retorció el corazón y a mí la cabeza, y desenterró mi pasado.

Me obligó a hacer cosas que nunca había hecho. Sacó lo peor de mí. Exhumó mis viejos pecados.

Pero también es cierto que gracias a ella escribí mis mejores historias.

Así que aquí estamos ahora.

Este secreto será ahora tuyo.

Habrá quien te cuente mentiras, habrá quien haga correr rumores horribles sobre mi pasado. Pero esto, este diario, es la verdad.

4

—¿Tú crees que es auténtico? —me pregunta E. J. cuando me devuelve las hojas, antes de sacarse un porro liado del bolsillo y encendérselo.

Estamos en el cenador junto al estanque que hay en un rincón arbolado, a un pequeño paseo a pie de la casa de mis padres. Hemos pasado exactamente una hora en la recepción, ni un minuto más, y me ha sobrado la hora entera, la verdad. Y ahora tampoco es que le haya importado a nadie que nos hayamos perdido.

—La caligrafía es idéntica, te lo he dicho. —E. J. le da una calada al porro y me lo pasa—. Aparte, cuadra todo bastante —añado—. Con mis padres y eso.

Es de noche. Los tenues farolillos solares dispuestos en las esquinas del cenador iluminan los pómulos marcados y los labios fruncidos de mi amigo cuando suelta una nube de humo. Se recuesta en el banco, con las manos cruzadas en la nuca. Tiene un perfil bonito. En realidad, ya no se parece en nada al friqui que era cuando lo conocí hace solo unos años. Aunque lleva Converses, vaqueros y sudadera de capucha negra, como siempre, antes le quedaban como un saco de patatas y ahora le dan un rollo sexy. Aunque quizá no debería utilizar ese adjetivo para hablar de mi mejor amigo...

—Está claro que es una carta fuera de lo normal —dice pensativo—, pero no sé, olvídate, puede que no sea nada.

—Pero ¿y si es una especie de pista?

E. J. vuelve la cabeza para mirarme.

—¿Una pista de qué? A ver, Mordicia, el romance de tus padres empezó con un rollito de una noche, no es que sea el historión del siglo.

—¡Qué fuerte eres! ¿Con eso es con lo que te quedas? Yo estoy hablando de la mujer.

—¿Qué mujer? —Se encoge de hombros—. No pone ningún nombre. ¿Qué quieres sacar de esa historia? Pregúntale a tu padre.

Es verdad que podría intentar sonsacarle alguna historia a mi padre, ahora que mi madre ya no está. Ella siempre parecía vigilarlo ojo avizor, controlar todo lo que mi padre decía, incluso cuando él se pasaba bebiendo.

—¿Y qué quieres que le pregunte? —me cuestiono en voz alta.

—Pues por eso te lo digo. Esta carta no concreta mucho. No es más que un preámbulo de...

—¿De qué?

—No sé de qué.

Tengo tantas preguntas... ¿Cuándo me escribió esto mi madre? ¿Hace meses? ¿Justo antes de morir?

—¿Por qué solo he recibido esto? ¡Esto! —Blando las hojas en el aire—. ¿Dónde está el resto?

—A lo mejor no hay más.

—Aquí dice que unos chicos le hicieron algo.

—A lo mejor empezó a escribir esta historia y entonces..., en fin, ya sabes...

No lo dice, pero yo sé que se refiere al accidente. La gente es tan remilgada con las palabras... Y murió, punto.

Aun así, se me encoge el pecho e intento concentrarme en la carta misteriosa para apartar el funesto pensamiento de mi cabeza.

Noto que E. J. me observa y, al volverme, me encuentro con su mirada pensativa.

—¿Qué?

Se le relaja el gesto.

—Kenz, yo creo que estás sustituyendo el duelo por tu madre con un misterio que quieres exprimir a toda costa de esta carta de fan inventada. Es muy posible que no sea más que alguien tomándote el pelo.

Desanimada, no respondo y, en cambio, me subo la capucha y me tumbo en el banco y le doy una calada al porro.

Me gustan estos momentos con E. J. Me gusta cuando me llama Kenzie o Kenz, algo que sucede si habla en serio o está preocupado. Mordicia es como empezó a llamarme cuando nos hicimos amigos. Se me ha quedado el apodo, pero no puedo culparlo porque no soy la persona más fácil del mundo. Mi padre dice que en eso he salido a mi madre.

—¿Cómo es? —me pregunta E. J. al rato.

—¿Cómo es qué?

—Esta nueva realidad, sin ella.

Me encojo de hombros. Mi amigo sabe que mi madre y yo nunca estuvimos muy unidas. No es que fuéramos una familia feliz, y la culpa es de ella.

Porque mi madre era 1) una «arpía», según mi familia

36

paterna; 2) «compleja», según mi padre; 3) una «pluma fascinante», según el mundillo literario; 4) «la Reina», según sus fans. Se pasaba horas en sus grupos de redes sociales. Donaba ejemplares firmados a organizaciones benéficas del planeta entero. Era más simpática con sus seguidores de lo que nunca lo fue conmigo. Y desde luego a ellos les daba mucho más apoyo moral que a mí.

Yo todavía no soy una gran escritora, pero lo intento. Me encanta escribir. Cuando decidí mandar un texto para un concurso de relatos de la facultad, mi madre fue la primera en leerlo. Se encogió de hombros y me dijo: «Todavía te queda mucho camino por recorrer, guapa». Siempre ese «guapa», qué rabia me daba. Cero ayuda por su parte, cero indicaciones. Se limitó a devolverme el relato como si no fuera digno de ella ayudarme a trabajarlo.

Quedé primera —gracias por nada—, y lo celebré pillándome un buen ciego con E. J. Mi profesora de Escritura Creativa, Salma, me dijo que tenía futuro.

Mi madre apenas me dedicó una sonrisa de condescendencia y un frío «enhorabuena», antes de hacer una publicación en sus redes diciendo que estaba orgullosa de mí y que esperaba que algún día siguiera sus pasos. Con especial énfasis en «seguir». O sea, que yo siempre sería una segundona.

«Pasando...».

Así que sí, ¿mi madre? Es una arpía compleja con una pluma fascinante y una personalidad muy querible en público. Era. Tendría que haber escrito un bonito obituario para impresionar al mundo literario, pero me quedé varios días muda después de que encontraran su cuerpo sin vida. Y sigo igual. No sé cómo procesar el hecho de que la añoro, ni cómo manejar ese vacío repentino en mi vida. Aun así no creo que esté llorándola. Y, aparte de a E. J., no tengo a quien contarle que echo en falta su presencia, pero no sufro por su pérdida. No mola. Una no debería decir eso sobre su madre.

—Hoy mi padre se ha peleado con un tipo en el funeral —le cuento a mi amigo mientras le paso el porro.

—¿A puñetazos o qué?

—No, ha sido una conversación que se ha ido calentando. Mi padre lo ha llamado «escoria» y el tipo lo ha llamado a él «Benny».

E. J. ríe con ganas.

—¿Le ha llamado así?

—Ya, ¿verdad? Me ha escamado todo eso.

—Toda tu familia es para escamarse, Mordicia. Sin ofender.

No le falta razón.

Lo peor es que por dentro tengo el feo presentimiento de que van a ocurrir cosas peores. Y estarán relacionadas con la carta que he recibido.

5

Una risotada y una maldición que llegan desde detrás del cenador me hacen incorporarme.

—¡Ey, hola, perdón! ¡Buenas! —Una pareja borracha se nos acerca dando tumbos.

El tipo levanta las manos en alto, como rindiéndose; a su lado, una morena con un cuerpazo embutido en un vestido mínimo y una americana de hombre sobre los hombros.

Él olisquea el aire.

—Aquí huele muy rico.

La morena suelta una risita y se tambalea en los tacones altos, que se le hunden en el terreno blando.

El porro se ha acabado y le hago señas a E. J. para que se levante.

—Os dejamos el sitio para vosotros —digo mientras bajo los escalones del cenador, con E. J. a la zaga.

—¡Compartir es vivir! —grita el tipo a nuestra espalda, y luego se ríe al unísono con la chica—. Venga, hombre. Dadnos un poco de eso tan rico.

—Yo creo que ya van bien servidos de cosas ricas —me dice E. J. por lo bajo con una risita entre dientes.

—Esta peña gana dinero a espuertas —comento yo con amargura mientras nos dirigimos a la casa—, y aun así siempre andan intentando racanear a todo el que pillan.

—Ya. Oye, me flipa la casa de tus padres y eso, pero no cuando se monta este circo —dice E. J. en tono de disculpa—. Me voy a ir largando.

—Ya.

—Ya —me remeda—. Oye, Mordicia.

Aunque no lo estoy mirando, siento que me acerca los dedos a la cara y está a punto de pellizcarme la nariz.

Me da mucha rabia cuando me hace eso. Reacciono a tiempo y lo aparto de un manotazo antes de que me toque, pero me tropiezo al andar y se ríe de mí.

—¿Seguro que vas a estar bien?

—No necesito niñera, E. J., si es eso lo que me preguntas.

—De acuerdo, pero vuelve pronto a la ciudad, ¿vale? Podemos quedar, pillar de comer, jugar a algún videojuego, charlar.

—Volveré.

Empieza a alejarse y enseguida me viene la pena. Es mi mejor amigo. En realidad es la única persona que me importa en este mundo. Él me dice que soy como mi madre, una ermitaña, una solitaria, que tengo mis cosas raras.

Pero me lo dice solo para tirarse el rollo.

No me saca más que unos años. Nos conocimos en una fiesta aburrida en mi primer año de facultad, cuando yo todavía intentaba hacerme un hueco. Él era el típico friqui, y yo, la típica rebelde. Ninguno de los dos era ni remotamente popular, pero el caso es que conectamos y él me ayudó a montarme un perfil en una plataforma de escritura en línea, y, en nada, éramos mejores amigos.

En esa época, él ya tenía piso propio, mucho más grande que el mío, y empezamos a quedar allí hasta que yo me pillé mi estudio enano.

Los padres de E. J. son científicos y se mudaron hace unos años por trabajo a la Costa Oeste. Mi amigo los visita con frecuencia, pero, desde que nos conocemos, ha acabado viniendo a muchas de las comidas de mi familia en las fiestas. Llamarlas «comidas familiares» no es muy acertado, porque suelen ser muy historiadas y con decenas de invitados. Normalmente viene el protegido de turno de mi madre, algún profesional del sector y, por supuesto, su agente, Laima Roth, una mujer a la que no soporto.

El caso es que, aunque a E. J. y a mí siempre nos ha gustado ir a nuestro aire, él se ha convertido en parte de una comunidad de programadores que hacen todo tipo de trabajos de ciberseguridad y que desarrollan software. Mientras yo sigo escribiendo en plataformas en línea en plan friqui y sacándome dos duros, él va a un montón de congresos y encuentros por todo el país y se saca un buen pico.

Me sorprende que no haya pasado de mí. Aunque en realidad no me haría eso. Las modas van y vienen, pero las amistades permanecen, y mi amigo es muy buena persona.

Su Dodge Charger sale disparado de la casa y, mientras veo desaparecer sus faros traseros en la oscuridad, me da el bajón. A mí me gusta estar sola... salvo si estoy con E. J. Últimamente, sin embargo, cada vez pasamos menos tiempo juntos. Él queda a veces con chicas, mientras que mi vida amorosa deja mucho que desear.

Entro en la casa, que ya está tranquila. O al menos más tranquila, mejor dicho. La mayoría de los invitados han salido a la terraza que rodea la piscina, y se oye también a un grupito de amigos de mi padre en la sala del billar.

Laima está en el salón, bastante ciega ya, hablando con una rutilante estrella de la literatura que, al parecer, era el protegido de mi madre, como tantos otros antes que él. Y no dudo de que pueda tener talento, pero no es por eso por lo que Laima le tiene puesta la mano en el muslo y está a punto de tirarle el vino de la copa en los pantalones porque está distraída y echada sobre él con su talla 100 o 110, no soy muy experta en el tema. A él no se le ve muy por la labor: merece la pena señalar que tendrá unos años más que yo, y Laima podría ser su abuela.

Voy a la cocina y echo un vistazo por la ordenada fila de botellas de alcohol que han dejado los del cáterin después de recoger. Si E. J. se hubiera quedado un rato más, nos habríamos tomado unos chupitos. Pero yo no bebo mucho, y menos aún sola..., eso sería ir por el mismo camino que mi padre. Si hay algo de cierto en lo que leí en la carta, mi padre empezó a tontear con la bebida cuando tenía mi edad. No, gracias.

Le echo el ojo a una bandeja con hojaldritos italianos y decido que es una opción más inteligente. La abuela siempre me está dando la murga con lo canija que estoy. Yo le he dicho mil veces que mi ropa, que es negra casi en su totalidad, me hace más canija. Mido uno sesenta y peso cincuenta kilos. Eso es ser menuda. Pero ella está convencida de que soy bulímica.

«Igualita que tu madre de joven», me dice muchas veces. Cruzo los dedos por que a partir de ahora dejen de compararme con mi madre, por eso de no recordármela más de la cuenta.

Me voy hacia la escalera con mi bandeja de hojaldres en la mano cuando de pronto me llama la atención un ruido al fondo del pasillo. Me acerco para ver, pero no es un simple ruido: salen voces del estudio de mi madre.

Vaya, menuda sorpresa, ¿no? En cuanto la palma mi madre, su estudio se vuelve de dominio público.

Pego la oreja a la puerta cerrada y oigo la voz de mi padre.

—¿Qué quieres que haga, mamá? Era ella la que lo tenía controlado. Él era su problema.

—Era un problema para todos, Ben. Lo único es que ella supo «beneficiarse» del tema. Delante de tus narices.

—¡Déjalo ya, anda!

—Seguro que te lo justificó diciendo que así aliviaba el estrés.

Lo que suena a continuación es la risa ahogada de mi abuela. Sabe bien cómo apretar las tuercas. Sobre todo las de mi padre.

La conversación me resulta extraña y me recuerda a la que ha tenido mi padre con el hombre misterioso en el funeral.

—Tenemos que solucionarlo —dice ella.

—¿Solucionar el qué? Yo creía que ya se había solucionado hacía tiempo.

—¿Sí? No creo que Elizabeth estuviera de acuerdo, la verdad.

—Lo que está es muerta.

—Pues por eso mismo, Ben. ¿De verdad eres tan tonto?

—Pero ¡¿de qué hablas ahora?! —le pregunta mi padre casi chillando.

—Chis. Tampoco hace falta que se enteren todos los

43

invitados —replica la abuela en un susurro—. ¿Sabes quién ha venido a hablar conmigo hoy, en cuanto ha terminado el funeral? Ese inspector.

—¿Qué quería?

—Dice que siguen teniendo razones para pensar que no fue un accidente.

Me quedo boquiabierta. Es la primera vez que oigo una insinuación así de boca de algún familiar.

—No me extraña —dice mi padre, que luego emite un sonido que no logro distinguir.

—Guarda la compostura, Ben —sisea mi abuela.

Me recorre un escalofrío cuando comprendo qué era ese sonido: es la risa ahogada de borracho de mi padre, un sonidito asqueroso que se vuelve más fuerte y siniestro en cuestión de segundos. Lo corta de cuajo con sus afiladas palabras:

—Se lo buscó ella solita. Llevaba años buscándoselo.

6

En la pizarra del aula está escrita y subrayada la palabra «viral». La voz del profesor Robertson es un murmullo lejano para mí, que estoy sentada al fondo, absorta en el *scroll* infinito de mis redes.

Los fans de A. Z. Ganven han estado organizando todo tipo de encuentros por el mundo entero. Lecturas de cartas del tarot, fiestas de disfraces, todo ello con sus retransmisiones por internet y el hashtag #VNGZeterna porque, en fin, el pseudónimo de mi madre es un anagrama de «venganza».

No puedo parar de pensar en la carta que recibí.

Anoche abrí el primer libro de mi madre, *Mentiras, mentiras y venganza*, y releí algunos fragmentos. La trama, que es de locos, adquirió un nuevo significado, aunque no sé si estoy exagerando. Sigo sin digerir bien los detalles escabrosos de lo que le hacen a la protagonista y lo que luego les hace ella a sus agresores.

Una voz más alta del profesor me saca de mis pensamientos.

—Os dejo el próximo trabajo en la plataforma digital. Nos vemos la semana que viene —dice.

Los más de cincuenta alumnos del aula se ponen a recoger libros y portátiles sin esperar un instante. Hasta ahora no me he dado cuenta de que me he pasado la clase entera en mi mundo.

—¿Estás siguiendo todo lo que sale online? —me pregunta Sarah—. Con lo de tu madre y toda la movida...

Sarah lleva haciéndome la rosca desde que nos encargaron un trabajo sobre los libros de A. Z. Ganven.

—Paso —le suelto.

Me cuelgo el bolso y bajo las escaleras del aula. Estoy pasando al lado de la mesa del profesor cuando este me llama:

—Señorita Casper, ¿podríamos hablar un momento?

«Pufff».

Creo que los profesores no son conscientes de lo mal que te lo hacen pasar cuando te llaman aparte y te piden «hablar un momento».

Me acerco a la mesa y lo miro a la cara, a él y a sus ojos compasivos: ya sé de qué va esto.

Robertson me da clase de Sociología. Ojos amables, jerséis de cachemira y gafas sin montura. Habla con mucha calma, pero también es entretenido y seguramente el profesor favorito de todo el mundo.

Dice que, como alumnos de Sociología, nosotros también somos parte de un experimento social, de ahí que nos permita elegir en todo lo posible..., en sus propias palabras.

Fue así como se enteró de que yo era hija de la famosa A. Z. Ganven. Bueno, él y todo el que no lo sabía aún. Aquella clase desencadenó un tsunami de mierda.

Fue en la clase que nos dio sobre el poder que tienen las cosas pequeñas para cambiar la historia.

—Todos habéis leído *El punto clave*, de Malcolm Gladwell —dijo aquel día mientras cruzaba los brazos sobre el pecho, se apoyaba en la mesa y estudiaba a su público—. Al menos esa era la tarea y ya haremos el examen. Que no será sobre el libro, por cierto; ya sé que sabéis descargaros una sinopsis detallada por internet. —Repasó a los presentes con una sonrisa de suficiencia—. Nuestro próximo tema será la inteligencia artificial, así que ya tendréis oportunidad de contarme cómo la integráis en vuestra vida diaria. Pero ahora vamos a lo que estamos. Quiero que lleguéis a comprender el concepto de tendencia. Qué hace que algo se vuelva viral. El poder del azar. Cuándo algo cala hondo.

Lo que a todo el mundo le gusta de Robertson es que no sienta cátedra. Da clases como el que está conversando. Él lo llama «interacción».

—Hoy vais a ser vosotros, vosotras, los que me digáis qué es lo siguiente que vamos a estudiar —dijo con una sonrisa misteriosa—. Voy a repartir unos papelitos y quiero que os toméis un minuto para pensar en un único fenómeno, algo que esté ahora mismo en boca de todos o lo haya estado hace poco, que haya tenido un impacto considerable en nuestra sociedad. Sed creativos. Sea Taylor Swift, los HeyDude, los *chatbots* con personalidad o los puntos aura. —Alguien se rio entre el público—. No seáis genéricos, concretad y escribidlo en el papel. Una única cosa.

Al cabo de cinco minutos estaban todos los papeles recogidos en una caja de cartón que el profesor removía con la mano. Sacó uno e hizo a un lado la caja.

—Esperemos que salga algo bueno —dijo—. Porque

sea lo que sea... —levantó y blandió el papelito escogido en el aire—, vais a tener que escribir un artículo de dos mil palabras sobre el tema.

—¡Buuum!

—¡Nooo, tío!

Del aula surgieron todo tipo de reacciones mientras el profesor sonreía y desdoblaba el papel.

—A ver si no han puesto muchas tonterías —murmuró a mi lado Sarah.

—Vaya, interesante... —Robertson sondeó a su público después de leer el papelito—. Por lo visto vais a escribir un artículo sobre... —se detuvo para darle más bombo— un fenómeno editorial. —Arqueó una ceja—. *Mentiras, mentiras y venganza*, de A. Z. Ganven. —Sonrió a sus alumnos, que intercambiaban miradas de reojo.

Por doquier surgieron aplausos y vítores emocionados mientras yo solo quería que me tragase la tierra.

Es un rollo vivir a la sombra de un progenitor talentoso. De pequeña siempre mentía cuando la gente veía mi apellido y me preguntaba si estaba emparentada con Elizabeth Casper. Hasta que mi madre vino a firmar a la biblioteca de mi facultad..., un llenazo total. Y, claro, ella me mencionó, con una sonrisa de orgullo en la cara que rara vez le había visto yo en la intimidad.

Por supuesto, desde entonces me daban la murga, aunque no tanto como a uno de mi clase, el hijo de un senador, cada vez que los wokistas se ponen a discutir de algún acontecimiento político de relevancia. Pensándolo bien, puede que fuera peor. Sí, claramente peor.

—¡Vale, vale! —Robertson levantó la mano para pedir calma—. Estoy de acuerdo en que los libros de A. Z. Ganven han tenido un éxito enorme en los últimos años gracias al tirón en las redes sociales. Pero ahora viene lo peliagudo. —Volvió a quedarse mirando a su público, pidiendo así un silencio absoluto—. Vais a leer el libro *Mentiras, mentiras y venganza*, si no lo habéis hecho todavía. —Los quejidos de desaprobación se sucedieron por el aula—. Sí, tranquilidad. Yo también me lo voy a leer porque... —dijo llevándose la palma al pecho— soy culpable y todavía no he leído ninguno de sus libros. Seguro que muchos haréis trampa, así que os voy avisando de que esta vez el artículo lo vais a escribir en clase. Sí, aquí mismo, para asegurarme de que no utilizáis la IA. Va a ser emocionante ver vuestra letra manuscrita. —Los abucheos de frustración volvieron a sucederse por la clase mientras Robertson sonreía sin disimulo—. ¿Sí, señor Stepanchuk? —le preguntó a Alex, que estaba unas bancas por debajo de mí y me miraba de reojo y con la mano levantada.

Yo lo fulminé con la mirada y le dije con los labios que se callara, pero estaba sonriendo como un tonto.

Y entonces fue demasiado tarde.

Se levantó y dijo con un tono de lo más pomposo:

—Tiene que saber usted que la hija de la autora está entre nosotros.

—¿Es eso cierto? —Robertson arqueó los ojos en un gesto de verdadera sorpresa.

Alex se volvió y me señaló:

—Mackenzie Casper. Su madre, Elizabeth Casper, escribe bajo el seudónimo de A. Z. Ganven. No es ningún secreto, por cierto, pero es mejor que haya transparencia.

Transparencia, sí, claro... Juro que le habría cortado las cuerdas vocales. Todavía estoy a tiempo...

—Su madre está superbuena —comentó otro listillo. Estoy convencida de que escuché un «yo me la tiraría» seguido de un «puaj».

Las risitas burlonas se multiplicaron por el aula.

De haber podido elegir un superpoder, habría pedido desaparecer.

Robertson me llamó a su mesa después de esa clase.

—No sabía que A. Z. Ganven fuera su madre.

—Sí, así es. Es usted de los pocos que no lo saben.

Igual que Sarah, que a partir de ese día se volvió como un chicle pegado a la suela de mi zapato porque era una fan de toda la vida de A. Z. Ganven.

Mi profesor sonrió.

—Bueno, no pasa nada. Hagamos una cosa: sáltese este trabajo, dado su parentesco, pero si en lugar de eso pudiera hablar sobre de dónde saca su madre la inspiración para sus libros, sería estupendo. Tal vez pueda aportarnos datos más personales.

A la semana siguiente, cuando le dije que en lugar de eso había escrito un artículo, por eso de que había firmado acuerdos de confidencialidad, asintió comprensivo. Cuando lo leyó, me dijo: «Normal. Siempre has tenido muy buena mano con las palabras. Debe de venirte de tu madre».

Ya estamos. Todo el mundo cree que la mejor parte de mí la he heredado de mi madre. Qué rabia me da. De pequeña intentaba a toda costa ganarme la aprobación de ella, una diosa de los libros, pero en realidad yo pasaba con mi madre menos tiempo que sus fans. Porque era una persona totalmente obsesionada consigo misma, con sus libros. Yo no sé qué hacía mal. Puede que me odiara porque mi padre era un fracasado. La oí llamarlo así en una de sus discusiones.

¿Y yo? No sé qué cambió a medida que me hacía mayor porque, aunque siempre me había gustado leer y escribir, fue al empezar la universidad cuando realmente me interesé por la literatura y me matriculé en Escritura Creativa.

Os dejo otro pensamiento inquietante.

Tengo la sensación de que mi madre se distanció de mí cuando se enteró de cuál era mi pasatiempo favorito.

Mi madre, creo, nunca quiso que yo escribiera.

7

Ahora, dos meses después de aquel trabajo agotador sobre el fenómeno *trending topic* que era mi madre, Robertson me mira con lástima cuando me llama a su mesa.

—Mackenzie, ¿cómo lo vas llevando? —me pregunta tuteándome.

«No tengo que llevar nada», me entran ganas de decirle, pero entonces pensaría que soy una desalmada.

—Estoy bien.

—Sé que es duro, Mackenzie, sobre todo con la atención que ella atraía, y que a ti también te afectaba.

—Usted no la conocía, profesor. Ella era...

Mi madre se salía del parchís. Era demasiado. Era más lista que el hambre. Era capaz de hacerte sentir realmente importante. Y también de hacerte sentir una auténtica mierda. Sí, capaz de eso y de más. Se le daba bien la gente. Era entrar en la habitación y que todos los ojos se volvieran hacia ella.

Suelto un suspiro recordando a mamá con esa mirada de indiferencia que tan bien le salía en casa.

—No estábamos muy unidas —digo en cambio.

—Vaya. —El profesor me observa con lástima.

—Sin ella, es como si... como si se sintiera un vacío, ¿sabe?

—¿Estás yendo a terapia?

Pongo cara de hastío.

—¿Para qué? Ni que fuera la única persona del mundo a la que se le ha muerto alguien...

—No, claro. ¿Tu familia te está ayudando a sobrellevarlo?

Mi familia, dice. ¿De verdad quiere saber sobre mi familia?

Jugueteo con la correa del bolso, rehuyendo una respuesta, pero lo raro es que es el único profesor que parece estar realmente preocupado, no como la mayoría, que solo preguntan para hacerte la pelota.

—¿Y cómo sigues de salud? ¿Te has hecho más pruebas?

Me lo veía venir.

Por si no tenía suficiente con el suplicio del trabajo sobre los libros de mi madre, hace tres semanas me dio un chungo en clase y tuve que ir a la enfermería del campus. Me mandaron a un especialista y, para sorpresa de nadie, mis padres, que no me hacen ni puñetero caso, ni miraron las facturas médicas ni me preguntaron qué me había ocurrido.

Tendría que haberme callado, pero, cuando a la semana siguiente Robertson me preguntó cómo estaba, le conté lo que me había dicho el médico. Puso una cara como si yo ya tuviera un pie en la tumba. Ahora, cada vez que me pregunta por mi salud, me mira con una pena que parece que me quedan meses para palmarla.

También se lo conté a Sarah. Ella, en cambio, me mira

como si fuera una criatura exótica porque tengo una enfermedad hereditaria para la que necesito medicarme. No me dio tiempo a decírselo a mis padres. Y ahora nunca me parece buen momento.

Habrá quien piense que es raro que un desconocido sepa más sobre cuestiones médicas mías que mis padres. En psicología hay un término para eso bastante conocido, más de lo que debería: «familia disfuncional».

Así que ahora a mi profesor le doy lástima por dos.

Se lo veo en el rostro. Me mira muy atentamente, como si el dolor que se espera de mí tuviera que reflejarse en mi piel o algo así. ¿Ojos llorosos, quizá? ¿Comisuras hacia abajo? ¿Barbilla temblorosa?

—Estoy bien, profesor —digo intentando contener la irritación—. Si le soy sincera, ¿sabe qué preferiría? Que la gente no me esté recordando todo el rato lo que acabo de perder.

Asiente con gesto arrepentido.

—Te entiendo y te pido disculpas por ello. —Me siento mal al instante y le dedico una débil sonrisa—. Si alguna vez quieres hablar, aquí me tienes —dice, y se levanta de la mesa, dando a entender que la conversación ha acabado.

¡Menos mal!

Evidentemente, no es el único «preocupado», hay más profesores. Algunos exageran con sus atenciones. A otros les parezco una engreída, con lo que me desprecian por el mero hecho de que mi madre fuera famosa.

Lo que me apetece en estos momentos es una hamburguesa con un refresco y ponerme a escribir, que es algo que no he hecho mucho desde el accidente de mamá.

Me paro en una hamburguesería del pueblo para llevarme una a casa y luego camino un cuarto de hora hasta el bloque de pisos de dos plantas que alberga doce estudios de alquiler para estudiantes.

Tengo coche, pero lo utilizo más que nada para ir a casa de mis padres los fines de semana o a la de E. J., que vive a diez minutos de mi piso. Mi padre me ha preguntado antes si iría a casa esta noche, pero me queda otra clase dentro de dos horas y le he dicho que iba a llegar muy tarde.

Abro la puerta principal de mi edificio y subo las escaleras hasta la segunda planta. Con la bolsa de la hamburguesa en una mano y el bolso en la otra, saco las llaves como puedo y por fin consigo entrar en el piso empujando la puerta con el hombro. Justo en el pasillo, me resbalo con algo en el suelo y me deslizo como una torpe patinadora sobre hielo hasta que consigo recobrar el equilibrio.

—Pero ¿qué mierda...? —murmuro, y miro abajo.

En el suelo hay un sobre con la huella de mi bota recién plantada.

Maldigo al capullo al que todavía se le ocurre meter sobres por debajo de la puerta. Será del portero del edificio o de alguien del sindicato de estudiantes.

Pero cuando cojo el sobre y le doy la vuelta para ver el remite, no tiene. Solo se lee una frase ya familiar que hace que se me acelere el corazón.

De tu fan número 1. ♡

CARTA N.º 2

Podría precisar tanto el principio como el fin exactos de la época feliz: lo primero fue el día que Ben me llevó a cenar, y lo segundo, la primera vez que la vi a ella en el pueblo.

Y es que unos días antes de ella —siempre pienso en los acontecimientos como antes de Ella y después de Ella, como si fuera un hito que marcara un giro enrevesado en mi propia historia—, yo estaba terminando mi primera novela.

Esa noche Ben se presentó en mi casa tarde, oliendo a alcohol y a pizza. Con una gran sonrisa en los labios y unos ojos achispados y relucientes, me rodeó la cintura con los brazos y me atrajo hacia sí nada más atravesar la puerta, para luego besarme, entrar conmigo y cerrar la puerta con el pie.

—Te he echado de menos, Lizzy —susurró, con unos besos babosos y apremiantes.

Y aunque eso ya se había convertido en una rutina bien ensayada entre nosotros, cuando nos tirábamos en la cama abatible y echábamos un polvo rápido, esa noche sentí algo distinto. Mucho tiempo después comprendería que esa fue la noche en que ella apareció en la vida de él.

Un cuarto de hora después ya habíamos terminado y Ben estaba quedándose dormido.

—Voy a descansar un momentito —murmuró.

Lo que se traducía en que se quedaría a dormir y se iría a primera hora de la mañana. Yo entonces me senté un rato junto a la ventana, en la penumbra, y escribí a la luz de una vela.

Me encantaba escribir con esa luz. Daba una sensación romántica, a la vieja usanza. Escribir con pluma en lugar de con ordenador se me antojaba un talento en sí mismo. Requería paciencia. Aunque tampoco era que pudiera permitirme un ordenador. A veces utilizaba un cálamo, una pluma antigua que había comprado en un anticuario de la calle principal y que venía con un bote medio vacío de tinta.

Fue una de esas noches en que, mientras estudiaba el cuerpo desnudo de Ben en mi cama, volvían para acecharme imágenes fugaces de lo que años atrás me hicieron aquellos tres chicos.

«¿Quieres jugar, Lizzy?».

Yo tenía quince años y ellos eran un año mayores. Yo andaba siempre sola, mientras que ellos eran un trío muy popular. Pero más que otra cosa eran crueles: una cualidad que a menudo, en los adolescentes, va de la mano de la apostura.

«Sujétala bien, Brandon. Calla, preciosa, no hace falta gritar. Como grites, te va a doler. Y no queremos que te duela, ¿verdad? No, no queremos».

Escribir esas palabras era como cortarme con un papel.

«Buena chica. Qué guapa eres. Venga, no llores».

Fue amargante ver sus sonrisas al día siguiente como si nunca hubiera ocurrido. El brazo de Brandon por mis hombros en clase. «¿Cómo vas, Lizzy?». Y yo, sonriendo cuando lo que quería era sacarle los ojos con un bolígrafo.

Pero a medida que escribía esa historia basada en mis recuerdos, otra sensación empezó a echar raíces en mí, una sensación calmante: una satisfacción vindicativa. Ellos habían muerto hacía tiempo mientras que yo seguía aquí, convirtiendo nuestro abominable pasado en un retorcido relato de venganza que algún día encontraría sus lectores.

Dicen que escribir sobre el pasado es revivirlo. Lo que yo descubrí fue que poner por escrito el pasado y cambiar el final era terapéutico.

Así nació mi primera historia.

Mentiras, mentiras y venganza.

Puse por escrito exactamente lo que me hicieron. Pero el incendio en el granero en el que murieron un mes después de lo sucedido era un final demasiado simple.

El caso es que en la vida real recibieron su castigo, sencillo y bien merecido. Pero ¿sobre el papel? Sobre el papel recibieron venganza, sí que sí. Retorcida, macabra, sangrienta, con gritos de dolor y súplicas de piedad.

El castigo es blanco. La venganza es roja. La mía fue negra sangre.

Esa noche, mientras revisaba otro capítulo a la luz de la vela, sonreí. Mi protagonista, diez años después de lo sufrido en sus carnes, había ganado en fuerza, confianza y éxito profesional. Se tomó la justicia por su mano. «El Sastre», la llamaron las autoridades, o más bien al supuesto maniaco, hombre, que torturó, asesinó y cosió ratones vivos a los tres hombres que habían salido del mismo centro de acogida. Tres hombres que, años después, habían conseguido ser poderosos y tener éxito, pero cuyas vidas, un buen día, empiezan a derrumbarse. Al cabo de poco tiempo, se ven arruinados, padecen escarnio público y quedan relegados al ostracismo. Es entonces cuando conocen a quien los atormenta y —muy pronto— los asesina.

Escribí una venganza desmedida y angustiante: una lenta caída en la locura a medida que mi protagonista les va arruinando la vida; sus gritos de dolor cuando ella los tortura. Y lo escribí todo con una sonrisa, mientras cambiaba mi historia personal por la que habría sido una venganza ideal.

Aun así, por entonces creía ser la única que sabía lo que realmente ocurrió la noche del incendio en el granero.

Pero eso iba a cambiar.

Unos días después estaba en la cafetería donde trabajaba John, a quien había conocido allí mismo el día que me mudé a Old Bow. Nos habíamos hecho muy amigos.

Me había pasado por allí para charlar un rato con él, como hacía a veces, en compañía de un bagel y un café cortesía de la casa. Para eso están los amigos, ¿no?

Quitando a Ben, él era mi único amigo. Me daba la sensación de que yo le gustaba y una vez incluso me pidió salir, pero fue justo antes de conocer a Ben y entonces ya no hubo sitio para nadie más.

Estaba saliendo de la cafetería cuando una ráfaga del pasado me hizo detenerme en seco. Ese pasado tenía el pelo castaño y desgreñado y unos intensos ojos oscuros, y lucía esa sonrisa arrogante que tanta rabia me había dado en los años que vivimos juntas en el centro de acogida. El pasado iba vestido con una camiseta hortera de un solo tirante y unos vaqueros rajados. Y tenía nombre: Tonya.

Aquello debería haberme puesto sobre aviso: que ella

no se sorprendiera al entrar y fuera directa hacia mí. Yo, en cambio, sí me quedé de piedra.

—Buenas, Lizzy —me dijo dándome un repaso de arriba abajo.

Creo que no respondí al momento, y que mi primer instinto fue salir corriendo, huir de mi pasado, aunque al mismo tiempo tenía la sensación de que era demasiado tarde.

—Ho-hola —conseguí decir—. No sabía que vivías aquí.

—Me he mudado hace poco. —Esbozó una sonrisa fría que no le llegó a los ojos.

Yo no quería hablar con ella más de lo necesario. De algún modo, mi pasado como huérfana me había echado el guante, pero esperaba no tener que volver a verla en la vida. Me despedí y empecé a alejarme.

—¡John, muy buenas! ¿Cómo va eso? —oí su voz a mis espaldas, y me detuve en la puerta para mirar.

John le dedicó una sonrisa radiante.

—Ey, Tonya, ahora que te veo, estupendamente.

El corazón me dio un vuelco: se conocían. Tuve la sensación de que también ella se tomaría un café y un bagel gratis, como yo.

Y en ese momento se volvió y me buscó la mirada. Fue entonces cuando lo supe, cuando lo sentí en los huesos: Tonya no estaba en Old Bow por casualidad.

Salí del local como pude, con el corazón aporreándome el pecho como loco.

—¿De qué la conoces? ¿A la chica esa de esta mañana? —le pregunté más tarde a John.

Mi amigo se encogió de hombros y me dijo:

—Creo que se ha mudado hace poco aquí. Es simpática. Y guapa.

Nada podía haberme preparado para lo que me esperaba en casa esa noche.

Una nota, una nota muy sencilla, dentro de mi estudio, en la encimera. Un papel arrancado con palabras que me provocaron un escalofrío:

Sé lo que les hiciste a esos tres chicos en el granero.

8

—Creo que mi madre le hizo algo a alguien —le cuento a E. J. por teléfono—. Necesito averiguar más. ¿Quieres que vaya con la carta a tu casa?

—¡Ya puedes estar moviendo el culo!

«Señor, sí, señor».

Aparte de ser buen programador, E. J. tiene ahora una amplia red de contactos a los que se les da muy bien conseguir información difícil de encontrar, y sus métodos no siempre están dentro de la legalidad. Quizá tenga que recurrir a ellos.

Media hora después y con la adrenalina disparada por las venas, voy subiendo de dos en dos los escalones hasta la tercera planta, donde está el piso de E. J.

Casi me choco con una rubia vestida con un chándal de marca y zapatillas de Prada.

Me da un repaso condescendiente y se queda sobrevolando mi carmín negro con la mirada.

—Qué susto —dice, y me pasa de largo para seguir por las escaleras.

Es Monica, la ex de E. J.

Oigo retumbar sus pasos por las escaleras y luego miro

por la ventana y veo parpadear las luces de su BMW rojo cuando pulsa el botón, abre el coche y se monta.

Yo podría haber sido una de esas niñas ricas malcriadas si mis padres se hubieran molestado en malcriarme. Pero la realidad es que tengo suerte de que me costearan un coche de segunda mano. Me saco algo de dinero escribiendo historias por internet, pero es solo calderilla, nada del otro mundo.

Siento una punzada de envidia. Monica se pagó ese coche de lujo ella sola. Lo sé de buena tinta. También sé que es una *influencer* con mucho éxito en redes sociales y que no es solo una cara bonita, sino también una experta informática. Aparte, tiene treinta años. Aparte, ya podría buscarse a alguien de su edad para echar un polvo, porque le saca casi diez años a E. J. En teoría han cortado, o al menos eso fue lo que me dijo mi amigo, pero quizá me haya mentido.

«Eres una chica bonita, Mackenzie —solía decirme mi madre—. No dejes que los chicos lo estropeen. Siempre están queriendo poner sus manazas en cosas bonitas como tú. ¡Son todos unos cerdos!».

No me gusta nada esa frase, que mete en el mismo saco a todos los hombres, depredadores o no. Mi madre dejó de decirme que era guapa cuando empecé a maquillarme los ojos y los labios de negro. Pero nunca se me olvidan sus palabras. Es ahora, sin embargo, a medida que voy conociendo su pasado, cuando les veo el sentido.

El ánimo se me cae a los pies en los pocos segundos que tardo en llamar al timbre de E. J. Seguro que Monica y lo que haga ella con mi amigo son mucho más emocionantes que mis estúpidas cartas de fans.

—¿Ya me echabas de menos? —me dice E. J. nada más abrir la puerta con su sonrisa de anuncio.

En cuanto me ve, la cambia por una sonrisilla de ligero sonrojo muy entrañable.

—Soy yo, tranqui —le digo pasando a su lado y entrando en el piso—. ¿Has vuelto con ella o qué?

En el acto, me da cosa habérselo preguntado. Como si a mí me importara... O no debería. Es posible que haya sonado a reproche.

—Qué va. Ha venido a recoger la demo de un juego con el que he estado ayudándola.

—Yo me alegro. —Me hundo en el sillón—. No es asunto mío.

E. J. ensancha su sonrisilla entrañable.

—¿Estás celosa, Mordicia?

—Más quisieras. —Me siento tonta por haberle preguntado por Monica.

E. J. saca un par de refrescos de la nevera y me ofrece uno.

—¿Dónde la tienes? —me pregunta con la vista puesta en mi bolso mientras se acomoda en su silla de ordenador.

Así que sí, sigue intrigado por las cartas. «Bien...».

Saco el sobre del bolso y se lo tiendo. Luego me quedo bebiéndome el refresco mientras lo observo con el rabillo del ojo.

¡Lo que puede cambiar uno en pocos años! E. J. ya no es el tirillas cuatro ojos de otros tiempos. Empezó a levantar pesas y ahora lleva lentillas. Va a conferencias para programadores y desarrolladores de software. Ha tenido varias novias, aunque no suele contarme mucho sobre ellas, como si fuera un secreto fascinante del que yo no fuera digna. Salvo por Monica, la Barbie con cerebro, a la que ya conocía. No me cayó bien; es más, le pillé una hincha increíble.

E. J. se limita a reírse.

—Tienes que echar un polvo, Mordicia.

—Calla, anda.

—Te lo digo en serio.

—Claro, porque hace poco que has perdido la virginidad y ahora todas te buscan...

Se ríe con ganas.

Yo perdí la virginidad en una fiesta en mi primer año de facultad. Cuando le conté que fue una mierda, él me dijo que en realidad el sexo molaba. Y ahí quedó la cosa. Después no hemos vuelto a hablar de esos temas. Por eso, porque se me hace raro, como que no quiero imaginármelo desnudo. A ver, tiene un cuerpo bonito, pero lo último que quiero es pensar en lo que pueda hacer mi mejor amigo con las chicas en la cama.

E. J. lee la carta con voracidad, los codos apoyados en las rodillas. Ladea las hojas ligeramente para que les dé la luz de los varios ordenadores gigantes que tiene en la mesa. En su piso siempre se ve poco durante el día, y por la noche está todo oscuro. Los letreros de neón que adornan las paredes están siempre encendidos y las pintan con tonos alegres. Al igual que los ordenadores, que hacen que su piso parezca la guarida de un hacker.

—Vale. —Se endereza en la silla y les da la vuelta a las hojas, para asegurarse de que no se ha saltado nada—. ¿Has traído la anterior?

Sí. La llevo siempre conmigo porque, cada vez que pienso en las cartas, siento la necesidad de releerlas.

Le paso el primer sobre y saca las páginas y las examina.

—Están escritas en el mismo papel, de cuaderno, parece. Las han arrancado todas con mucho cuidado.

—Ajá.

—Tus padres... Vaya, vaya, menuda primera cita... —dice sonriéndome y buscándome la mirada—. Está claro que le vas siguiendo los pasos a tu madre... —Yo pongo cara de hastío—. Vale, pero lo de los tres tipos que menciona... —Subraya con el índice una línea de una hoja—. Ahora queda bastante claro que algo ocurrió, que a tu madre le hicieron algo, y no creo estar inventándome nada si digo que el incidente, fuera lo que fuese, se parece bastante a lo que sucede en *Mentiras, mentiras y venganza*.

—Ya —digo algo intranquila.

—Joder —maldice E. J. por lo bajo—. A ver, porque ella se crio en un centro de acogida, igual que su protagonista. Y dice que eran tres tipos. A su protagonista le pasa lo mismo. ¿Tú crees que a tu madre...? —Se aclara la garganta porque no quiere decir lo que los dos estamos pensando.

—¿Que si la violaron? —termino yo.

—Sí.

—Sí —repito.

Exhala con fuerza.

—Y luego está lo de la nota esa: «Sé lo que les hiciste a esos tres chicos en el granero».

—Mira, mi madre escribía ficción, ¿vale? ¿No creerás que ella pudo realmente hacer algo que...?, en fin, como lo que escribía en sus libros... Al menos no tan gore, ¿no?

Me quedo mirándolo con la esperanza de que me lleve la contraria. Veo cómo le sube y le baja la nuez al tragar saliva y humedecerse los labios.

—Vale, mira, te diré lo que vamos a hacer. —Se vuelve hacia el ordenador que tiene en el centro de la mesa y abre una pestaña del navegador—. ¿Cómo se llamaba el centro de acogida donde se crio tu madre?

—¿Se supone que tengo que saberlo?

—Ya te vale, Kenz —murmura decepcionado.

A mi madre no le gustaba hablar de su adolescencia, y yo tampoco le insistí nunca. A los periodistas, por el contrario, sí que les fascinaba cualquier cosa que tuviera que ver con ella, por decir algo. Investigaron sobre su vida todo lo que pudieron. Como mi madre rara vez concedía entrevistas, tenían que sacar la información de donde podían.

—Aquí. —Pincha en un artículo en el que sale una fotografía del centro de acogida—. Aquí hay uno que escribe sobre el sitio donde se crio tu madre, el Centro de Acogida Keller, en Brimmville, Nebraska. Vamos a ver.

Me levanto del sillón y me inclino sobre el hombro de mi amigo para ver mejor el artículo.

—Vale, tampoco hace falta que me eches el aliento en el cuello... —dice volviéndose para mirarme.

—Bueno, bueno, perdona... —Doy un paso atrás.

—No, es que me gusta verte cuando te hablo y eso. —Se levanta y arrastra un sillón hasta el escritorio y lo pone al lado de su silla—. Ya está. —Le da una palmadita al asiento y vuelve a sentarse en el suyo.

E. J. tiene esa manía rara de cruzar la mirada con los demás mientras habla. Dice que no se fía de la gente que no le mira a los ojos. Si no lo conociera bien, diría que tiene algún trauma infantil con que le apuñalen por la espalda. Se lo dije una vez y se rio y me llamó idiota, pero así es E. J., es simplemente... distinto.

—Si realmente hubo algún crimen, tú tranquila, que lo descubriremos —dice, y empieza a teclear en internet y a cribar los resultados de las búsquedas.

Me muerdo el labio mientras lo observo escribir a mil por hora en la casilla de búsqueda. Las palabras «violación», «agresión», «casa de acogida», el nombre de la ciudad y el estado y otros términos clave van parpadeando en la pantalla, y no doy crédito a que estemos utilizando esas palabras para investigar sobre mi madre.

No arroja resultados.

—Vale —dice E. J., que no se deja desanimar en absoluto—. Quizá no fuera un caso público. O ni siquiera llegó a investigarse.

—Ella nunca habló de nada parecido ni escribió nada sobre eso en su blog. Yo tampoco sabía nada del tema. Así que sí, probablemente fuera secreto.

—Vale, pero, si hubo un incendio, eso sí que tuvo que aparecer en el periódico del pueblo, ¿no crees?

—Bueno, hablamos de los años noventa.

—¿Y?

—Que hace ya mucho. ¿Cómo lo vas a encontrar?

—Mordicia, no hace tanto de los noventa.

—Bueno, nosotros ni habíamos nacido.

Suelta un resoplido de risa.

—Pero tampoco es que fuera la Edad Media. —Los dedos se le mueven ágilmente por el teclado, escribiendo mientras discute conmigo.

Tiene los dedos largos, delicados, incluso, en contraste con el resto de su cuerpo, que ahora está más musculado que antes. Pero no en plan cachas, sino con las carnes firmes, a años luz del monigote de palos que era hace unos años. Es atractivo hasta en pantalón de chándal y camiseta, como va ahora. No me extraña que Monica le tire a un tipo mucho más joven que ella. Además, E. J. es listo.

¿Y yo? No es la primera vez que alguien me mira raro. Mi pelo castaño oscuro a juego con el carmín negro y el delineador grueso no son precisamente la norma.

«Inaccesible, rebelde, como si quisieras echar para atrás a la gente», decía mi madre.

Así soy yo.

Estoy mirándolo todavía cuando de pronto E. J. da una palmada y lanza las manos al aire con un sonoro «¡Bingo!» que casi me hace pegar un bote.

Vuelvo los ojos a la pantalla como un resorte.

—Qué me estás contando... —murmuro mientras ambos miramos boquiabiertos el artículo de casi hace treinta años, encabezado por un luctuoso titular que me pone la carne de gallina:

MUEREN TRES PERSONAS EN UN INCENDIO
EN EL GRANERO DE UN CENTRO DE ACOGIDA

9

Lo último que quería era echar la vista atrás y tener que pensar que mi madre era una asesina.

Pero en esas estamos.

Intento apartar esa idea, pero no para de volverme a la cabeza mientras E. J. y yo terminamos de leer el artículo y nos reclinamos en las sillas, sumiéndonos en un silencio repentino.

A mediados de los noventa, el incendio de un granero se llevó la vida de tres adolescentes que vivían en el centro Keller. Las autoridades sospecharon que pudo haber sido intencionado, pero la investigación no fue concluyente y no tardaron en cerrar el caso por falta de pruebas.

—O, más seguramente —dice por fin E. J.—, se cerró por falta de fondos del estado.

—Estaría bien saber por qué les pareció que pudo ser intencionado.

—En el artículo pone que, según el informe de toxicología, los adolescentes que murieron estaban bajo los efectos de alguna sustancia.

—¿Tanto como para desmayarse?

—Podría ser.

—¿Los tres? —Se encoge de hombros—. Me huele raro.

Mi amigo se vuelve para cruzar conmigo la mirada antes de preguntarme:

—¿Crees que tu madre pudo tener algo que ver con el incendio?

—¡Madre mía, E. J., qué dices! No quería insinuar eso.

Nos quedamos en silencio y volvemos a leer el artículo.

—Vale, mira —dice pasándose el pulgar por el labio inferior mientras reflexiona—. Seguro que es un caso que se considera ya antiguo y el expediente quizá sea de dominio público. Podemos solicitarlo.

—¿Eso se puede hacer?

—No tenemos nada que perder. Y, si no podemos hacerlo por lo legal, siempre les puedo pedir a mis colegas que me lo consigan por otros medios, y bastante rápido. —Contonea las cejas mientras me mira.

—¿Saben hacer eso?

—Claro.

—¿Gratis? —Lo pregunto con tiento, porque no me sobra el dinero, aunque, por curioso que parezca, después del accidente mi padre me preguntó si tenía suficiente para mis gastos y me ofreció darme algo más. Mi madre era siempre la que controlaba las finanzas familiares. Supongo que ahora está todo en manos de mi padre, que es mucho más generoso.

E. J. se inclina y me da un pellizquito en la mejilla.

—Puede que tengas que pagar con tu cuerpo, Mordicia —susurra burlón.

—Quita, quita. —Le aparto la mano de un palmotazo.

Se ríe y me da un codazo amistoso.

—Claro que gratis. Por una amiga, lo que sea.

71

Hace un tiempo E. J. me explicó brevemente en qué consistía su trabajo y me juró que era todo legal. Aunque también es cierto que me ha contado historias de algunos colegas suyos que se dedican a hackear movidas por encargo y todo tipo de cosas que podrían meterlos en un buen marrón.

Es casi medianoche cuando llego a casa de mis padres. Iba a quedarme a dormir en mi piso, pero luego he pensado que a lo mejor mi padre se siente solo en un sitio tan grande. Mis abuelos se han ido esta mañana. Y, la verdad, es un alivio.

Sigue habiendo un vigilante de seguridad en la verja, pero al menos ya no hay periodistas merodeando. Como todo, cuando muere alguien famoso sale en primera plana, pero es algo fugaz y pasan a segundo plano en cuanto surge otra cosa más emocionante.

Las únicas luces encendidas de la casa son de la planta baja. Aparco y rezo para no encontrarme a ningún invitado o a alguien del gabinete de comunicación. La casa lleva semanas siendo de todo menos un lugar tranquilo.

Ambos lados del vestíbulo están llenos de arreglos florales. Y eso es solo lo que no ha cabido dentro. Todo el pasillo y el salón están repletos de ramos enviados por amigos, colegas y fans. La casa huele a jardín de flores a pesar de que estamos a finales de octubre. Me gustaría decirle a mi padre de broma que la casa parece una funeraria, pero no lo voy a hacer, claro. Podría herir sus sentimientos.

Me recibe una tranquilidad inusitada al entrar y exhalo aliviada.

Dejo el bolso en el suelo junto al armario de los abrigos (mi madre me habría reprendido por ello, por supuesto). «Eso se acabó», pienso.

De pronto llaman al teléfono fijo. Tenemos dos inalámbricos: uno en el salón y otro en la cocina. Miro de pasada el reloj: son las doce de la noche, pero aun así llaman al fijo. El teléfono ha sido una pesadilla en la última semana desde el accidente de mi madre, pero nadie se ha molestado en desconectarlo. Yo creo que en realidad mi abuela está encantada con toda la atención recibida estos días. No está bien que lo diga, pero es la verdad.

Para mi sorpresa, la puerta del estudio de mi madre está abierta de par en par. Me quedo en el umbral y veo desde allí que están todas las luces encendidas, incluido el flexo.

Veo a mi padre, que está hurgando en los cajones del escritorio. Tiene al lado un vaso medio vacío de whisky y una botella abierta, junto al ordenador de sobremesa, o sea, que lleva allí un tiempo. No me extrañaría que estuviese celebrando que mis abuelos se han largado de una vez por todas.

Me fijo en el acto en que encima de la mesa hay un destornillador de punta plana, así como una pila de papeles y todo tipo de sobres.

«Ostras, colega».

Ahogo una risa divertida.

Sé que mi madre cerraba con llave la mayoría de sus cajones. Era muy celosa de su intimidad. Vaya, vaya... Parece que mi padre se ha impacientado y, al no encontrar la llave de los cajones, los ha forzado. Ha estado aguantando más de una semana desde que murió mi madre y hasta que mis abuelos se han largado.

Solo puede haber una razón: está buscando algo de cuya existencia nadie sabía salvo mi madre.

10

—¿Qué haces? —pregunto cruzando los brazos sobre el pecho y apoyándome en el marco de la puerta.

Mi padre pega un bote, sorprendido.

—¡Joder, Mackenzie! —Se lleva una mano al pecho y luego le da un sorbo al vaso de whisky mientras mira el escritorio con ojos idos—. Estoy buscando unos papeles.

—Mamá te habría matado si te hubiera pillado aquí —le digo con una sonrisa apenada.

—Ya, sí, en fin...

Nadie ha tocado sus cosas todavía. Ni su ropa del vestidor de arriba. Ni su colección de coches. Ni su taza de café favorita en la cocina.

Me despego del marco de la puerta, me acerco al escritorio y me siento en el filo.

Papá sabe que a mi madre también le enfurecería verme hacer eso. No soportaba la actitud relajada y los modales descuidados. Pero ahora estamos los dos solos y casi tenemos la sensación de que el vigilante de seguridad que llevaba años controlándonos se ha ido.

—¿Qué papeles son los que buscas? —le pregunto—. ¿Te ayudo?

—Hum... Nada, cosas.

Suelto una risita.

—¿Nada, cosas?

Hace un gesto como señalando vagamente la habitación.

—Seguros de vida y cosas de esas.

—¿Seguros? ¿Varios?

—Sí, tenemos varios.

—¿Para ti y mamá?

—Para mamá, para mí, para ti.

—¿Para mí? —Ahora me entero—. ¿Para qué tengo yo seguro de vida?

—Tu madre insistió en que te lo hiciéramos.

Será broma...

Hay dos cosas de esa historia que no me cuadran.

Lo primero es que carece de sentido que mi madre me hiciera un seguro de vida. Vamos a ver, que tengo veintiún años. ¿Para qué iba a asegurarme si no creyera que podía pasarme algo? No llegué a contarle lo de cuando tuve que ir a urgencias, ni la consulta con el médico de hace unas semanas. Ese día lloré e intenté hablar con ella. Pero mamá tenía que dar una charla online, así que no se lo conté por pura rabia, imaginándome el día en que moriría fulminada de repente y mis padres se arrepentirían de no haberme hecho más caso.

Sí, estoy exagerando. El médico me dijo que la enfermedad que tengo no es grave, siempre que se supervise debidamente. El medicamento que me recetó debería controlarla sin problemas. Si tenemos en cuenta que es hereditaria, puede que incluso mi madre lo supiera y no me lo dijera por no asustarme.

Caigo de repente en eso: quizá había sabido que la cosa podía descarriarse si no se trataba, y por eso contrató un seguro de vida a mi nombre.

Aparto ese horrible pensamiento de la cabeza como buenamente puedo.

Lo segundo que me escama es mi padre. Tengo la sensación de que no está buscando los papeles del seguro sin más. Ese tipo de cosas siempre pueden consultarse online. La mayoría de los papeles legales los tiene el abogado de la familia o están en una caja de seguridad de algún banco. Aparte, hay una caja fuerte en el sótano.

Parece más bien como si intentara encontrar algo que no quiere que nadie más encuentre. Algo que mi madre mantenía bajo llave y fuera de su alcance. Y eso me da mucha curiosidad.

11

Nada en esta familia es lo que parecía hace apenas unos días.

—Papá, ¿mamá tenía amigos en la facultad? —pregunto para darle conversación y poder seguir observándolo.

Los ojos se le van hacia mí más rápido de la cuenta mientras se recuesta en la silla de mi madre y le da otro trago al whisky.

Es una enorme silla gótica, con patas de garra, de madera negra y adornada con unos intrincados cuernos de animal. Como salida de la época vikinga. Cuando mamá se sentaba en ella, parecía majestuosa, como una reina del inframundo. Mi padre parece un campesino, como si se lo fuera a tragar de un bocado en cualquier momento.

—En realidad, no —dice sin mirarme.

—Pero, a ver, seguro que salíais de fiesta en la facultad.

—Tu madre no. Ella iba a su aire. A ella le gustaba... —señala las estanterías con el vaso— quedarse en casa y escribir. Era una ermitaña. Y... Sí. —Mira por la mesa con tristeza.

—Pero, a ver, ¿ni una persona siquiera? —le insisto al recordar al tal John del que hablaba en la carta.

Mi padre me dedica una sonrisa que es de todo menos auténtica.

—Dime, anda, ¿a qué viene todo esto?

Me entran ganas de contarle lo de las cartas, pero cambio de opinión. Se supone que son un secreto. Mis padres últimamente no se llevaban bien, nada bien. De hecho él no parece estar pasándolo tan mal.

—Preguntaba por preguntar. Me gustaría saber más sobre ella.

Mi padre respira hondo, como si estuviera presionándolo, y luego repasa el cuarto con la mirada. Suelta una sonora exhalación, con cierta nostalgia en los ojos.

—Tu madre... Era divertida. Hasta que dejó de serlo. —Se queda callado sin más.

«Genial, no me cuentes tanto, por favor...».

Pero entonces prosigue.

—Era una persona buena y llena de vida. Hasta que... Pasaron cosas. Y ella... Nos mudamos a la Costa Este justo después de nacer tú, y luego, al año, cuando publicó su primer libro, las cosas cambiaron muy rápido. Mucho —repite en un susurro, todavía sin mirarme.

De nuevo no me está contando nada que yo no sepa.

Me doy cuenta ahora de que va bastante pasado, lo que viene siendo habitual en los últimos días a esta hora de la noche. Ha perfeccionado el beber como ciencia, la fórmula ideal para no desmayarse.

Aunque sí que parece triste, o, no sé, perdido. Pese a que solo tiene cuarenta y cuatro años, ya pinta bastantes canas en su melena castaña. Sigue estando delgado, pero empieza a encorvársele la espalda.

Mete la mano en el bolsillo, saca una pitillera y extrae un purito.

En un acto reflejo, contengo la respiración, preguntándome si de verdad se va a atrever a encenderlo. Mi madre no le dejaba fumar en casa, y menos aún en su santuario.

Pero lo enciende. El mechero que tiene en la mano hace clic y prende la punta del purito. Le da una calada, saboreándola, y luego suelta una nube de humo mientras yo lo miro sin dar crédito. Le da otra calada, y otra más, se empina lo que queda de whisky y luego echa la ceniza en el vaso y lo deja en el escritorio.

Ver para creer. Seguro que las cenizas de mi madre acaban de prenderse fuego en la urna. Vendrá su fantasma a perseguirlo.

Mi padre se queda callado y por un momento creo que se olvida de mi presencia. O puede que esté superborracho: tiene los ojos nublados, la mirada desenfocada.

—Antes éramos felices —dice por fin, con la vista clavada en el escritorio—. Cuando se publicó el libro, fue un pelotazo instantáneo, estuvo meses en la lista de los más vendidos del *New York Times*. Viajamos mucho. Compramos nuestra primera casa. No esta. —Señala con el purito a nada en concreto y con la nariz ligeramente arrugada en lo que comprendo que es aversión—. Nuestra primera casa, más sencilla. Yo invertí en un negocio y luego en otro. Los dos fueron mal y perdí ese dinero. Ahí fue cuando ella dijo: «Ni siquiera eres capaz de conservar el dinero que te doy». —Mi padre ríe con amargura—. Elizabeth... Una vez rimé su nombre con Lady Macbeth. No le hizo gracia. En fin... —Se rasca el entrecejo con el pulgar y luego se limpia la boca con el dorso de la mano—. Ella... ella siempre fue la que tenía talento, la escritora de renombre... —dice con una mueca de desdén—. Y yo era solo el marido de A. Z. Ganven.

Mi padre tira la ceniza al suelo mientras yo lo observo conmocionada y temerosa de interrumpirlo. Nunca había hablado así de ella, nunca se había atrevido.

—Aunque eso tampoco era el problema, podía habernos ido bien así. Ella y yo... Se suponía que íbamos a ser siempre ella y yo. Y tú, una vez que viniste a este mundo. —Por fin me mira y me dedica una fugaz sonrisa aniñada, con hoyuelos incluidos—. Tú, por supuesto, pequeña.

Me encanta esa sonrisa de mi padre. Es una cosa que no le ha cambiado con los años. Da igual de qué humor esté, o el aspecto que tenga, que esa sonrisa siempre derrite el corazón de todo el mundo.

—Pero entonces... —La sonrisa se le borra en un instante y coge la botella de whisky y le da un buen trago.

Uau. Sería un buen momento para pararle los pies, pero quiero que siga hablando.

—¿Y entonces? —lo urjo en un susurro.

—Entonces él apareció en nuestras vidas. Y todo se fue al puto garete —contesta con saña.

—¿Quién?

Mi padre suelta una risa tenebrosa, le da otro trago a la botella y la deja en la mesa con un sonoro porrazo. La cabeza se le bambolea ligeramente.

—El tío al que se ha estado tirando a mis espaldas.

Me quedo de piedra.

Mi padre se encoge de hombros con toda su borrachera.

—Perdona, pequeña, pero ya tienes edad de sobra para saber la verdad sobre tu talentosa madre —dice emponzoñado.

Quiero saber más, pero a mi padre se le están amustiando los ojos y creo que está a punto de caer rendido.

Momentos después, apoya la cabeza contra el respaldo de la silla y cierra los ojos.

Me voy sigilosamente.

Al menos ahora tengo una cosa clara: mis padres tienen secretos de sobra para otro superventas.

12

Hace ya unos seis años que la persona con la que más relación tengo en casa es Minna, nuestra asistenta. Triste, ¿no?

Son poco más de las nueve de la mañana cuando bajo al olor del desayuno.

Minna me saluda con una sonrisa compasiva.

—¿Cómo está, señorita Mackenzie?

—Bien, bien.

Mira con cara de circunstancias hacia el pasillo y veo que la puerta del estudio de mi madre sigue abierta.

—¿Está ahí mi padre? —le pregunto.

Niega con la cabeza.

—Me lo he encontrado ahí dormido cuando he llegado esta mañana. He tenido que despertarlo y ayudarlo a subir la escalera.

—Gracias, Minna.

—He limpiado un poco. Estaba patas arriba. Espero que no le importe. La señora Casper nunca me...

—Ella ya no está —suelto sin pensar.

Minna murmura otro perdón y luego me dice animada:

—El desayuno está listo, señorita. Su favorito.

Mi abuela cocinó varias veces estando aquí, pero a mí

su comida no me convence. Minna cocina mucho mejor, mientras que mi abuela cree poseer el secreto de unas cuantas recetas mágicas de la vieja escuela. Nadie se atreve a decirle que su comida es lo peor, como su forma de ser.

Suena el teléfono fijo y Minna va al salón para cogerlo en el supletorio de allí.

—Ha fallecido. No... Sí... El señor Casper no puede ponerse en estos momentos...

Cuelga y vuelve hasta donde estoy yo negando con la cabeza.

—No paran de llamar. Que si abogados, gente desconocida. ¡De todo!

—Deberías arrancar el cable.

Minna se ríe. No sabe si bromeo o no, pero la abuela ordenó que se respondiera a todas las llamadas.

Miro de reojo el estudio de mamá y me digo para mis adentros que ya echaré una buena ojeada al cuarto en cuanto tenga ocasión, seguro que encuentro cosas interesantes. Pero necesito hacer algo antes de que mi padre se despierte.

—Pon ese desayuno en pausa, que vuelvo enseguida —le digo a Minna.

Voy al estudio y veo que la llave de repuesto sigue en la cerradura de la puerta. La saco, cojo mi bolso y, en chándal, me meto en el coche y conduzco siete kilómetros hasta la ferretería. Regreso con una copia.

Justo estoy aparcando de vuelta en casa cuando me llama E. J.

—¿Cómo va el décimo círculo del infierno? —me pregunta.

Me tengo que reír.

—No va mal. —Me tropiezo con un ramo de flores

cuando entro por la puerta, que está abierta; ahora hay muchas más flores fuera.

—¿Tienes clase hoy?

—Hasta el lunes, nada.

—¿Se han ido ya tus abuelos?

—Sí, ayer.

—Os habréis quedado en paz.

—No lo sabes tú bien... —Entro en la casa y me detengo entre el pasillo y el salón, donde Minna está cogiendo un ramo de lilas—. En teoría, mi padre ha quedado hoy con los abogados. Ayer se pilló una buena y dijo bastantes locuras.

—¿Sobre tu madre?

—Sí, también. Ya te contaré. Pero estaba... Se puso a fumar y a beber en el estudio de mi madre.

Miro de reojo a Minna, que se pone tensa, con las flores entre las manos; me dedica una breve mirada de alarma y luego se encamina hacia el vestíbulo.

—¡Joooder! —E. J. se ríe—. Papá Casper se desmelena.

Conoce lo bastante a mi familia para saber que, efectivamente, la cosa se está yendo de madre.

Yo sonrío con ganas. No debería ser divertido, pero es como una comedia negra cuesta abajo y sin frenos hasta que se convierte en tragedia. Mi familia es absurda, qué le vamos a hacer, y yo ya paso de ser diplomática y de estar mintiéndome a mí misma.

—Lo que te iba a decir es que... Tengo una llave del estudio de mi madre. —Miro a Minna de reojo sabiendo que mis palabras harán que le zumben los oídos—. Mi padre forzó ayer el escritorio de mamá.

—¡Qué dices, Kenz!

Minna baja la cabeza al pasar a mi lado. Ella siempre ha estado de mi parte, así que no tengo problema con que me oiga hablar de esto.

—Pues sí. Yo creo que estaba buscando algo, pero eso es lo de menos. En cuanto salga por la puerta, ¿quieres venirte y me ayudas a hurgar en los papeles de mi madre?

—Cuenta conmigo. Sí. Dame una hora o así y tiro para allá.

Creo que mi madre guardaba secretos en su estudio. Es bien posible que mi padre estuviera buscando algo, pero estoy decidida a encontrarlo yo antes, o al menos una pista, lo que sea, del pasado de mi madre.

Me precipito hacia el estudio, meto la llave de mi padre en la cerradura y vuelvo después al salón.

Es entonces cuando me fijo en que la mayoría de las flores han desaparecido.

—¿Qué está pasando? —le pregunto a Minna.

—El señor Casper sigue en la cama, pero me ha pedido que le lleve café y que me deshaga de todas las flores. Dice que no quiere que esto parezca una funeraria.

—Bien —digo aliviada.

Minna se detiene ante un enorme arreglo floral de lo más exótico. Son unas rosas arcoíris majestuosas, en tonos negros y naranjas. Debe de haber unas cincuenta en un ramo dentro de un jarrón de mármol negro, decorado con una redecilla dorada.

Minna se lleva la mano al pecho y niega con la cabeza.

—Vaya, qué bonitas son estas.

Me acerco y leo la tarjetita negra con letras doradas que hay remetida entre las flores:

Ajá. Será otro fan loco. O...

«El tío al que se ha estado tirando a mis espaldas».

Las palabras de mi padre me resuenan en los oídos. Pero estoy de acuerdo, es un ramo tan extravagante como hermoso. Veremos si mi padre se fija en él.

—Deja este —le digo a Minna—. Los demás los puedes tirar.

Me mira con cara rara y me pregunta entonces, señalando la pila de flores que hay en el pasillo:

—¿Le importa si... si me llevo alguna a casa?

Le sonrío.

—Llévate las que quieras. Dáselas a tus amigas o algo. No tiene sentido tirarlas. Deben de valer un dineral. —Me viene una idea—. Pero hazme un favor: saca todas las tarjetas de los ramos y guárdamelas.

Quiero leerlas con detenimiento. Nunca se sabe si puede haber algo sospechoso. Todavía no sé quién me está mandando a mí las cartas.

Vuelve a sonar el teléfono fijo. Minna se apresura a coger el aparato y mientras habla escribe algo en la libreta que hay debajo. Tiene ya una docena de mensajes. Mi madre siempre se ha ocupado de todo, hasta de las facturas. ¿Mi padre, en cambio? Ha puesto el móvil en silencio para no perder la cabeza, aunque no puedo culparlo por ello. El teléfono fijo tampoco lo ha tocado.

Voy a la cocina y Minna me sigue en el acto. En nada está sacando un plato y sirviéndome unos huevos fritos con beicon y una tostada con aguacate.

Me dejo caer en el taburete de la isla de cocina. Prefiero comer aquí a que me sirva en la mesa gigante del comedor. Cuando vivía en esta casa, las comidas eran casi ceremoniales. Los desayunos eran bufés elaborados con múltiples utensilios, servilletas, jarras, hojaldres y una cesta de fruta que nunca parecía tener más de un día a pesar de que ninguno de los tres comíamos.

Me gustan las cosas sencillas. Y disfruto del tarareo de Minna por lo bajo y cuando me cuenta los dramas de su familia en vez de ir por ahí con una sonrisa falsa y la mirada fría, como se veía obligada a hacer delante de mis padres.

Ahora está contenta de no tener a mi abuela mangoneándola y tratándola como una esclava. Sí, hay diferencia entre asistenta y sirvienta. Minna os lo podría contar todo al respecto ahora que la abuela no está.

—Tiene usted un montón de cartas, señorita —me dice Minna, que va a la cesta del correo y coge un sobre grande—. Pero aquí tiene este, que es grande y parece importante. Estaba en el buzón esta mañana y no lleva ni dirección ni sello. —Me lo deja delante del plato.

PARA MACKENZIE CASPER, pone en la etiqueta impresa.

Mientras mastico el beicon, rasgo el sobre y saco otro más pequeño.

Este otro me deja paralizada. Casi me atraganto con el beicon mientras miro las palabras ya conocidas:

De tu fan número 1. ♡

CARTA N.º 3

No sabemos que un cristal se ha roto si no lo oímos partir-
se; incluso aunque lo veamos, nuestra mente no llega a re-
gistrarlo del todo. Cuando lo pisamos, en cambio, ahí, ahí
sí que lo sentimos. Ese es el momento de la verdad. Sintiendo es como se nos da a conocer la realidad. El dolor es
su manifestación primordial.

Allá donde iba yo, allí estaba ella: era como ver cristal
roto pero desde lejos.

Hasta que la vi un día hablando con Ben a las puertas
del campus principal no comprendí del todo que había venido a Old Bow por mí.

Los observé desde la distancia. Ben rio, con una risa tan
sonora y alegre en aquel día soleado de septiembre que
sentí una punzada en el corazón. Como en esas películas
tristes que se ven una y otra vez, en las que los personajes
principales disfrutan tan contentos porque todavía no saben —ellos no pero tú sí— lo que va a pasar dentro de
nada: que una tragedia les destrozará la existencia.

Yo no sabía qué quería ella ni por qué había aparecido
de la nada en mi vida.

Quizá fuera casualidad.

Quizá no fuera nada.

Le pregunté a Ben de qué la conocía cuando lo vi más tarde.

—¿A Tonya? Ah, la conocimos la otra noche en el bar, los chicos y yo. Es muy enrollada. Acaba de mudarse, no es de aquí. ¿Por qué?

—Te vi hablando con ella y me suena de algo —mentí.

Supe entonces que ella lo tenía en su punto de mira. Y no porque fuera guapo —porque guapos hay muchos—, sino porque era mío.

Yo nunca había tenido problema con que Ben saliera con sus amigos. A él le gustan los sitios bulliciosos, con mucha gente, y a mí eso no me atrae nada. Pero de pronto tuve envidia de que ella estuviera con él en un sitio al que yo no iba, donde yo no encajaba. Y encima no podía hacer nada.

Confieso que estaba enamorada de Ben, la verdad. Yo era más pobre que las ratas y, aunque me las arreglaba, a veces él me daba dinero para mis cosas. A mí me gustaba estar sola y lo prefería así. Él era el alma de cualquier fiesta y me inspiraba para escribir. Yo nunca imaginé para mí un futuro de felicidad, pero él sí que solía bromear con que, cuando yo me hiciera famosa y rica con mis libros, él sería mi marido florero. Se reía. Y de repente yo también estaba viendo un futuro con él, y era más luminoso de lo que había imaginado en sueños.

Le solía dejar leer los capítulos a medida que iba escribiendo.

Siempre se deshacía en halagos.

—Dios, Lizzy, qué talento tienes. ¿Cómo se le pueden ocurrir estas cosas tan locas a esa cabecita tuya?

Y él salía con sus amigos todas las semanas para celebrar una cosa u otra: fiestas, cumpleaños, verbenas, un viernes cualquiera. Siempre había algo, y yo, mientras, me quedaba en casa escribiendo.

Dos semanas después de encontrarme con Tonya, yo misma me invité a salir una noche con Ben.

—No me vendría mal un poco de compañía —dije queriendo salir con él por una vez.

Y allí estaba ella, esa misma noche, Tonya, riéndose con la novia de un amigo de Ben, cuando entramos en el bar donde siempre quedaban todos.

Entre decenas de personas, la mayoría estudiantes, Tonya destacaba. Feliz, segura de sí misma, con una simpatía envidiable.

—Buenas, Tonya, esta es Lizzy —le dijo Ben, sin presentarme como su amiga, su novia ni nada, solo «Lizzy».

Ella me saludó con una sonrisa.

—Hola, Lizzy. Me suena tu cara. ¿Nos hemos visto en alguna parte?

—No lo creo —murmuré queriendo que me tragara la tierra.

—Me recuerdas a una chica de mi instituto, de cuando yo tendría quince años o así. Me acuerdo de que le gustaba jugar con fuego. No os lo perdáis, colegas, había una chica que...

La sangre me latía en las sienes cuando se puso a contarles una historia sobre el incendio de un granero. Y lo contó como si tal cosa, como si fuera un chisme de prensa sensacionalista.

—¡Venga ya!

—¡Joder, no veas!

Los chicos reían mientras a mí me hervía la sangre.

—¡Qué loco!, ¿no? —Ben me dio un codazo sin apartar la vista de ella.

Yo conocía la historia, por supuesto. Mi historia. Conocía a los chicos de los que hablaba y la investigación que había seguido al incendio.

Fue entonces cuando lo sentí: el dolor del pasado. Como pisar cristal roto, con las esquirlas atravesándote la carne blanda.

Y tuve el presentimiento de que era solo el principio de una larga pesadilla.

Estuve una hora en el bar, lo más que pude aguantar, intentando evitar la mirada de Tonya, avergonzada de estar allí, con Ben, que apenas me hacía caso.

Les dije a todos que me iba a casa y fui al baño. Cuando salía del local, me la encontré bloqueándome el paso.

Nos quedamos las dos mirándonos por un momento breve, un momento que me engulló y me devolvió al pasado, a mis años en el centro de acogida, los tres chicos y lo que me dijo ella entonces: «Ni te acerques a Brandon, ¿me entiendes, mosquita muerta?».

Hasta que me escupió de vuelta al presente, dejándome temblorosa de la rabia.

—¿Qué quieres de mí, Tonya? —le pregunté sin rodeos, aunque temerosa de la respuesta.

Ella levantó la mano y me pasó el índice por el pelo, que me caía a un lado de la cara. Lo hizo muy lentamente, como un amante, paseando su mirada cruel por mi cara.

—Yo sé lo que hiciste, Lizzy, guapa. ¿Te crees que te vas a librar? —Una mueca siniestra le torció los labios.

—No sé de qué hablas —respondí acongojada por lo que había dicho.

—Ah, no, sí que lo sabes. Tengo pruebas y se las puedo llevar a la policía. —Se me acercó tanto que olí hasta su perfume y un vago olor a enjuague bucal; me pegó entonces los labios al pelo para susurrarme al oído—: En cualquier momento, Lizzy. Ándate con ojo.

Aquellas palabras me dejaron aterrada, aunque lo disimulé.

Quise decirle que yo solo quería meterles miedo, que solo quería que se arrepintieran de lo que me habían hecho. Pero lo que no podía decirle en modo alguno era que me alegraba de lo que les había pasado: de que los tres hubieran muerto.

13

Estoy dando vueltas nerviosa por mi cuarto cuando por fin llega E. J.

—Tu viejo sigue en casa —me dice al entrar—. Y hay un tipo que se está llevando las flores.

Va vestido con sus vaqueros de siempre, sudadera negra y zapatillas Converse, el pelo revuelto y ligeramente mojado. Estará lloviendo.

Le tiendo el sobre.

—Uau —dice boquiabierto, y me lo quita de las manos—. ¿Otra?

Se sienta en el borde de la cama mientras lee la última carta y yo me paseo de un lado a otro, tirándome de los cordones de la sudadera, sin apartar la vista de su cara para observar su reacción.

Cuando termina de leer, deja caer las manos con la carta sobre el regazo, levanta los ojos para mirarme y veo reflejados los mismos pensamientos que he tenido yo hace una hora, cuando la he leído.

—Vaaale...

—Vaaale... —lo remedo.

—Ahí lo tenemos.

—Eso parece.

Una confesión: no hay otra forma de llamar a lo que mamá escribió en esa carta.

—Ostras —susurra.

—Necesitamos ese expediente, E. J. —le digo—, el expediente del caso. Creo que aclararía las cosas. O al menos nos daría más detalles.

—Ya, sí, mi colega me va a avisar en cuanto consiga algo.

E. J. va al baño mientras yo doblo la carta con cuidado y la guardo en el sobre en el que ha llegado.

A estas alturas, me pregunto si no debería utilizar guantes para manejar esta correspondencia. No pienso contar nada de lo que hizo mi madre en el pasado, desde luego, a no ser que... No, borrad esa idea. No hay un «a no ser que». Aun así, son pruebas. Quién sabe si la persona que las está mandando no es un chalado que acabará viniendo a por mí. De momento, una cosa está más que clara: me están vigilando.

Pongo el sobre con los dos anteriores, que tengo ya en una carpeta clasificadora de plástico, y lo meto todo en el bolso.

La puerta del baño se abre con un chirrido y E. J. asoma por el umbral, meneando con fuerza un frasco de pastillas amarillo y mirándome con preocupación.

—¿Te estás tomando esto?

Pongo cara de hastío.

—A veces.

—¿A veces?

—Sí, ¿qué pasa? Tampoco es que me vaya a caer muerta de repente. —«Esperemos...».

Mi amigo no se mueve del sitio.

—Venga, Kenz, en serio.

Odio cuando la gente se compadece de mí. Y última-mente ha sido un no parar.

—¿Me echarás de menos si la palmo? —le pregunto son-riendo, a lo que niega con la cabeza—. Mi fantasma te per-seguirá, E. J. Estarás tú ahí pasándotelo bien con tu nueva ciberreina y yo me dedicaré a tirar chismes por tu casa y a hacer que te cagues vivo.

Una sonrisa le asoma a los labios.

—Me gustas más viva. Y las reinas del ciberespacio no son mi rollo.

—Ah, ¿ya no? —Vuelve a meterse en el baño para de-volver el frasco a su sitio—. ¿Desde cuándo? —pregunto en voz más alta, hasta que sale y me mira con reproche—. Yo creía que eran tu tipo —insisto para provocarlo.

—Ah, ¿sí? ¿Desde cuándo eres una experta en eso, Mordicia?

Ha vuelto a mi apodo. Kenz es cuando me quiere ha-blar en serio. Si me llama por mi nombre completo es que pasa algo muy chungo.

Me suena en el teléfono una notificación de la verja de entrada.

Activé las notificaciones cuando regresé durante un tiempo a la casa de mis padres después de que muriera mi madre. Tenemos un montón de cámaras por toda la finca, aparte de la alarma y del sensor de la verja de fuera: toda precaución es poca con los fans locos. Es una realidad que hemos vivido durante años. Las precauciones de seguri-dad vinieron muy bien las veces que mi madre tuvo que vérselas con acosadores.

Veo en las imágenes de la cámara que es mi padre quien está saliendo con el coche.

—Vamos —le digo a E. J., que me mira expectante—. Hora de descubrir los secretos de A. Z. Ganven.

14

Cuando llegamos abajo, nos encontramos con la puerta de la entrada abierta y un tipo con camisa de cuadros y vaqueros que está llevando en brazos varios jarrones con flores y sacándolos de la casa.

—¡Buenas, Mackenzie! —me dice en voz muy alta.

—¡Buenas, Nick!

—¡Siento lo de tu madre! —me dice también a gritos.

Es el sobrino de Minna. Veo su camioneta por la puerta abierta, aparcada con la caja trasera hacia la entrada, ya medio llena de flores.

Su tía está ayudándolo.

—¿Seguro que no hay problema? —quiere asegurarse Minna de nuevo.

—Claro que no, lleváoslas. Ven. —Le hago señas para que se acerque a hablar—. Vamos a entrar en el estudio de mi madre. No le digas nada a mi padre, ¿vale?

—Claro. —Sonríe como una cómplice más.

Ni siquiera me extraña encontrarme la llave echada. Para confirmar que no me equivoco, voy hasta la máscara indígena y hurgo en la espesa cabellera, pero en el escondite donde suele estar guardada la llave de repuesto no hay nada.

Lo sabía.

—Mira quién ha sido más espabilada —murmuro, orgullosa de mí misma, mientras saco del bolsillo de la sudadera la copia que he hecho esta mañana y abro la puerta.

Dentro del estudio no se ve nada, con las gruesas cortinas color borgoña corridas.

—Cierra y echa la llave por dentro —le pido a mi amigo mientras me acerco a la ventana para descorrer las cortinas y dejar que entre luz.

—¡Uau! —dice por lo bajo mirando a su alrededor.

A la luz del día, el estudio parece casi normal. Profesional pero con un toque gótico.

Mi amigo es la primera vez que entra, y le dejo que pasee tranquilamente por la habitación, con los ojos muy abiertos por el asombro.

El estudio de mamá parece un altar o algo parecido. Lámparas con telas por encima, cuadros góticos, un friso de madera con intrincados dibujos, pósteres promocionales con elogios de sus libros.

Hay toda una pared ocupada por un enorme aparador de madera color negro ceniza que va del suelo al techo y está lleno de estantes y cajones, así como de figurillas y libros antiguos. En medio, una chimenea gigante, y, delante, un conjunto de salón en cuero, dispuesto sobre una alfombra de pelo largo. El escritorio clásico de mi madre queda a la derecha mientras que la ventana está a la izquierda.

—¿Son todas ediciones especiales? —pregunta E. J. mientras pasa los dedos por los estantes que muestran decenas de variantes de los tres superventas de mi madre.

—Sí. Y tiene otra vitrina dedicada solo a eso. La mayoría son ediciones publicadas, aunque también hay algunas encuadernadas a mano por fans que se las mandaban de regalo.

—Mola.

La personalidad de mi madre no me conquistaba, pero era una mujer brillante. Si bien no me gusta que me comparen con ella, tengo que reconocer que en muchos momentos de mi vida me he henchido de orgullo cuando la gente se ha enterado de quién soy. Aunque de eso hace mucho.

Entrar en su estudio es como adentrarse en un viejo castillo con un elegante toque moderno. Moqueta gruesa. Madera oscura combinada con acero inoxidable. Rabia, odio, deseo —justo de lo que escribía ella—: todas las emociones más oscuras de los seres humanos combinadas en un cóctel representado visualmente que salpica cada fascinante detalle de esta habitación.

—¿Quieres que te haga un tour? —le pregunto a mi amigo.

—¡Pues claro!

Lo conduzco hasta un baúl de viaje gigante. Tuvieron que traerlo entre tres personas cuando mi madre lo compró hará diez años. Ahora está hasta los topes de cosas.

—¿Eso no será...? —dice sin terminar la pregunta.

—Lo es. —Asiento, abro el cierre de pega y levanto la tapa.

La adrenalina me recorre el cuerpo y me tiemblan ligeramente las manos. Nunca me habían dejado tocar nada de este estudio.

El compartimento de arriba está lleno de sobres y cartas, sencillos, en papel de lujo, con envoltorios elaborados: todo cartas de lectores.

Pulso una palanca y el compartimento superior se hace a un lado y deja a la vista el resto del baúl, con toda clase de curiosidades en el interior, cortesía también de sus fans.

—La leche. —Divertido, E. J. se agacha delante del baúl y yo hago otro tanto para ir sacando una cosa tras otra e ir inspeccionándolas—. ¿El famoso bote de meado? —Mi amigo señala una bolsa con autocierre que contiene un frasco.

—Eso me temo. No sé para qué lo guardaría mi madre.

—Puede que como prueba. —Se encoge de hombros—. ¿Los inspectores del caso no pidieron ver nada de esto?

Me quedo mirándolo, pensativa.

—Aquí hay demasiadas cosas. Además...

—Además, no tienen pruebas reales de que el accidente no fuera eso, accidental.

—Exacto.

Es extraño, pero no vino ningún inspector a hablar conmigo sobre mi madre. Al menos después de aquel al que mi abuela echó de casa de mala manera.

Nos pasamos media hora hurgando entre mechones de pelo en bolsitas con notas, juguetes raros, muñecas que en teoría eran mi madre con agujas clavadas. Hay tierra roja de Namibia de un fan. Hay rocas de un volcán de Islandia de otro. Una baraja de naipes de época. Una prenda de ropa. Una daga antigua.

—Uau —dice mi amigo levantándose del suelo antes de echar un último vistazo y decirme—: Vale. ¿Qué estamos haciendo?

Los regalos de los fans pueden ser muy emocionantes, pero yo sé que él está deseando investigar. Y yo, igual.

No sé por dónde empezar, pero una cosa es segura: nadie cierra con llave un cuarto a no ser que esté escondiendo algo que no quiere que nadie vea. Y me parece bastante evidente que mi madre tenía cantidad de secretos.

15

E. J. se acerca despacio al aparador que ocupa toda la pared y va tirando de los cajones. Cuando uno no cede, prueba con más fuerza, pero no puede abrirlo.

—¿Tienes la llave de esto? —me pregunta.

—No.

—No puede estar muy lejos.

—Seguramente guardaba las llaves del cajón en otra parte.

—No creo. —E. J. sigue repasando el aparador centímetro a centímetro, presionando en todos los recovecos que ve—. Lo normal es que quisiera tener la posibilidad de acceder aunque se hubiera dejado las llaves en otra parte. Yo me ocupo de esto. Todo lo que tenga llave es importante.

Le dejo a lo suyo mientras voy al escritorio gigante y me siento en la silla de mi madre.

Me quedo unos segundos esperando a que me vengan los recuerdos y me noquee el duelo..., pero no, va a ser que no. Tengo en cambio una sensación irreal, y en vez de llorar, sonrío... Aquí es donde mi madre creó casi toda su obra y desde esta posición puedo ver el estudio con sus ojos.

¿Se sentiría como una reina del *thriller* cuando trabajaba aquí?

Paso la mano por el borde de la mesa y el corazón me aporrea el pecho, expectante por poder al fin tocar sus objetos personales.

Todavía no necesito entrar en el ordenador, que seguro que tiene contraseña. Ya nos ocuparemos de eso más adelante. Los cajones son otra historia.

Encima del escritorio hay lo típico: el marco con la primera página del manuscrito, una foto de nosotros tres en mi graduación del instituto y otra foto de ella rodeada por otros tres autores superventas.

Hay también unas montañitas ordenadas de papeles y documentos..., gracias a que Minna ha limpiado hoy después de las pesquisas de anoche de mi padre. Todavía huele un poco a tabaco. Parece que se esté borrando ya el espíritu de mi madre con el humo, y aun así no puedo evitar enderezar la columna: es como si esperara que entrase en cualquier momento y desatara su ira sobre mí al verme en su mesa.

Aunque más que nada estoy inquieta por el recuerdo de la última carta. Mi madre nunca fue un angelito, pero pensar que cometiera crímenes horribles y enterrara las pruebas en algún lugar hace que este cuarto me dé repelús.

E. J. sigue trasteando en los distintos compartimentos que rodean los cajones cerrados con llave. Yo, entretanto, empiezo con la pila de papeles del escritorio.

Son cosas aburridas, en su mayoría facturas y recibos, extractos bancarios y contratos. Les echo una ojeada y luego me inclino impaciente sobre el cajón de arriba del lado derecho. Tiene el cierre roto, como me imaginaba, pero el cajón está vacío. Seguramente todos estos papeles estaban ahí antes de que los sacara mi padre.

El siguiente cajón también tiene el cierre roto. Dentro hay más papeles y una caja negra. Cuando la abro descubro un revólver y un cargador con balas.

—Uau. ¿Para qué querría un revólver mi madre? —digo en voz alta.

—¿Quién no tiene un revólver hoy en día? —bromea E. J.

Cierto, pero ahora todo lo que guarda relación con mi madre despierta mis recelos.

Repaso los papeles. Más contratos. Tengo ganas de acabar con tanto papeleo cuando uno de ellos me llama la atención.

«Evelyn Casper».

—¿Por qué estaría el nombre de mi abuela en un contrato de edición de mi madre? —me pregunto por lo bajo.

E. J. se vuelve para mirarme.

—¿Puede que tu madre la tuviera contratada para algo?

«Hum».

Saco una foto con el móvil de los contratos y de los acuerdos de confidencialidad y luego voy a por el tercer cajón.

Hay una carpeta dentro que contiene una pila de extractos bancarios. Una cuenta se ve que es claramente la que usaba mi madre para sus asuntos profesionales. La otra no tiene nombres, solo el número. Todos los movimientos que aparecen son transferencias, y se repiten dos veces al año, como un reloj, desde hace siete años.

—Creo que a mi madre la estaban chantajeando —digo estudiando los papeles.

—Espera. Me parece que ya lo he averiguado —responde E. J. con voz de esfuerzo, sin hacerme mucho caso, mientras mete una mano hasta el fondo de una de las repisas.

Yo sigo repasando las transacciones y me fijo en que las cantidades aumentan con los años, y que la última fue este mismo verano. Al final de la pila, hay un papel que está escrito a mano y lo que pone hace que se me hiele la sangre.

No podrás escapar de tu pasado, E-li-za-beth.

Acompañado de una carita sonriente.

—Pues sí —murmuro sacando otra foto del papel—. Chantaje fijo.

—¡Bingo! —grita E. J.

Cuando giro la cabeza como un resorte hacia él, me lo encuentro mirándome radiante y contoneando los dedos como un mago junto al cajón, que ahora está abierto.

16

Dejo los papeles en la mesa y me reúno con mi amigo.

—He abierto el cajón con una palanca que tiene escondida. —E. J. extiende los brazos con aire triunfal—. ¡Tachán!

Es un cajón muy hondo que contiene varias cajas negras alargadas.

Me quedo mirándolas un momento en silencio, hasta que mi amigo me las señala con la barbilla, como animándome a abrirlas.

Son tres cajas pesadas y una carpeta. Lo cojo todo, me lo llevo a la mesa y luego me humedezco los labios, nerviosa por lo que pueda encontrarme.

—Venga. —Impaciente, mi amigo me da un codazo.

Abro la tapa de la primera caja. Hay algo en papel de embalar que desenvuelvo con cuidado, preguntándome si estaremos ante alguna rareza. Cuando aparto la última capa, aparecen dos cuadernos idénticos con flores en la tapa y una libreta de escribir algo más ancha debajo.

Cojo el primer cuaderno y lo abro.

«Elizabeth Dunn —pone en la esquina superior con una caligrafía muy bonita—. Brimmville, Nebraska, 10 de enero».

Me quedo sin aire.

—Es un cuaderno de mi madre, de cuando vivía en el centro de acogida.

Hojeo las páginas amarillentas, llenas de notas, citas, palabras y frases.

—¿Qué hay en el otro? —me urge E. J., que se ha apoyado con ambas manos en el escritorio.

Cojo el siguiente.

«*Se lo buscaron ellos solos* —pone en la primera página en letras grandes—. Una historia de Elizabeth Dunn».

Contengo la respiración y paso la hoja. La siguiente está arrancada y la otra empieza con la conocida frase que he releído hace poco. Está llena de correcciones y tachones, escrita a tinta, con pequeñas gotitas que emborronan algunas palabras.

—Esto es tinta auténtica y está escrito con un cálamo que utilizaba ella a veces —digo orgullosa—. Un momento, un momento —murmuro al tiempo que dejo el cuaderno y cojo el marco con la primera página del primer superventas de mi madre, el que hay en la mesa.

Cuando lo pongo al lado de la libreta, no cabe lugar a dudas: la misma caligrafía y el mismo papel.

—Es de este mismo cuaderno —afirma E. J.

—Es verdad —digo asombrada—. Tiene que ser el primer borrador de mamá.

—Mira el siguiente.

Cojo la libreta más ancha y veo que en la primera página pone: «*Mentiras, mentiras y venganza*, de A. Z. Ganven».

—El borrador oficial —dice E. J., y asiento—. Siguiente caja —ordena impaciente.

Me estoy oliendo lo que puede contener y no me equivoco. El mismo papel de embalar, plegado con mucho cuidado para atesorar un cuaderno muy lujoso con pastas de cuero. La primera página revela el título del segundo superventas de mi madre: *Silbidos asesinos.*

—E. J. —susurro volviendo la página, y acaricio la letra y el papel.

Es un cuaderno con muchas correcciones y tachones. Debe de ser el primer borrador.

—Mierda —masculla E. J.—. ¿Lo ves?

—¿El qué?

—Es el mismo papel que el de las hojas que te mandó el fan anónimo.

¿Será verdad?

Tengo las cartas arriba, pero luego las cotejaré con el cuaderno.

Abro la tercera caja.

Contiene hojas de distintos tipos y tamaños, en papeles muy variados. Lo que hay garabateado es caótico, escrito sin orden ni concierto, tachado con saña, una cosa escrita encima de otra.

—Qué caos —comenta mi amigo—. ¿Estaría drogada tu madre cuando lo escribió? —Suelta una risita cuando le doy un codazo en broma.

Aunque a mí tampoco me extrañaría... Mi madre tenía a veces largas temporadas de ánimo sombrío; en esas épocas era capaz de pasar los días encerrada en el estudio.

Una hoja me llama la atención al instante.

—Esto son notas para *Ángeles y villanos*, su antología de cuentos fantásticos.

—Está claro que, cuando escribió esto, tenía un estado de ánimo muy distinto —comenta E. J.

—No me digas...

Mi padre y yo sabemos que a mi madre le cambió el humor para mal en los últimos tiempos. Que me lo digan a mí, que tuve que padecerlo en mi adolescencia. *Ángeles y villanos* se publicó hace cinco años. Era un género totalmente distinto al de sus libros anteriores, pero con el inconfundible gusto de mi madre por lo gore y por los personajes de moral ambigua. Fue un gran éxito.

Lo que me extraña es que esta caja no contenga un manuscrito completo.

—A lo mejor está en lo que queda ahí.

E. J. me señala la carpeta de plástico, pero se impacienta y la coge él mismo.

Dentro hay una pila de papeles. Las hojas son de un cuaderno corriente, de los que se pueden comprar en cualquier tienda. La escritura vuelve a ser más o menos regular, pero no tiene mucho sentido.

Una hoja está cubierta por las mismas palabras, repetidas una y otra vez como un mantra.

Dientes afilados. Dientes afilados. Dientes afilados. Dientes afilados.
Dientes afilados. Dientes afilados. Dientes afilados. Dientes afilados.
Dientes afilados. Dientes afilados. Dientes afilados. Dientes afilados.
Dientes afilados. Dientes afilados. Dientes afilados. Dientes afilados.
Mátalos.

—¿Esto de aquí es sangre? —le pregunto en un medio susurro a mi amigo cuando veo unos manchurrones color tinto oscuro en la página.

Me vuelvo para mirar a E. J., que tiene la misma inquietud en los ojos, y me da repelús.

—Pero ¿esto qué sentido tiene? —pregunta mi amigo.

—No lo sé seguro, pero ¿sabes la siguiente novela de la que había hablado con Laima? Pues el título provisional era *Dientes afilados*.

El teléfono me suena entonces con una notificación del sensor de la valla.

Nerviosa, lo saco del bolsillo y veo que hay un vehículo entrando por la verja de la casa.

—Mierda, es mi padre. Cojamos todo esto y larguémonos.

Empiezo a guardar los cuadernos y manuscritos en sus cajas.

—¿Estás diciendo que nos llevemos todo esto? —Mi amigo me mira con incredulidad a la par que emoción.

—Sí, si no lo hacemos nosotros, seguro que otros se los llevan.

Cogemos las cajas y corremos hacia la puerta cuando me fijo en una fotografía de un acto de firmas que hay colgada en la pared. Nunca le había prestado mucha atención, pero ahora los ojos se me van directos a una persona que claramente he visto antes.

Me quedo parada, mirándola.

—¡Kenz, venga! —me mete prisa E. J., que está sujetando la puerta.

En la foto puede haber varias decenas de personas, en tres filas de sillas. Mi madre está al frente, rodeada de gente con acreditaciones, muy sonriente, todo el mundo con la edición integral de su obra en la mano. Mi padre también sale, y tampoco podía faltar Laima Roth. Reconozco incluso a algunos del gabinete de comunicación.

Pero a la izquierda de la foto, en el rincón más retirado, mirando desde el fondo del todo, hay un hombre. Es el tipo con el que discutió mi padre en el funeral.

Podría no ser nada. Pero, si ese tipo no es nadie, entonces ¿qué estaba haciendo en la ceremonia de entrega de un premio nacional a la que solo se accedía con invitación?

17

Me paso el resto del finde en casa de mis padres, aunque ya he decidido que volveré a mi piso a principios de semana.

En general está todo muy tranquilo, salvo por las llamadas infinitas al fijo de la casa. Últimamente Minna parece una secretaria, no para de contestar al teléfono y apuntar los recados.

Fuera llueve, con el tiempo otoñal ya a pleno rendimiento. Me gusta cuando fuera está plomizo: va muy bien con el espíritu de las cartas de mi madre.

Ya tengo más que claro que son de ella. Cogí el cuaderno de cuero, el que incluía el segundo manuscrito, y comparé las hojas con las que he recibido: el papel es idéntico.

Me paso el domingo releyendo la antología de cuentos siniestros de mi madre, cotejando los garabatos y las notas de la tercera caja y subrayando las frases idénticas que aparecen. Hay algunos relatos que dan un miedo tremendo.

Hay una persona que debía de saber bastante bien qué le pasaba por la cabeza a mi madre, así que me decido a hablar con ella.

Mi madre tenía una agenda telefónica en el pasillo, con tarjetas de visita de todos los profesionales con los que estuvo en contacto o cuyos servicios necesitó. Encuentro el apellido que estaba buscando, el de su terapeuta. Llamo a la consulta, pero no lo cogen... Es domingo, claro. Marco el número de emergencias y, después de dos tonos, oigo la conocida voz del doctor Pecora.

—Señor Pecora, buenos días, soy Mackenzie Casper, la hija de...

—Hola, Mackenzie. ¿Qué ha pasado?

Suena preocupado, o quizá sea perplejidad. Sé que lo que voy a decirle lo va a dejar más perplejo aún, pero yo necesito respuestas.

—No es nada, creo. O sí... No sé... Necesito su ayuda —digo poniendo una voz más trágica para que parezca más urgente: él adoraba a mi madre y, con suerte, podrá ayudarme—. Tengo una pregunta y es importante: ¿cuándo fue la primera vez que mi madre contactó con usted?

—¿Que contactó conmigo?

—Me refiero a que cuándo empezó a ir a terapia con usted...

—No lo sé seguro, Mackenzie. Pero ¿para qué quieres saberlo?

—Es importante. Estoy intentando encajar las piezas y... necesito saberlo, solo eso.

—Yo diría que hace como unos dieciocho años, pero tendría que mirar en mis archivos. Fue más o menos por la época en que su primer libro entró en las listas de más vendidos de todo el mundo.

—¿Estaba... tenía algún problema?

—¿Problema?

—¿Problemas mentales o algo así?

Suelta una especie de gruñido o suspiro.

—Sabes que no puedo hablar de eso ni contigo ni con nadie.

—Ya. —Ahora soy yo quien suspira decepcionada—. Es solo una pregunta general. Usted era su amigo. ¿Cree usted que... cree que la fama la cambió?

Se hace un silencio breve, seguido de otro suspiro.

—La fama cambia a todo el mundo. La suya fue como una avalancha. Pero..., de verdad, no puedo hablar de su caso concreto, aunque sí que puedo decirte que si algo consigue sanar a las personas creativas no somos los terapeutas, sino el arte.

—¿El arte?

—Sí. La gente como tu madre, o en general los espíritus creativos, encuentran todas sus respuestas, toda su sanación, en las actividades creativas. —Espero a que siga—. Aunque a veces es una espada de doble filo...

—¿A qué se refiere?

—A que el mismo talento es capaz también de destruirlos. —Sigue un largo silencio—. Me temo que no puedo contarte mucho más —dice en tono de disculpa—. ¿Quieres quizá que agendemos una sesión?

Tengo que contenerme para no reírme. Él tenía que intentar agenciarse otra paciente, claro que sí.

Me disculpo por las molestias y cuelgo.

Menos da una piedra.

El tercer manuscrito es sin duda una locura. Me digo que quizá la oscuridad de mi madre estaba tan solo en su imaginación. Puede que simplemente fuera siniestra. Por eso los fans se sentían tan cercanos, al ver con sus mentes siniestras y perturbadas algo en su obra que a la gente normal le parecía fruto de una imaginación enfermiza.

Es de noche ya cuando guardo los manuscritos en sus respectivas cajas y los meto en el armario del baño, detrás de las toallas y los trapos. Un día valdrán una fortuna, seguramente ya la valgan, pero no quiero que los encuentre nadie. Me los llevaré a mi piso y los guardaré a buen recaudo. Seguro que a la dichosa Laima Roth le encantaría echarles el guante.

Cuando salgo de mi cuarto, apenas hay luz en la casa y el silencio resulta perturbador.

Mi padre ha salido.

Minna está en la cocina preparando pollo asado.

—El señor Casper me ha dicho que volverá para cenar —me anuncia—. Estoy haciéndole su plato favorito.

—Dudo que llegue a tiempo. Seguro que está tomando su cena líquida de todos los días.

Minna me dedica una mirada de reproche y niega con la cabeza.

Me fijo en que la cesta del correo está desbordada. Era mi madre la que se ocupaba de eso. Está claro que a mi padre no le apetece asumir ninguna responsabilidad.

Por curiosidad, me pongo a echarle un ojo a la correspondencia. Hay información electoral a mi nombre, un extracto bancario de mi cuenta (aunque está más bien pelada), también una factura médica que va a mi nombre y al de mis padres. Abro esta última y veo que es el recibo de la farmacia por mis medicinas. Lo rompo en pedazos, lo tiro a la basura y luego hago lo mismo con otras dos más que me encuentro.

Me vuelve la amargura y una náusea en la boca del estómago. Me pregunto cuánto tiempo más tardará mi padre en preguntarme por mi salud. Es un daño colateral de crecer en la familia de una escritora famosa con mucho dinero pero poco tiempo para ocuparse de lo básico. Seguramente podría esconder un cadáver en mi cuarto, que a nadie le importaría ni aunque empezara a apestar por el pasillo.

Aparte de a Minna. Aunque ella no limpia mi cuarto, me lo limpio yo.

La miro ahora; está aquí, delante de la placa de la cocina, cuando murmura algo para sí y va a la despensa contigua.

De pronto suena el teléfono fijo, en el supletorio que tengo justo al lado. Pega tal timbrazo que a punto estoy de dar un salto.

Se oye cierto trasiego en la despensa.

—Ay, auch..., ¿le importa cogerlo, por favor? —me pide.

Molesta, cojo el auricular.

—Residencia de los Casper.

Los teléfonos fijos deberían pasar a mejor vida, pero por lo que se ve hay muchos negocios que siguen confiando en las viejas tecnologías.

—Buenos días. Llamo en relación con una factura pendiente de cobrar. Estamos intentando localizar al pagador.

—No sabría decirle, pero ¿quiere que anote el recado y le diga a mi padre que se ponga en contacto con usted?

Cojo la libreta y el bolígrafo que hay junto al teléfono, con varias páginas llenas ya de mensajes. Es una pérdida de tiempo, mi padre seguro que pasa de mirarlas.

—Llamo de Suministros Huckleberry. Le extendimos la línea de crédito dos meses, y esto es un recordatorio de que venció hace dos semanas.

El nombre me hace gracia.

—¿Huckleberry? —repito mientras lo apunto con una sonrisa (como diga algo de «Finn», le hago un chiste).

—Exacto. Suministros Huckleberry.

—Yo apunto el recado.

Cuelgo y le digo a Minna:

—¡Ya está! ¡Una factura sin pagar!

—¡Gracias! —me responde desde la despensa.

El teléfono vuelve a sonar en cuanto cuelgo.

Sonriendo, lo cojo y digo:

—¿Huckleberry Finn? —pregunto ahogando una risa, pero no responde nadie, así que me aclaro la garganta y compongo una expresión más seria para que se refleje en mi voz—. Residencia de los Casper —digo con grandilocuencia, aunque sigue sin haber respuesta pese a que se oye una respiración al otro lado de la línea—. ¿Hola? —insisto más bajo esta vez; el corazón se me para y luego vuelve a sonar con más fuerza, aporreándome el pecho—. ¿Hola?

Sigue sin haber respuesta, pero se oye una risita, inconfundiblemente masculina, ahogada y siniestra.

Cuelgo con fuerza y me quedo mirando el teléfono, esperando a que suene.

Pero en lugar de eso me vibra un mensaje de texto en el bolsillo.

Lo saco con manos temblorosas.

Número no identificado:
Mira tu buzón.

Es domingo por la noche y hoy nadie ha pasado a repartir el correo. Y es así como sé que el responsable de todo esto, sea quien sea, está cerca, demasiado para mi gusto.

Pero no puedo contenerme.

—¡Vuelvo ya! —le grito a Minna.

Fuera chispea cuando salgo disparada de la casa, así que, en lugar de ir andando, me monto en el coche y atravieso la verja para llegar a la carretera, donde está el buzón. Así me ahorro cinco minutos de mojarme con la lluvia.

No hay ningún vigilante a la vista.

«Maldita sea».

Se me acelera el corazón y tengo que hacer un alto antes de salir del coche.

Quizá solo sea alguien que está aburrido y quiere hacer la gracia. O alguien que quiere sacar a la luz los viejos secretos de mi madre.

Hay otra posibilidad: que la persona, sea quien sea, esté loca. Puede que las cartas sean un anzuelo, y yo podría ser tan tonta de estar a punto de caer en su trampa malsana. Tal vez quieran hacerme daño.

Pero la curiosidad puede más.

Giro el coche para que se quede apuntando con los faros al buzón, oteo la carretera en penumbra y, al no ver nada, me bajo y echo a correr.

Me lleva pocos segundos coger lo que hay en el buzón, volver deprisa al coche y cerrar de un portazo.

—Lo tengo —digo triunfal y jadeante.

Un escalofrío me recorre la columna cuando miro lo que tengo entre las manos.

Solo hay una carta.

De tu fan número 1. ♡

CARTA N.º 4

A veces me preguntaba cómo sería matar a mi novio.

No rápido, no, sino como hago en mis libros, con meses previos de acoso concienzudo, para verlo volverse loco lentamente.

Una noche me quedé contemplando a Ben mientras dormía despatarrado en mi cama. Me pasé horas a su lado viendo cómo movía los labios lo mínimo para coger y soltar el aire; cómo le aleteaban las pestañas cuando tenía sueños; la manera en que los dedos, que descansaban plácidamente sobre el pecho desnudo, se le contraían de vez en cuando en pequeños espasmos; cómo le subía y le bajaba el pecho con las respiraciones profundas; o el pulso, que se le veía a un lado del cuello, en esa vena bajo la fina piel, una cosita tan frágil, tan fácil de asfixiar con un poco más de presión o un corte rápido y afilado.

Me planteé si sería capaz de envenenarlo poco a poco, de hacerlo enfermar. Echarle algún sedante a su bebida, para que se quede aquí, conmigo, para que dependa de mí y no se vaya con ella.

Me pregunté si sería capaz de envenenarlos a los dos.

Me imaginé los coches patrulla llegando a su casa, dondequiera que viviese, al piso cutre donde seguramente se lo montaba con ella, creyendo que yo no sabía nada. Una noche tranquila cualquiera, de pronto las luces azules y rojas de la policía cortando la oscuridad por la mitad y rebotando contra las ventanas de la casa mientras los agentes entran y se quedan junto a la cama donde los dos cuerpos yacen inertes, fríos desde hace días.

La primera vez que supe que Ben me engañaba fue por un poco de pintalabios rojo en la camisa, justo en el dobladillo de abajo. Yo nunca he besado a Ben con los labios pintados. Y ahí menos. Y ese tono no era el que yo usaba. No era el Chanel que compro yo a veinte dólares la barra. Era otro, era de otra. Del barato. De la otra.

Esa primera vez no le planté cara. Estaba dormido en la cama, con una expresión tan inocente que creí que eran solo imaginaciones mías.

Escribí. Y escribí y escribí. Albergaba la esperanza de que, en cuanto consiguiera publicar mi primer libro, tendría el mundo ante mí. Tendría medios. Me mudaría a la Costa Este y me aseguraría de que tu vida no se pareciera en nada a la mía, mi niña bonita. Tú nunca tendrías que pasar por lo que yo pasé.

La segunda vez que Ben me dejó plantada me fui al bar donde solía quedar él con sus amigos. Me aposté delante del pub preguntándome si me había convertido en una de esas novias lastimosas que acechan a sus amados.

Pero lo más loco era que en los meses que llevábamos juntos nunca habíamos dicho las palabras «novio» ni «novia». Yo rara vez salía a la calle con Ben. Sus amigos me conocían, me saludaban por la facultad, pero nunca nunca se molestaban en hablarme. Yo era la chica esa, su «rollo», esa con la que estaba.

A mí todo eso me daba exactamente igual.

Ahora bien, ¿otra chica? Eso sí que no me daba igual.

Así que en esa noche cálida de septiembre me quedé en la acera de enfrente del pub. Los toldos estaban recogidos. El local rebosaba de música y risas. Y entre el gentío que se extendía hasta la pasarela exterior estaba mi Ben, riendo, fumando, pimplando cerveza.

Y un pequeño detalle que me hizo temblar de la rabia: tenía a una chica colgada del brazo. Y no a cualquier chica, sino a Tonya.

Ese pequeño detalle lo estropeó todo. Esa víbora lo había encandilado y se había integrado en su grupo de amigos.

Tendría que haberme ido, debería haber hablado con él, haberle contado cosas de mi pasado y del de ella. Puede que lo hubiera comprendido, quizá eso hubiera cambiado lo que acabó pasando. O puede que me hubiera dejado y nos hubiéramos ahorrado muchas cosas horribles.

Pero esa noche me quedé a la sombra de las moreras y observé y observé. Primero a ella: me quedé viendo cómo se reía con cualquier cosa y cómo bromeaba con los demás; y que a ella no la miraban como a mí, a ella la aceptaban, la invitaban a cervezas.

Y luego también lo observé a él: cómo detenía su mirada en Tonya más de lo que la detendría en una amiga; cómo, cuando todos le rieron una gracia, él le puso a ella el brazo por encima de los hombros, desenfadadamente; cómo ella se echaba sobre él, tan tranquila, tan perfecta, como si lo hubiera hecho muchas veces ya.

Esa noche tendría que haberla pasado escribiendo, pero

en cambio me quedé observándolos durante horas en la sombra, hasta que Tonya hizo ademán de irse y Ben intentó seguirla, pero ella le paró los pies. Hablaron a la vuelta de la esquina. Tonya miraba el reloj y reía mientras Ben dejaba la cabeza medio caída, payaseando. Ella volvió a reírse, le echó los brazos al cuello y lo besó.

Mi Ben no habría besado a otra chica. Mi Ben no me habría dicho que esa noche iba a quedarse estudiando.

Pero lo cierto era —y me costó mi tiempo reconocerlo— que Ben ya no era mío, o quizá nunca lo había sido.

Aquella constatación me dolió.

Pero no lo culpé a él, sino a ella, a la chica que había llegado del mismo lugar que yo y que estaba quitándome algo que yo amaba.

Cuando se separaron, no me fui a casa, no. Me puse a seguirla a ella.

Cinco minutos después, cuando dobló por un callejón oscuro, la imité, pero de pronto no la vi. Enfadada, me quedé bajo la farola, hirviendo de odio por dentro.

—Qué bueno verte por aquí —dijo de repente Tonya a mi espalda; cuando me giré en redondo, ella me dedicó una fugaz sonrisa sibilina, allí plantada en medio del callejón y con los brazos cruzados en el pecho—. Espiando, ¿eh?

—¿Qué es lo que quieres? —le pregunté sin rodeos.

Ella se rio, divertida.

—¿Yo? Eres tú la que me estás siguiendo.

—¿Qué quieres de Ben y de mí?

—¿Acaso sois pareja o algo? ¿Ben y tú? No lo sabía. ¿Quieres que les preguntemos a sus amigos?

Ella sabía cómo sacarme de mis casillas. Los abusones van perfeccionando esa técnica desde pequeños.

—Ben y yo estamos enamorados y lo sabes —le espeté.

—A-já. —Odiaba esa calma suya—. ¿Y Ben está al tanto de que está enamorado? —Le siguió una risita burlona y una ceja arqueada—. ¿Acaso conoce él tu pasado? —Ya sabía yo que me vendría con esas—. ¿Tú crees que seguirás gustándole cuando se entere de que eres una asesina? —me preguntó para provocarme.

—No te creerá.

—Tengo pruebas.

El corazón se me paró y luego empezó a latir con saña. «No puede ser». No había sido culpa mía, había sido un accidente.

Pero eso es lo que pasa con las chicas como Tonya: saben cómo cargarse la vida de alguien con solo chasquear los dedos. Lo aprenden desde pequeñas. Lo practican como si fuera un trabajo. Y, con los años, lo perfeccionan.

La maldad verdadera no se enseña, escribí en mi novela, la maldad verdadera es innata.

Puede que lo de Tonya no fuera maldad, pero sin duda era muy lista y vengativa.

—Déjame en paz. ¿Por qué me haces esto? —le pregunté.

—Brandon fue mi primer novio, aunque seguramente ya lo sabías... En Keller todo el mundo lo sabía.

Dios, llevaba tanto tiempo sin escuchar esos nombres. Y ojalá nunca los hubiera escuchado. Pero tenía ante mí a una chica que conocía mi pasado porque el suyo provenía del mismo sitio y estaba entrelazado con el mío.

—Él fue mi primer amor —afirmó mientras avanzaba hacia mí—. Mi primer amigo, mi primer todo. Y tú lo mataste.

Sonrió entonces, como si le divirtiera el efecto que tenían en mí sus palabras.

—Pero tú sabes lo que me hicieron —contesté en voz baja, sintiendo que la rabia se me acumulaba por dentro—. Ellos tres. En ese mismo granero.

Entornó los ojos cuando se detuvo a solo unos centímetros de mí.

—A lo mejor si no hubieras sido siempre tan estirada ni se habrían fijado en ti. Qué repipi fuiste siempre.

—Y tú siempre fuiste de esas a las que a los tíos les gusta usar y tirar.

—Ah, ¿sí? ¿Y tú no? ¿A lo del granero cómo lo llamas tú entonces?

No fui consciente de mi propio movimiento hasta que le crucé la cara a Tonya y la mano me escoció del fuerte contacto contra su mejilla. No pude refrenar mi furia ni mi regodeo ante la conmoción que mostraban sus ojos.

—Déjanos en paz —siseé por lo bajo, y, acto seguido, me di media vuelta.

La cosa podía haber quedado ahí. Y ojalá me hubiera ido a casa. Ojalá no hubiera decidido sentarme en un banco de la calle principal y quedarme allí deprimiéndome por lo ocurrido.

Ni diez minutos más tarde, reconocí a Ben por la otra acera, caminando apresurado, con la cabeza gacha. Pero no iba ni a su casa ni a la mía: se dirigía al mismo sitio de donde yo acababa de venir.

Huelga decir que me puse a seguirlo. Nueve manzanas hasta un viejo edificio de ladrillo con las ventanas iluminadas tenuemente.

Llamó al timbre.

Seguí observando, una vez más, desde la otra acera, hundida por el bochorno de la traición, cuando de pronto la puerta se abrió y ella —¡ella!— se plantó allí delante de él. Ben le dijo algo, Tonya rio en respuesta y entonces él la cogió en brazos y ella le rodeó la cintura con las piernas mientras entraban ya por el portal, besándose, y cerraban de un portazo, dejándome allí plantada a oscuras, queriendo prenderle fuego al bloque entero.

No me fui directa a casa, como tendría que haber hecho. Me habría cobrado mi venganza con ella. La habría torturado y la habría obligado a suplicarme piedad y seguramente habría acabado matándola... al menos sobre el papel.

Pero no lo hice.

Esa noche me detuve en un veinticuatro horas, compré una botella de alcohol y me fui a Poplar Street, donde llamé a la puerta de John.

Mi amigo me abrió con las cejas arqueadas por la sorpresa. Yo solo había ido una vez a su casa, un día que había dado una fiesta allí el año que llegué al pueblo.

—¿Por qué a los tíos os gustan las chicas como ella? —le pregunté sin preámbulos.

—¿Ella, quién?

—La tía esa, Tonya. No sé qué es lo que le ven... Lo que veis, Ben, tú, todos...

Se rio por lo bajo.

—¿Estás bien, Lizzy?

—No, no lo estoy. Necesito que me lo digas, ahora mismo. Venga.

Me dio un repaso con la mirada, detuvo los ojos en la botella que tenía yo en la mano y luego los alzó para buscar los míos.

—Supongo que es porque es una tía enrollada. Y graciosa —dijo en respuesta a mi pregunta—. ¿Por qué? ¿Qué ha pasado?

—Ah, claro. ¡Graciosa! ¿A ti te parece graciosa? Eso sí que tiene gracia —espeté amargamente.

—Estás un poco rara.

—Lo que estoy es cabreada, John. Y lo gracioso es que mi novio está ahora mismo acostándose con ella —estallé, con las lágrimas cayéndome ya.

Me fijé en cómo le bajaba y le subía la nuez al tragar saliva. Compasión... Deseé no haberla visto en sus ojos. Esa noche no necesitaba compasión de nadie, lo que necesitaba era una explicación. O al menos olvidar.

—Creía que estarías de mi parte —dije entre dientes.

Se le cambió la cara.

—Lizzy...

Así es, prefiero una disculpa a un gesto compasivo.

Levanté la mano con la botella y la meneé. Por una vez necesitaba olvidar el daño que te puede hacer la gente. Necesitaba a un amigo. Y necesitaba hablar con alguien que comprendiera: a mí, a ella y nuestro pasado común.

Me sostuvo la mirada por un momento y se hizo a un lado.

—Pasa.

Lo bueno del mal de amores es que a veces te ayuda a ver la verdad con sus colores más feos. Duele, pero te da una lección.

Lo malo es que, a veces, te lleva a hacer cosas inconfesables.

No tardaría mucho en saberlo.

18

Dicen que a menudo el genio va de la mano de conductas desviadas y criminales. Creo que es posible que mi madre hiciera algo horrible en el pasado.

«Mi madre es una asesina. Mi madre es una asesina. Mi madre es una asesina».

No para de venirme este horrible pensamiento a la cabeza y no me lo puedo sacar. No es la primera vez que me consumen pensamientos sombríos. Pienso en las notas manuscritas de mi madre para sus cuentos siniestros, y ahora se me hace evidente una cosa: soy su hija y podría padecer parte de su locura.

Me siento en la cama de mi cuarto. Tengo las cartas, las cuatro, colocadas frente a mí. Las hojas están escritas a doble cara. No me cabe ya duda de que provienen de un cuaderno.

Fuera, estalla un trueno. La lluvia empieza a aporrear las ventanas con virulencia. Cojo el ejemplar de *Silbidos asesinos* y abro una página que está señalada:

Ella es el mal.
La odio.
La borraré de la faz de la tierra.

Cierro el libro de golpe y aprieto los ojos.

Es ficción, me digo. Es una historia inventada sobre dos chicas, la una le roba el novio a la otra, y esta última se enfrasca en un plan de venganza magistral que durará años. La cosa termina con sangre y torturas, y no puedo evitar preguntarme cómo de fiel es a la verdad.

Me quedo mirando el libro y me siento mal solo de tenerlo entre las manos.

«Crudo, implacable, fascinante», dicen las críticas.

¿Cuántas historias ficticias de lo más retorcidas surgen de acontecimientos de la vida real? ¿Cuántas confesiones secretas se escriben a modo de terapia sin que los lectores sospechen nada?

Llamo a E. J.

—Número uno: acabo de recibir otra carta.

—¿Y?

—Espera. Número dos: mi padre la engañaba y, además, en plan descarado.

—Uau. ¡Cuéntamelo todo!

—Luego. Antes tengo que hacer una cosa. ¿Te acuerdas de que vinculé el sensor de la seguridad de la verja con el móvil? Mi padre me obligó hace un año, después del incidente de mi madre con el acosador.

—Sí, ¿y?

—Creo que tienen una especie de servidor al que puedes acceder por internet y ahí te aparecen todas las cámaras de la casa.

—Vale...

—Quiero poder verlo todo por el móvil.

—¿Ajá...?

—Así podría ver las grabaciones de cualquiera de esas

cámaras. En plan rebobinar, como quien dice, ¿no?, y mirar otros días y descubrir quién vino a la casa, en el caso de que alguien haya estado merodeando.

—Bueno, creo que las grabaciones anteriores a que lo vincules con el móvil no podrás verlas. Si no eres la administradora del servidor, solo tienes las grabaciones que se almacenen una vez que lo actives.

—Maldita sea. —Lo oigo toser—. ¿Te lo piensas fumar tú entero? —le pregunto imaginando que está fumándose un porro.

—No estoy fumando, Mordicia. Estoy malo.

—Anda. ¿Una gripe? ¿Un virus?

—Ni idea, pero estoy hecho un asco.

—¿Quieres que te lleve un caldo? Le puedo decir a Minna que te haga algo en un momento.

—No, no te preocupes, seguro que se me pasa pronto. No quiero que lo pilles tú también.

—No voy a pillar nada. Ni me acerco. Me sentaré en la otra punta del cuarto.

Se ríe y se pone a toser otra vez.

—Mordicia, así no funcionan las cosas. Con los virus y eso.

No debería enfadarme, pero me quedo algo chafada.

—Vale, ya hablaremos mañana de la carta.

—Claro.

—Pero solo si me dejas ser tu médica.

Se le escapa una risa.

—¿Te estás poniendo tontorrona conmigo, Mordicia?

—Anda ya. —Menos mal que no puede verme colorada—. Mañana cuando salga de clase te llamo.

Para mañana queda una eternidad.

Me paso la noche dando vueltas en la cama, imaginando que alguien aporrea mi ventana, a pesar de que mi cuarto está en la segunda planta. Me imagino a mi madre prendiéndole fuego a un granero, veo su hermosa cara distorsionada en una expresión siniestra mientras el reflejo de las llamas y las sombras le baila por el rostro. Me imagino también a la protagonista de *Silbidos asesinos* afilando un cuchillo mientras canta una nana a su hija nonata, pero luego la nana se convierte en una cancioncilla infantil, de terror, y el cuchillo se hunde en la carne de alguien, gotea sangre, un buen reguero que se vuelve una corriente gruesa, y me levanto con un sobresalto, jadeando, sudando cuello abajo.

Fuera es de día. La lluvia ha parado. Me late muy fuerte el corazón mientras me enjugo el sudor del cuello y alargo la mano en busca del móvil.

Las nueve.

«Mierda».

Voy a llegar tarde a la primera clase.

Salgo a rastras de la cama y voy al baño. Diez minutos después, vestida con vaqueros, sudadera y zapatillas, salgo disparada de casa.

Fuera hace bastante frío y tirito al meterme en el coche. Hora y media después, estoy aparcando en la facultad. Como ya ha empezado la clase, decido saltármela.

Camino por el campus sin prisa alguna.

Lo primero que veo es un cartel gigante con la cara de mi madre.

CELEBREMOS LA VIDA DE A. Z. GANVEN

Hay más carteles de pie que anuncian que el recién reformado salón de actos Pearl del ala oeste pronto será rebautizado como Salón A. Z. Ganven en honor a la escritora.

«Fenomenal».

Me paso una hora en la cafetería de la segunda planta, mirando el correo en el portátil. En uno me adjuntan una copia digital del cartel que anuncia el evento de A. Z. Ganven dentro de dos semanas.

Asistirán oradores de prestigio, incluido
el marido de la escritora, Ben Casper.

¿Mi padre? ¿De verdad no había nadie más?

Aprieto los dientes. ¿Por qué no me lo ha dicho nadie? Seguramente ha sido idea de Laima Roth o de alguien del gabinete de comunicación de mi madre. Tengo que buscar a toda costa una excusa para no ir.

Mi segunda clase pasa sin pena ni gloria, salvo porque Alex, que, por desgracia, está matriculado en muchas de mis asignaturas, ha hecho una insinuación sobre mi madre. Si leo sus libros con más detenimiento, seguro que me dan ideas sobre cómo librarme de él, porque este semestre me está tocando la moral más de la cuenta.

Esta broma macabra que me ha venido a la cabeza hace que se me revuelva la barriga. No quiero ser como ella. Y yo no tengo esa clase de pensamientos. «O no los tenía». Hasta que empecé a leer su diario.

Llamo a E. J. nada más salir de clase.

—Sigo más malo que un perro —dice sombrío.

—Voy para tu casa.

—Te vas a poner mala también.

—Que no. Solo te llevo las cartas y tú me ayudas a buscar más información por internet.

—No se te da muy bien hacer caso, ¿verdad, Mordicia?

—Ríe por lo bajo, pero me lo dice sin acritud, sin reproche.

—Tú déjame a mí y ya está.

—Pues entonces tómate tus pastillas antes de venir, ¿vale? Que seguro que llevas sin tomártelas a saber cuántos días.

Sonrío. E. J. es el único que se preocupa por mi enfermedad.

Al cabo de una hora estoy acarreando una bolsa grande por las escaleras de su piso. Le he traído un kit básico: sopa de pollo con fideos y sus raviolis chinos favoritos, que he pillado en un local del barrio, pastillas para la gripe y para la tos y té. Seguro que no tiene cosas de esas en su casa, ni tampoco el limón que me he parado a comprar en una frutería.

Cuando me abre y me deja pasar, me quedo mirando su cara maltrecha y su nariz roja, y luego llevo la bolsa a la cocina. Me sigue y me observa divertido mientras saco las cosas.

—Qué guapa estás cuando te arreglas —me dice.

—Calla o te doy —le advierto.

Lo dice por mi cara. Esta mañana he salido con prisa y no me he maquillado. Acaba de citar a mi madre, y antes me daba mucha rabia cuando ella me decía «arréglate» como si, de lo contrario, fuera hecha una pena.

—¿Dónde está la carta? —me pregunta E. J., como olisqueando, mientras saco las cosas de la bolsa.

—Primero come y luego te enseño la carta.

—Sí, mamá —me dice con cierto reproche, pero, cuando le caliento la sopa en el microondas y le pongo un cuenco delante, se sienta obediente a la barra de la cocina y sorbe el líquido con ganas y sin protestar.

No me sorprende. Lo único que tiene en la nevera son restos de pizza, refrescos, cerveza y bebidas energéticas.

Mientras le preparo el té, lo pillo mirándome con curiosidad.

—¿Qué pasa? —le pregunto—. Estoy asegurándome de que no la palmes. Me gusta tu compañía.

—Ah, ¿sí? —pregunta con una sonrisa bobalicona.

—Sí.

—¿Te resulto útil?

—No me vienes mal.

—Tengo una cosa para ti.

—¿Qué tienes?

Se reclina en la silla.

—Mi colega me ha mandado el expediente.

—¿Cuál?

—El del incendio en el granero.

Me quedo clavada en el sitio.

—¿Cuándo? ¿Por qué no me lo has dicho antes?

—Porque pensé que ibas a querer que te lo mandara y yo quería que lo leyésemos juntos.

Lo miro con los ojos entornados, pero ahí tengo otra vez esa sonrisa suya que me derrite el corazón. El dichoso E. J., de verdad...

—¿Dónde lo tienes? —exijo saber.

—Tranqui, tranqui —me manda callar con una mueca burlona y vanidosa—. Primero tengo que comer, ¿no? Luego leeré la carta y después vemos juntos el expediente.

Lo estrangularía aquí mismo.

Cuando termina de comer, se toma la medicina que le he traído y le da luego un sorbito al té que le acabo de hacer. Ya tiene mejor cara. O eso creo yo, que me congratulo por mis esfuerzos.

—Gracias, doctora Casper —me dice en broma.

Por fin saco la última carta del bolso.

E. J. la lee sin dar muchas muestras de nada, de pronto con la cara muy seria y concentrada. Cuando termina, se revuelve el pelo y me mira con compasión.

Qué pesados con la compasión, qué rabia.

Pero me doy cuenta de que la cara que ha puesto no es por mí cuando dice:

—Kenz, tía, creo que lo de tus padres era una movida muy chunga.

19

—Vale, ¿quién es el tal John? —Es lo primero que pregunto.

—¿Alguien que estudió con tu madre? —sugiere E. J. mientras él se acomoda en la silla del ordenador y yo me siento en el sillón que, una vez más, él arrastra hasta su lado.

—En las cartas no pone nada de que estudiase. Trabajaba en una cafetería. ¿No podríamos llamar para preguntar?

—¿Estás chalada? ¿Preguntar por alguien de hace veinte años? ¿Quién se acuerda de esas cosas? Y eso en el caso de que no haya cambiado de dueño, o de que directamente ya no sea una cafetería. O a saber si estaba contratado, con papeles. Y sin conocer siquiera el apellido... Lo veo muy cogido por los pelos, Mordicia, lo siento.

—Ya. —Por un momento me siento tonta—. También podría preguntarle a mi padre.

E. J. suelta un resoplido.

—Número uno: no hay nada que preguntar, porque además en las cartas todavía no ha pasado nada. Puede que no llegue a pasar. Y número dos: tiene pinta de que tu padre no fue un novio ejemplar.

—No me digas...

—A saber qué más hizo. Porque, a ver, la cosa es que al parecer tu madre volvió con él. O sea, con el tipo del que te habló tu padre cuando estaba ciego.

—Sí.

—Además, ¿qué le vas a preguntar?, ¿por un desconocido cualquiera que era amigo de tu madre? O espera, mejor aún: «Hola, papi, ¿quién era la tipa con la que engañaste a mamá cuando estabais en la facultad? Me refiero a la vez que ella se enteró, no a las otras». —Me muerdo el labio: suena mucho peor en boca de otra persona—. Perdón, Kenz. Es solo que..., en fin, es una movida.

Intento pensar con lógica.

—Entonces ¿quién es Tonya?

—Sí, buena pregunta. En la carpeta del caso hay un montón de archivos, incluidos los datos sobre ella, que pedí expresamente.

Resoplo frustrada.

—¿Por qué me estás ocultando cosas?

—No es eso. Vamos paso a paso. A ver, el expediente, sí... —Se vuelve hacia la pantalla y abre un documento—. Tonya Shaffer. Dejó el centro de acogida el mismo año que tu madre. De hecho, también se examinó del título de bachillerato con ella. Ah, y no te lo pierdas: estaba embarazada cuando se fue del centro.

—¿Cómo?

—Sí, debía de estarlo. En el historial médico pone que en su primera visita al ginecólogo ya estaba embarazada de seis meses.

—¿Y el crío?

—Lo entregó en adopción.

—Joder.

—Apenas hay nada sobre ella una vez que se va del centro de acogida. Ni cuenta bancaria, ni declaraciones de impuestos, ni nada... Tenía una finca a su nombre a una hora de Old Bow.

—Según las cartas, parece que vivía en un piso en el pueblo.

E. J. se encoge de hombros.

—Puede que fuera de alquiler. Eso no aparece por ninguna parte. Pero la finca, con una cabaña junto a un lago, pertenecía a una tal señora Cavendish, que falleció y se la dejó a Tonya en su testamento. Yo no he encontrado relación entre ambas, quizá fueran parientes lejanas o algo así.

—¿Sigue viviendo allí?

—No, ese es el tema. Dos años después de heredarla, se la vendió a Fincas con Solera, S. L. Por una suma bastante alta. Se ve que no la compraron para especular.

—Ajá.

—Sigue perteneciendo a esa misma sociedad limitada. Pero de Tonya Shaffer no hay ni rastro.

—¿Cómo que ni rastro?

—Pues eso, que no aparece por ninguna parte. Ni trabajos, ni redes sociales, cero. Ha desaparecido de la faz de la tierra.

—¿No fue a la facultad ni en Old Bow ni en ningún otro lado?

—No.

—¿Y ningún trabajo?

—Oficialmente no.

—Vale. ¿Y en el expediente del incendio qué hay?

—Ufff. —E. J. pulsa otra carpeta en la pantalla y abre

137

varios documentos—. A ver..., el informe tiene como unas cincuenta páginas.

—Pues habrá que leerlas.

—Te he ahorrado tiempo y las leí anoche. —Se vuelve y me guiña un ojo; desde luego, se le ve más alegre desde que he llegado, esa sopa de pollo obra milagros—. Sí, estaba aburrido y no me dormía. Mi colega me mandó un correo a las dos de la mañana y me quedé desvelado.

—Ya, ya... —bromeo.

—Bueno, al lío: el incendio del granero. Te voy a dar los hechos mascaditos.

—Claro que sí, ¿para qué voy a utilizar el cerebro?

Me sonríe sin volverse y empieza a hablar mientras va pasando una página tras otra de los documentos en la pantalla.

—Vale. Lo primero es lo primero: el incendio empezó en algún momento entre las once y las doce de la noche, en la finca que había a menos de un kilómetro detrás del Centro de Acogida Keller. Los que investigaron el incendio dictaminaron que lo que combustionó fue gasolina procedente de los envases que se encontraron quemados en la puerta. Como no había ni mecha ni reguero de combustible, el fuego inicial no se extendió mucho. No pudo demostrarse si fue provocado o no. —Se gira entonces en la silla para explicarme—: Según esto, «el envase se volcó, se derramó de manera natural y se prendió fuego accidentalmente».

—¿Accidentalmente? ¿Con qué, con luciérnagas? —pregunto incrédula.

—Bueno, vete tú a saber. A lo mejor fue alguien que se iba y tiró una cerilla.

—A eso lo llamo yo incendio provocado...

—Ya. Tal vez los chicos estuvieran jugando con petardos. Los investigadores no pudieron demostrar que hubiera nadie más aparte de las víctimas.

—Entendido.

—Dos de los cadáveres se encontraron cerca de la puerta, y el tercero, al fondo del granero. El informe dice que no queda claro si estaban intentando salir o si se desmayaron antes de eso. Les hicieron la autopsia porque los cuerpos no llegaron a arder del todo.

—Joder.

—Sí. Los tres tenían los niveles de alcohol altos. También restos de una sustancia tóxica, una cantidad exagerada. Es un medicamento que puede comprarse en la farmacia, pero con el que la gente también se pone ciega.

—O sea, ¿que estaban bebiendo y drogándose?

—O los drogaron. Mira, esto es lo que resulta sospechoso: los investigadores encontraron un palo medio quemado justo en un lateral de la construcción.

Arrugo el ceño porque no entiendo.

—¿Y?

—Que solo estaba medio quemado. Podría no ser nada, pero en ese madero había una huella que no pertenecía a ninguna de las víctimas. Lo que, según afirmó un experto forense, significaba que esa parte no cuadraba con el resto del palo y que no se quemó igual de rápido porque estaba apoyado contra algo. Y resulta que la huella coincidía con las que se encontraron en los tiradores de la puerta del granero. El mismo forense sugería que no era nada desdeñable pensar que alguien hubiera utilizado el palo para atrancar la puerta desde fuera, y que luego, cuando el incendio fue remitiendo, quitara el palo y lo tirara.

La angustia me revuelve el estómago.

—O sea, que fue provocado, ¿no?

—Bueno, la investigación preliminar no fue concluyente. En parte porque no había testigos y todos los conocidos de los tres chicos tenían coartadas. Incluida... —me mira— Tonya Shaffer.

—¿Tonya?

—Sí, la mismísima.

—¿Y mi madre qué?

—A Elizabeth Dunn ni la interrogaron. Su nombre no aparece en todo el expediente. ¿Por qué iba a aparecer? Como no hubo constancia de la agresión que había sufrido previamente, no la relacionaron con el caso. O sea, que no tenía vínculos claros con las víctimas.

—¿Y Tonya?

—Ella sí, porque salía con Brandon, una de las víctimas. El informe dice que en las dos ocasiones en que se la interrogó se mostró inconsolable. Había tenido mucha relación con ellos, aunque esa noche no estaba en el granero. Otras dos chicas del mismo centro de acogida corroboraron su paradero esa noche. —Mi amigo se vuelve y extiende los brazos, dando a entender que no hay más—. Eso es todo. El caso se cerró con la conclusión oficial de que los tres tíos eran unos capullos y básicamente se lo buscaron ellos solos. —Yo ladeo la cabeza, a modo de reproche, pero él se encoge de hombros y añade—: He leído varias de las declaraciones de testigos que aparecen en el expediente, en plan de profesores, trabajadores sociales..., y básicamente esos tíos tenían una fama de mierda, con múltiples quejas por parte del resto de los que vivían en el centro de acogida. Uno de los tres había estado en un reformatorio. Nadie los echó de menos. Nadie lloró su pérdida salvo Tonya Shaffer.

—Oye... —empiezo a decir, pero se lleva el dedo a los labios para pedirme un momento.

—Ella no mencionó a tu madre ni una vez en el interrogatorio.

—Eso es raro.

—¿Verdad? Ni siquiera insinuó nada. Si tan colgada estaba de Brandon y sabía quién había sido, ¿por qué no intentó incriminarla?

—Ya. —Cojo la última carta y la releo: «Lo malo es que, a veces, te lleva a hacer cosas inconfesables»—. Mira esto —digo señalándole la frase a E. J.—. ¿Qué sentido le ves tú a todo esto?

Se alborota el pelo.

—No lo sé, Kenz. No..., no tiene buena pinta.

No, desde luego. Pinta fatal. Está claro que mi madre prendió fuego al granero, aunque solo fuera para gastarles una broma o darles un susto. Pero, técnicamente, es una asesina.

Y quien mata una vez puede matar dos.

Tonya estaba chantajeándola y mi madre la amenazó.

Aunque no lo digo en voz alta, los dos estamos pensando lo mismo.

Mi madre hizo algo horrible. De nuevo.

CARTA N.º 5

Las personas malas son como esas bolitas de cardo que se te pegan a la ropa y te pinchan. A veces, cuando las arrancas, te estropean la tela.

Tuve otro encontronazo con Tonya.

—O nos dejas en paz o te arrepentirás —le dije, y hablaba muy en serio.

—Ah, ¿sí? ¿Me arrepentiré? —Fingió que los ojos se le desencajaban allí plantada con una taza de café, a las puertas de la cafetería donde trabajaba John—. ¿Y qué vas a hacer, encerrarme en un granero y prenderme fuego?

Me dieron ganas de pegarle una torta, pero esa vez recurrí a mi terapia habitual. Era lo que hacía siempre: ponía por escrito mis sentimientos... y lo que no eran mis sentimientos.

Ahora tocaba escribir sobre mi acosadora. Era una novela nueva inspirada en Tonya. ¿Ves? En ocasiones hasta la gente más malvada puede ayudarte a crecer como persona.

Mi nueva historia era oscura y sangrienta, con muchos giros inesperados y mucha sangría, traición y mal de amores. Me metí de lleno. Los siguientes dos meses los recuerdo como un borrón. Estuve días seguidos escribiendo. Apenas comía. Iba a las clases y luego me aislaba del resto del mundo y me ponía a escribir de nuevo.

Era mi último curso de la facultad. Tenía varias ideas sobre en qué trabajar cuando me licenciara, aunque mi gran esperanza era conseguir publicar el libro. Intercambiaba correos con mi agente, que me pedía que reescribiera algunas partes y que fuera paciente: «Este tipo de cosas, dar con la editorial adecuada, lleva su tiempo —me decía—. Y por tu novela ya están pujando unos y otros. Así que paciencia, Elizabeth. Yo te prometo que el día que firmemos un contrato te cambiará la vida».

Sí, ya.

Pero la paciencia puede ser caótica. Y la mía fue turbulenta.

Por fin le planté cara a Ben y le dije que sabía lo de Tonya. Él, por supuesto, lo negó todo.

—¿Quieres estar con otra? Yo no te lo voy a impedir —le dije rezando por que aquello lo dejara descolocado—. Yo tengo cosas que hacer, tengo otro libro que escribir. Dentro de poco voy a estar muy ocupada con la publicación y no quiero ser yo la que te frene en lo que sea que quieras hacer con tu vida.

Conseguí descolocarlo, sí, e incluso me atrevería a decir que le hizo cambiar de actitud conmigo.

Le di un tiempo. No lo llamé. No lo busqué al salir de clase. Yo hacía lo que podía con las asignaturas y luego volvía a casa y me ponía a escribir, día y noche.

Esta vez mi venganza era color negro. En el libro nuevo, cuando la acosadora arruina la vida de la protagonista y todo lo que más quiere, esta se venga y la cosa acaba mucho peor que en mi primera novela.

Una noche volví a casa y me encontré a Ben sentado ante mi escritorio. Tenía un cigarro encendido en la mano. Me miró muy fijamente.

No solía fumar en mi piso, solo cuando estaba borracho.

—¿Esto qué es? —me preguntó mientras yo guardaba la compra en la nevera.

—¿Qué es qué? —dije sin volverme.

Después de un minuto de silencio, por fin me giré y le vi sosteniendo el manuscrito frente a mí.

Por unos segundos me hirvió la sangre.

—¿Quién te ha dado permiso para leerlo?

—Tú siempre me dejas.

—Este no.

Me planté delante de él y le arranqué los folios de la mano.

—¿Qué es eso, Lizzy? —insistió mirándome con horror.

Es verdad que la historia nueva era muy salvaje. Comprendí por qué le asomaba el pánico en los ojos. El principio del manuscrito iba sobre nosotros dos. ¿Y el resto? Bueno, el resto te ponía los pelos de punta.

—No es lo que parece —le dije, aunque me daba bastante igual lo que él pudiera pensar.

De hecho, era bueno que lo leyera. Quizá le diera más pistas sobre quién era Tonya, o sobre lo que yo era capaz de hacer si alguien se interponía en mi camino. En teoría, claro está.

—Lizzy... —Parecía casi asustado—. ¿Cómo puede ser que tú, con esa carita de muñeca...? Joder, ¿de dónde te sacas esas ideas? Esto es retorcido.

Le busqué la mirada, deseosa de dirigir toda mi frustración contra él.

—Todo el mundo es capaz de hacer maldades. Todo depende de lo feas que se pongan las cosas. Al menos, lo mío se queda aquí. —Me señalé la sien.

Apagó el cigarro y se frotó la cara con ambas manos y exhaló con fuerza.

Yo quería que volviera conmigo. Quería que se preocupara por mí. Quería que me admirara como antes, antes de que ella apareciera. Y estaba cabreada, muy muy cabreada.

Creo que tú cambiaste eso, amapola, o al menos esa era mi esperanza.

—Es otro libro —dije en voz baja—. Estoy escribiendo otra novela y va a ser la leche.

Me buscó la mirada y advertí un sutil cambio del pánico a la admiración, hasta el punto de que me puso las manos en las caderas y me sentó en su regazo.

—Tú sí que eres la leche —me dijo acariciándome el cuello con la nariz, aunque para entonces sus halagos se estaban volviendo repetitivos—. Lo siento, nena, de verdad, lo siento. Yo te quiero.

Creo que era la primera vez que me lo decía y se me agolparon las lágrimas en los ojos.

Me fijé entonces en el cigarro que flotaba en el fondo del botellín de cerveza casi vacío.

—Tienes que dejar de fumar cuando yo esté cerca —le dije.

Suspiró y alzó sus bonitos ojos hacia mí.

—Lo que tú quieras.

Sabía que le volvería el pánico en cuanto le explicara el porqué.

—Estoy embarazada.

20

Llevo dos días sin salir de casa.

Ayer por la mañana me desperté y vi la nueva carta al lado de la puerta, en el suelo.

El acosador o la acosadora sabe dónde vivo, dónde paso las noches, dónde estudio, adónde voy con el coche. Me voy a volver loca pensando en qué intenciones tendrá. Y a cada carta que me encuentro, más me hundo en pensamientos siniestros.

Yo no quiero nada de lo que tenía mi madre: ni su talento, ni su imaginación retorcida, ni su enfermedad.

Y nunca quise tampoco saber lo que sé ahora. Se dice que la información es poder. Lo que no te dicen es el poder que tiene para destruir a la gente.

También me he quedado aquí en mi piso porque no tengo ganas de verle la cara a mi padre, ahora que sé lo que le hizo a mi madre. No quiero tampoco pensar en ella y, en lugar de recordar lo brillante que era, estar repitiéndome continuamente que la engañaron, que la humillaron, que la maltrataron. Pero, más que nada, que hizo cosas horribles.

Ahora me da miedo que llegue otra carta. Pero, aunque

estoy harta, deseo el siguiente chute como una toxicómana. Necesito conocer la historia entera.

Me pongo cómoda en el sofá y retuerzo la carta más reciente entre las manos.

Es perturbador leer esas últimas palabras: «Estoy embarazada». Todo esto es como ver una película sabiendo que, en algún momento, yo apareceré también. Lo bueno es que ahora sé lo que vivieron mis padres antes de tenerme.

Vuelvo a leerla y luego le escribo a E. J. Como no me responde, lo llamo directamente, pero me salta el buzón de voz.

No me enfado con mi amigo, él tiene su vida. Me enfado conmigo misma. Hay una persona, solo una en mi vida, que sabe lo de las cartas. Y es el único al que le confiaría algo así.

Me devuelve la llamada a última hora de la noche, con música atronando de fondo.

—¿Cómo estás? —Lo pregunta por las cartas, la investigación.

—Bien, creo.

No es verdad. Tengo muchas preguntas y nadie que pueda responderlas, salvo E. J. y sus colegas, que le ayudan a recuperar por internet documentos que lentamente, como en un rompecabezas de tarados, van formando la historia del pasado de mis padres.

Le cuento un poco por encima la última carta.

—Hazle fotos y me las mandas —me propone.

—Antes tendrás que firmar un acuerdo de confidencialidad —bromeo.

—Es verdad —concede.

Puede que mi madre ya no esté, pero su historia sigue siendo un secreto, y solo me lo ha confiado a mí.

—De todas formas, me imagino que la fiesta en la que estás es mucho más emocionante que mis cartitas.

—Estoy en un evento de *networking* con un montón de estirados que se creen la leche, pero que se pegan como lapas a cualquiera para ver si consiguen un inversor para sus *startups*.

—Bueno, por lo menos hay bebida y música.

—Pero si a ti ni te gusta beber...

—Ya.

—Y bailas de pena.

—Calla, anda.

Se ríe.

—Ya me gustaría a mí que estuvieses aquí... —me dice en voz baja, unas palabras tan raras en él que hacen que me vibre el corazón—. Deberías venirte conmigo la próxima vez, para ver de qué va todo esto.

No tengo muy claro que encajase con esa gente tan enrollada.

—Bueno, a mí también me gustaría que estuvieras aquí —respondo en cambio, intentando sonar lo más indiferente posible—. Te leería la carta. —Él se ríe de nuevo—. ¿Cuándo vuelves? —pregunto.

—Dentro de tres días.

De golpe se me antoja una eternidad. Parece que hace una eternidad también que llegó la última carta, pero fue ayer.

Lo que yo te diga, una toxicómana.

Hago lo que haría una persona creativa, lo que hacen los periodistas de investigación. Cojo el segundo superventas de mi madre, *Silbidos asesinos*, y lo releo.

En esta ocasión lo leo con mucho tiento. Cada vez que

habla de su protagonista, me detengo y comparo la imagen del libro con la de mi madre, aferrándome a los pequeños detalles que describió en las cartas: cuando habla con su rival del instituto, me imagino a Tonya; cuando leo sobre el novio robado, me estremezco y me imagino a mi padre; cuando describe las cosas que la protagonista le hace a su rival para destrozarle la vida, años después, se me erizan los pelos de la nuca y tengo que apartar la vista un minuto porque no quiero imaginarme a mi madre actuando de ese modo.

Si su primer libro sobre la venganza está vagamente inspirado en su vida real, con el segundo pasa otro tanto. Lo reconoció en las cartas: su protagonista hace cosas atroces, aunque eso solo quiere decir que en la vida real mi madre hizo algo menos explícito, pero aun así lo hizo.

«El castigo es blanco. La venganza es roja. La mía fue negra sangre».

No paro de ojear el móvil para comprobar si tengo mensajes de algún remitente anónimo.

Miro también el correo electrónico y, cada vez que paso al lado, le echo una ojeada al suelo bajo la puerta de la entrada, por si alguien ha deslizado otra carta para mí por la rendija.

Llamo al teléfono fijo de casa de mis padres y lo coge Minna.

—¿Me ha llegado alguna carta? —le pregunto.

Se toma el tiempo de leer todos los sobres, pero no hay nada para mí.

Estoy obsesionada, lo sé, pero también sé que van a llegar más. La historia de mi madre no ha terminado. Atendiendo a sus libros, queda otra historia relacionada con su colección de cuentos, aunque no tengo nada claro cuál será la conexión. Los fans dijeron que sus relatos eran cuentos fantásticos. Los que no estaban familiarizados con sus libros anteriores los describieron como «breves obras maestras del terror, tan desquiciadas como fascinantes, escritas por una psicópata».

Estoy de acuerdo con ambas descripciones.

En los últimos tiempos mi madre estaba trabajando en un proyecto secreto con Laima, *Dientes afilados*, aunque no había ni el más mínimo indicio sobre qué clase de libro iba a ser. Solo espero que no le haya destrozado la vida a nadie para inspirarse.

Releo las cartas decenas de veces.

Acaricio la palabra «amapola» en la última y siento que me vienen las lágrimas.

«Mi niña bonita», repito para mis adentros cada vez que me cruzo con esas palabras en sus cartas.

Se nota que su salud mental fue deteriorándose poco a poco. Y la culpa la tienen mi padre y esa mujer, Tonya.

Cuando oscurece fuera, enciendo una vela al lado de la ventana, apago las luces y decido leer a la luz de la llama. En lugar del ordenador, cojo un bolígrafo y una libreta que tengo sin usar en un cajón y me siento junto a la vela.

No tengo ni idea de qué escribir. Pero, por una vez, necesito hablar con mi madre y decirle cómo me siento. Quizá lo consiga sobre el papel, mejor que con las conversaciones mordaces que solíamos tener.

Es tarde, está oscuro y no se oye nada en mi estudio. La luz de la vela parpadea, haciendo que las sombras bailen sobre el papel en blanco que tengo delante.

Qué tontería, pienso, pero es terapéutico.

Sonrío al escribir la primera línea:

Querida mamá:

Quiero decir tantas cosas, explicarle cómo me siento, preguntarle cómo se sentía ella en aquella época. Quiero oír su voz. Y es lo que pasa con los escritores: que hablan sobre el papel.

Salvo porque ella no puede contestar. No, ya no.

La idea me resulta de pronto tan devastadora que es como si un cepo de hierro me aprisionara el corazón.

Se me borra la sonrisa y el pecho me pesa cada vez más. Me empiezan a escocer los ojos.

Al principio me pregunto si debería tomarme la pastilla. Pero no, esto no tiene nada que ver con mi dolencia. No es ninguna crisis. Es solo que echo de menos a mi madre.

Ya es imposible detener las lágrimas que me brotan de los ojos y empiezan a bajarme por las mejillas. El primer sollozo me sale del pecho como un desgarro.

«Mamá, te echo de menos».

Veintiún años viviendo juntas y apenas la valoré.

Unas cuantas cartas y por fin dejo que el duelo se apodere de mí.

CARTA N.º 6

Me habría gustado decir que el embarazo fue una época muy bonita de mi vida, pero esas cosas solo pasan en los libros.

La realidad es que fue una pesadilla.

Me quedaban seis meses para pulir mi primer manuscrito.

En el libro, la protagonista se convertía en una mujer segura de sí misma que se enfrascaba durante cinco años en un retorcido tour de venganza magistralmente ejecutado con el que destrozaba las vidas de sus agresores, acababa con todo lo que más querían y, al final, los mataba. Se trataba de mi oda al pasado, y a Laima le parecía brillante.

Tuve suerte de que ella se fijara en mí. Y todo gracias a John. Él me convenció para que mandase un relato a un concurso nacional durante mi primer año de facultad. Laima Roth me escribió un correo preguntándome si tenía algo ya trabajado que pudiera leer y le mandé mi primera novela por correo a Nueva York.

Laima dijo que lo mío era puro genio. «¡Qué imaginación!». Pero si ella supiera...

Me dijo que me haría rica, que solo necesitábamos fichar por una editorial, aunque todavía no la he conocido en persona.

Me prometió un adelanto.

Y llegada a ese punto me planteé seriamente dejarlo con Ben.

No fue una decisión fácil para mí. Nunca he tenido una familia. Y en el peor de los casos, incluso sus padres, que no se habían molestado en conocerme, podían echarnos una mano. ¿No ayudarían a su nieta?

Sí, era una niña, íbamos a tener una niña.

—Una hija —repitió Ben cuando se lo dije.

Creo que se quedó conmocionado. Yo también lo estaba. Me asustaba la sola idea de saber que, al cabo de poco, tú estarías en este mundo, conmigo, pero al mismo tiempo me llenaba de una dicha inexplicable.

Hasta que, cómo no, algo tuvo que venir a chafarme la alegría.

Empezaron a ocurrir cosas extrañas.

Un día, al volver a casa, entré en la cocina y pegué un grito desgarrador ante una visión espantosa. De hecho, grité tan fuerte que llamaron a la puerta.

Era Kurtco, el portero del edificio.

—¿Qué ha pasado? —preguntó dándole vueltas al piercing que tenía en la lengua.

Señalé hacia la cocina.

—Uau —dijo mientras ambos nos quedábamos mirando la rata muerta que había en medio del suelo.

Se me vino la bilis a la garganta y me empezó a temblar el cuerpo entero. Apenas me dio tiempo a llegar al lavabo y vomitar con virulencia y con las rodillas a punto de ceder.

Sería por las hormonas, o por la tensión, o por las insufribles migrañas que me dejaban fundida todo un día cada vez que las padecía.

«En principio no tendría que haber problemas con el parto —me había dicho el médico—. Pero ¿la tensión alta y las migrañas? Eso es lo que debemos vigilar para evitar complicaciones».

—En este edificio no tenemos estas cosas —comentó Kurtco mientras se deshacía de la rata—. Nunca hemos tenido. Lo siento mucho, Liz.

Aquella visión me persiguió durante días, aunque no era lo único.

Últimamente me había notado la cabeza como nublada. Hacía cosas extravagantes y ni siquiera me acordaba de haberlas hecho.

Una semana después de lo de la rata, llegué a casa y me quedé parada en la puerta, mirando la alfombra nueva que había en medio del cuarto.

Ben no me había preguntado si quería cambiarla. Pero cuando llegó él, también se quedó observándola.

—Bonita alfombra. ¿Dónde la has comprado?

—¿Te estás riendo de mí? —le increpé, mirándolo de hito en hito.

Él torció el gesto, confundido.

—¿A qué te refieres?

A Ben nunca se le había dado bien mentir, así que supe que no había sido él, pero, si yo tampoco había sido, entonces ¿quién? Ni siquiera estaba segura.

Estaba tomando grandes dosis de un zumo prenatal con multivitaminas. No me costaba conciliar el sueño. Al contrario, dormía como si estuviera en coma. Pero eso me dejaba adormilada durante el día. A menudo no recordaba cosas o veía cosas que no estaban ahí.

—¿Te estás tomando algo? —preguntó el médico cuando le conté la situación.

—No, solo el zumo de vitaminas que usted me recomendó.

Pero siguieron ocurriendo cosas.

Ese mismo día, al volver del médico, abrí el armario de mi cuarto buscando ponerme algo cómodo para andar por casa cuando me quedé helada: toda la ropa estaba reordenada. Cada prenda estaba en un sitio distinto.

Cuando le dices a la gente que te has quedado embarazada, siempre te dicen: «¡Qué bonito!». Nunca te dicen lo duro que va a ser. Lo agotadora que se vuelve de pronto la vida. Cuánto de ti has de sacrificar y lo duro que tendrás que pelear para superarlo.

Yo estaba perdiendo el juicio.

Cuando menos me lo esperaba, me sobrevenía el recuerdo de los últimos meses y eso hacía que me pusiera llorosa, alegre, triste o enfadada por lo que Ben me había hecho pasar. Otras veces los recuerdos hacían que me cegara la furia. Fue entonces cuando escribí los capítulos más siniestros.

Y entonces, amapola, empezaste a dar pataditas en la barriga y mi corazón se regocijó de la emoción. Me recordaba a mí misma que lo que estaba haciendo era por las dos. Y a lo mejor por Ben también. A lo mejor...

A Tonya ya no se le veía el pelo, era como si hubiera desaparecido. Ben no dijo nada, pero una noche que se pasó a verme me abrazó y me susurró:

—Todo va a ir bien, Lizzy, estamos bien. Estamos muy bien juntos.

Sin necesidad de que lo dijera, yo supe que él había pasado página y había dejado de hacer lo que hubiera estado haciendo a mis espaldas. No confundas, sin embargo, mi serenidad con debilidad: yo no lo había perdonado. Aún no. Pero en esos momentos lo necesitaba más que nunca.

Volví a hablar con John. Apenas lo había visto desde que estaba embarazada. Cada vez pasaba más tiempo en casa, estudiando y escribiendo.

Se sorprendió cuando se enteró de mi estado.

—Pero ¿cómo puedes estar con ese hombre? —me preguntó visiblemente apenado.

Yo me encogí de hombros. ¿Qué podía decir? Porque las cosas habían salido así. Porque no quería estar con nadie nunca más. Porque seguía enamorada pero avergonzada de querer a alguien que no me trataba como me merecía.

No le dije nada de eso. Pero un día Ben cogió un avión para ir a ver a sus padres y volvió con una noticia increíble.

—He hablado con ellos, Lizzy.

—¿De qué?

—Quieren conocerte.

—Eso está bien —dije acariciándome la barriga redonda.

—«Nuestra nieta», dijo el otro día mi madre. —Ben sonreía abiertamente y yo me imaginé que tampoco les había quedado otra—. Creo que a mi madre le costó un poco aceptarlo, pero le conté que estás a punto de cerrar un contrato por el libro. Se alegra por nosotros.

¡Aggg!, quise tirarle algo a la cara. Siempre me daba la sensación de que lo único valioso de mí o de nuestra relación era el contrato por el libro. Parecía que la buena voluntad de sus padres fuera un trueque.

Cuando se nace con un talento, este puede convertirse en una maldición. Pero el mío era algo a lo que recurrir en los momentos en los que todo lo demás me fallaba.

Y entonces volví a hacerlo: empecé un nuevo proyecto. Empecé a escribir un cuento fantástico, el primero de muchos. Era la primera vez que no escribía para liberarme de algo ni con la idea de que algún día se publicara o tuviera lectores, llegado el caso.

Esos cuentos estaban pensados para una única lectora: para ti, mi niña bonita.

21

Cierro los ojos e intento contener los sollozos.

Sigo en la puerta de mi piso, donde me he encontrado otra carta remetida por la rendija. Es la segunda en tres días. Es la más larga, y de momento solo he leído la primera parte.

Devoro cada palabra. Duelen. Aunque las palabras pueden curar, su mayor poder es infligir dolor.

De pequeña raramente veía esa bondad tan particular en mi madre. Si me hubieras preguntado hace un mes, cuando ella aún estaba viva, habría dicho amargamente: «No, nunca, nunca me trató bien».

Pero habría hablado mi rabia, acumulada durante mis años de rebeldía.

Mi madre podía tratar bien a la gente, y con frecuencia era así.

Recuerdo el día que cumplí los dieciséis y que se enteró de que tenía novio y no se lo había contado. Se enfadó.

«Ándate con ojo —me dijo enfadada—, y mantén las piernas bien cerradas».

Pero esa misma noche llamó a la puerta de mi cuarto, se sentó en la cama mientras yo intentaba ignorarla y me dijo algo que me dejó de piedra: «A veces en la vida las cosas más insignificantes, esas tan diminutas que apenas reconocemos su existencia, pueden ser las que nos cambian más rotundamente». Me lo dijo con el mismo ánimo con el que escribía, con esa tristeza y ese punto siniestro, como advirtiéndome.

En esos momentos me pareció mayor, sin el maquillaje que solía llevar a diario. Y también más triste mientras se me quedaba mirando. Olía a vino porque acababa de llegar de una fiesta. Sonreía, aunque no era un gesto alegre, y tampoco tenía esa sonrisa fría suya tan estudiada.

—Eres muy bonita, ¿sabes? —me dijo entonces—. Y lista, Mackenzie. Es un cóctel peligroso. Tienes que aprender a utilizarlo o acabará siendo tu ruina.

Ya estábamos...

Siempre ese tono admonitorio, como si el mundo fuera a acabarse.

Pero esa noche volvió a sonreírme, y luego me cogió del mentón y me besó en la mejilla. No se apartó, y en cambio se quedó un ratito con la cara presionada contra la mía hasta que dijo:

—La belleza y el talento pueden ser tanto una bendición como una maldición. De tal palo, tal astilla.

Ahora las lágrimas me ruedan por las mejillas al recordarlo. Hasta ahora no les había encontrado el sentido a sus palabras.

Pero hay una cosa que no me cuadra. Dice en la carta que ese primer cuento lo escribió para mí. Sin embargo, al leer la colección, se ve que no están pensados para niños. Son macabros, siniestros, violentos. Y me hace cuestionarme si ocurrió algo en la vida de mi madre para que esos cuentos infantiles se convirtieran en historias de terror.

Sigo leyendo la siguiente parte de la carta. Por suerte, empieza con una frase alentadora:

Tu abuela es una arpía, amapola mía.

CARTA N.º 6

SEGUNDA PARTE

Evelyn Casper, la madre de Ben, no vino a nuestra graduación, ni a la mía ni a la de su hijo. Y su padre tampoco. Tenían un viaje a los Cayos planeado desde hacía mucho tiempo, alegó. Quise decirle que nosotros hacía cuatro años que habíamos planeado nuestra graduación, pero ¿quién era yo para decirle cuáles debían ser las prioridades de sus padres?

La graduación de Ben no fue como para estar muy orgullosos: consiguió licenciarse por los pelos. No le ofrecieron ni prácticas en empresas ni puestos de trabajo, mientras que a mí me hicieron tres ofertas.

Evelyn nos llamó por cumplir.

—Muy bien, querida. Estoy orgullosa de ti. Ben tiene suerte de tenerte.

Y tanto...

Y sí, hablé con ella. Un par de veces. Tu abuela me preguntó por qué no íbamos a verlos a la Costa Este, nos quedábamos en su casa y quizá, solo como posibilidad, nos planteábamos la opción de mudarnos allí. Por supuesto, antes de colgar me preguntó por el contrato y luego terminó la conversación con un: «Cuidad el uno del otro».

Yo tenía claro que era yo quien cuidaba de Ben. A él

le había vencido el contrato del piso que tenía alquilado y se había mudado conmigo. Como ya pasaba mucho tiempo en mi piso, dio la sensación de que siempre había vivido allí. Salvo por el desorden que trajo consigo.

Ya antes de licenciarse había empezado a ir una vez al mes a ver a sus padres. A mí me pareció algo positivo, aunque él decía que su madre no se encontraba bien.

Cuando me licencié, agradecí mucho esos fines de semana de intimidad sin él. Lo llevaba al aeropuerto en su propio coche y luego lo recogía unos días después, y parecía feliz, contento de verme, como un hombre renovado.

Me quedaba poco para salir de cuentas. Tenía ya la primera novela revisada y lista para publicar y casi había terminado el segundo *thriller*, el de la acosadora. Estaba preparada para comerme el mundo.

Un fin de semana que Ben había salido con unos amigos, llamó su madre.

—A lo mejor cuando nazca la niña y haya salido el libro y tengas más tiempo, podríamos ir todos a Grecia —me dijo, y aquellas palabras me llenaron de alegría: por fin, ¡por fin tenía una familia!—. Acabamos de volver y es precioso.

—¿Cuándo? —le pregunté desconcertada: Ben había ido a verlos dos semanas antes y no me había dicho nada de ningún viaje.

—Volvimos la semana pasada.

—¿Y Ben...?

—¿Qué pasa con Ben?

—Que no me lo había contado.

—Ya, a ver si tú hablas con él sobre el tema. Tenéis que venir ya pronto. Llevamos sin verlo desde el invierno.

Se me paró el corazón.

—¿Desde el invierno? —repetí.

—Sí, hace ya medio año.

La cabeza empezó a darme vueltas y noté los latidos en las sienes.

Ben llevaba meses mintiéndome y pasando tiempo a saber dónde.

—Querida, tengo que dejarte —dijo Evelyn, que colgó.

Yo me quedé con el auricular en la mano, mirando al vacío y sintiendo cómo me crecía por dentro una rabia inefable.

Quise encarar a Ben en cuanto entrara por la puerta, pero cuando por fin llegó esa noche, le noté algo raro en la expresión. Se acercó al sillón, despacio, y tomó asiento. Se quedó un rato con la vista clavada en la alfombra, mordiéndose los carrillos por dentro, hasta que acabó levantando la mirada.

—¿Qué te pasó en el centro de acogida con esos tres chicos?

Supe entonces que ella había vuelto. De hecho, estaba comprendiendo lentamente que en realidad nunca se había ido. ¿Quién si no le habría metido en la cabeza esa historia que él no tenía por qué saber? ¿En qué otra parte iba a estar pasando los fines de semana que decía pasar con sus padres?

—Me agredieron —le conté—. Has leído la novela, Ben, lo sabes.

—¿Y luego?

Ah, ahí era donde esa arpía estaba malmetiendo con sus malignos encantos.

—Y luego ellos se fueron de rositas —respondí tajante,

fulminándolo con la mirada—. Y yo escribí mi propia versión de la historia.

No le mencioné la charla con su madre ni le dije que sabía que estaba pasando los fines de semana en otra parte. Tenía que asegurarme, necesitaba pruebas fehacientes.

Porque a punto estuve de reírme con lo siguiente que dijo:

—Voy a ir a ver a mis padres el fin de semana que viene.

—Salgo de cuentas dentro de dos semanas —le respondí con una mueca burlona.

—Ya lo sé, volveré para entonces, por supuesto. Pero es que mi madre no se encuentra nada bien.

«¿Y en Grecia sí se encontraba bien?», quise añadir, pero me tragué la hiel.

Esa noche no pude ni mirarlo a la cara. Cogí el bolso, metí el diario dentro y me fui.

¿Qué podía hacer? Tenía que reunir valor para hacer por fin lo que había estado temiendo pero sabía que debía hacer de una vez por todas. Iba a resolver las cosas por mi cuenta, y no iba a ser agradable.

Tonya había vuelto. Y, una vez más, estaba sacando lo peor de mí.

Empecé así mi último manuscrito:

Ella es mala. Es mala. Es mala. Es mala.
Es mala. Es mala. Es mala. Es mala.
La odio.
La haré desaparecer.

A veces, solo a veces, la ficción se vuelve realidad...

22

—Qué dramatismo —comenta E. J., que me devuelve la carta y se recuesta en la silla del ordenador.

Ha estado cuatro días fuera y su ausencia se me ha hecho muy cuesta arriba. Aunque a él no se lo reconocería por nada del mundo.

Me siento a lo indio en el sillón al lado de su mesa.

—¿Tú crees que a mi madre se le estaba yendo la olla?

—¿Sinceramente? —No le contesto y me limito a mirarlo, a la espera—. Sus novelas eran siniestras, en plan siniestras a tope. —Arquea las cejas para darles más empaque a sus palabras—. Y las cosas que hacían sus protagonistas..., en fin, son movidas chungas también. La señora Casper... Bueno, yo diría que daba la sensación de ser alguien que podría... —Se aclara la garganta—. A ver, tía, no te rayes, pero es verdad que a veces da la impresión de ser alguien que tiene «experiencia», no sé si sabes por dónde voy.

Ahí lo tengo, la verdad que amigos y familiares nunca admitimos: que mi madre a menudo tenía comportamientos extraños, tirando a inquietantes.

—Yo creo... —De pronto me viene una idea y casi me río de que no se me haya ocurrido antes—. Creo que tal

vez mi madre sufriera algún trastorno sin diagnosticar.
—A E. J. se le disparan las cejas hacia arriba—. ¿No podría
tener sentido? —pregunto.

Asiente y se me queda mirando.

—Pues la verdad es que sí. Total.

—A lo mejor tenía algún tipo de trastorno de la personalidad, o trastorno de personalidad múltiple.

—Uau. —A mi amigo se le desencajan los ojos.

Pero vuelvo a pensar en las cartas y pregunto:

—¿Tú crees que pudo inventárselo todo, todo lo que
escribió en esas cartas?

—Qué va.

—Pero ¿y si fuera todo mentira?

Se me queda mirando sin más, desconcertado, mientras yo suelto el aire por los labios fruncidos.

No se me había ocurrido pensar que, como era tan buena escribiendo y tenía una inteligencia privilegiada, podía
haberse inventado cualquier cosa. Y si tenía algún tipo de
trastorno mental, más todavía. Sin embargo, nunca oí a
mis padres hablar de nada parecido.

—Es posible que la loca sea yo y... Vamos, que estoy
diciendo disparates.

Pero, cuando miro a mi amigo a los ojos, él no me mira
como si la loca fuese yo, sino como a alguien que acabara
de descubrir una verdad espantosa.

—¿Por qué no me daría las cartas a mí directamente?
—pregunto.

E. J. reclina la cabeza en el respaldo y clava la vista en el
techo.

—A lo mejor iba a hacerlo, pero entonces... ¿pasó lo del
accidente?

—O sea, ¿que a lo mejor no pudo terminar las cartas?

—No sé.

—¿Y si nunca averiguamos cómo acaba la historia?

—A lo mejor sí que las terminó y le pidió a alguien que te las diera en el caso de que le pasara algo a ella.

Un escalofrío me recorre la columna.

—Espera, ¿qué...? —Me quedo paralizada cuando tengo otra iluminación—. ¿Estás diciendo que ella sabía que podía pasarle algo? ¿Y que escribió esto deliberadamente para mí?

Mientras yo sigo conmocionada, E. J. parece tan tranquilo.

—¿Podría ser?

—Entonces... Vale, vale, vale. Quienquiera que esté mandando las cartas..., ¿por qué no mandarlas todas a la vez? ¿Por qué mandarlas como si fueran pistas?

—Quizá es para que vayas destapando la verdad poco a poco, para que indagues por tu parte. A ver, porque si alguien te viniera y te dijera: «Oye, mira, que tu madre mató a tres tíos en un centro de acogida, luego es posible que se cargara a una tía con la que tu padre la engañaba, y se ha dedicado a escribirlo todo muy inteligentemente en sus novelas»..., ¿lo creerías? No —me contesta E. J., como un eco de mis pensamientos—. Pero, ahora que has estado investigando, te das cuenta de que hay algunas historias que sí que son ciertas de verdad.

—Ajá, vale... —Nos quedamos callados un momento—. Creo que lo suyo sería hablar con alguien que conociera a mi madre en la época del centro de acogida —acabo sugiriendo—. Quizá alguien que conociera a mi madre y también a Tonya.

—No sé cómo podrías hacerlo.

—Ya. Creo que necesito ir al Centro de Acogida Keller.

No tengo mucho dinero ahorrado para cogerme un avión, pero siempre puedo pedirle algo de pasta a mi padre. Seguro que no tiene problema en dármela ahora que no está mi madre, y no tendré ni que explicarle en qué me lo voy a gastar.

Levanto la vista y me encuentro con la mirada divertida de E. J., que tiene los labios curvados en una media sonrisa.

—¿Qué? —Me encojo de hombros—. Necesito encontrar a alguien que sepa lo que pasó, de primera mano. Y por teléfono no se van a poner a hablar de una cosa así. Y no sé, en un momento dado, a lo mejor puedo ir también a Old Bow.

—No creo que vayas a averiguar gran cosa en Old Bow.

—Mi padre tenía colegas allí. Conseguiré sus nombres y veré si alguno sigue viviendo por allí. Muchos de sus colegas conocieron a Tonya, ella salía con la pandilla, ¿no?

—Ya, tía, pero hace veinte años de eso. ¿Quién va a acordarse de una tía que salió con ellos durante unos meses? Y más cuando estaban prácticamente borrachos siempre, por lo que cuenta tu madre.

—Así es como trabajan los investigadores privados. Averiguan cosas pista a pista.

—Pero tú no eres detective, Mordicia.

—Pufff, ya lo sé. Ojalá tuviera dinero para contratar a uno.

—Yo sí tengo pasta.

Lo miro.

—Anda, vete por ahí. No quiero tu dinero. Ya me las arreglaré.

—Te voy a decir una cosa pero no te cabrees, ¿vale?

—Lo miro con recelo—. ¿Me lo prometes? —pregunta con una sonrisa encantadora.

Pongo cara de hastío pero digo:

—Lo prometo.

—Voy contigo a Brimmville.

El corazón me late con fuerza.

—¿En serio?

—Pero solo si me dejas que pague yo los vuelos y todo el viaje.

Lo observo con los ojos entornados, a sabiendas de que está intentando salirse con la suya.

La verdad es que a mi amigo no le falta el dinero y yo no estoy muy boyante. Y en realidad me alivia que lo proponga y no tener así que tirar de los pocos ahorros que tengo ni verme obligada a pedirle pasta a mi padre.

—Vale —digo asintiendo y apartando la vista—. Gracias.

E. J. lanza un puño al aire en señal de triunfo con un «sí» apenas audible.

—Vale, ¿cuándo nos vamos? —pregunta—. ¿Mañana?

Me río nerviosa por lo alocado de su propuesta, pero el corazón empieza a latirme como un tambor de guerra por la expectación.

23

Al día siguiente voy a casa de E. J. en cuanto termino las clases.

—Te vas a llevar un chasco —me dice nada más entrar.

Dejo el bolso al lado de la puerta, saco un refresco de la nevera y me acomodo en mi sillón de costumbre.

Mi amigo va de un lado para otro en su silla de ordenador.

—O no, depende.

—Suéltalo ya —le digo, emocionada ante la perspectiva de cualquier información nueva.

Se vuelve entonces hacia el ordenador y me dice:

—Ya sabes que hoy en día no hay forma de esconderse. —Los dedos empiezan a volarle por el teclado mientras abre varios navegadores y archivos de texto en la pantalla—. Todo lo que hacemos deja un rastro de papel. Da igual que no tengas presencia online, que aun así hay datos registrados.

—A no ser que estés muerto, claro.

E. J. se aclara la garganta.

—El centro de acogida lo cerraron hace quince años. Me imaginé que, como tu madre no tenía amigos y no menciona a nadie cercano, no tiene sentido perder el tiempo buscando a los que se graduaron en su mismo año. De todos modos, conseguí las listas y probé varios nombres. Encontré coincidencias en las Páginas Blancas con decenas de personas con los mismos apellidos y edades por todo el país. Pero me da que es una pérdida de tiempo. Lo más inteligente sería ver qué trabajadores del centro aparecen relacionados con el caso del incendio.

—¿Cómo se te ha ocurrido eso?

—Pues por el expediente policial. Hay maestros, trabajadores sociales, psicólogos. Bastantes, la verdad. En los interrogatorios de la instrucción se menciona a unos cuantos, aunque solo a tres los interrogaron en más de una ocasión. La primera fue la psicóloga del centro, pero murió hace dos años.

—Puff.

—Luego, un profesor de Matemáticas que daba clases en un instituto del centro, pero también murió poco después del cierre.

—Genial —mascullo—. ¿Y el tercero?

—La tercera era una tal Dianne Jacobson, la encargada. Es raro porque la interrogaron varias veces durante la instrucción. Ella estaba de turno la noche del incendio.

—E. J. me dedica una mirada elocuente—. Según el inspector encargado del caso, los chicos del centro la llamaban «la madrina».

—¿Sabes una cosa interesante? En *Mentiras, mentiras y venganza*, había un personaje, el único decente, al que la protagonista recurre para que la ayude, y era la encargada del centro.

—Pues ahí lo tienes.

—Venga, desembucha. ¿Dónde vive?

—Al parecer, trabajó en el mismo centro de acogida hasta que lo cerraron y luego se jubiló directamente. Tiene setenta y tres años. Según los datos que he encontrado, hay una finca a su nombre a dos horas de Keller. He llamado varias veces (es un fijo), pero no me lo han cogido. Tampoco aparece ningún móvil registrado a su nombre.

—¿Quién no tiene móvil hoy en día?

—No te creas, los hay sin móvil... A lo mejor tiene uno de prepago o algo así. He buscado también en la información de tráfico y hay un vehículo registrado en esa misma dirección. No constan parientes cercanos, o al menos por lo que yo he podido averiguar.

—¿Crees que vivirá allí?

E. J. se recuesta en la silla y se vuelve hacia mí.

—No lo sé, pero, si no coge el teléfono, no tenemos forma de saberlo, a no ser que...

Arqueo una ceja, inquisitiva.

—¿A no ser que...?

—A no ser que le hagamos una visita.

Frunzo los labios para disimular una sonrisa.

—Pues nada. —E. J. tamborilea con los dedos en el reposabrazos—. Considerando que es viernes y que tienes unos días sin clase, yo diría que ya podemos estar comprando un vuelo a Nebraska. —Me quedo muy quieta para no ahuyentar la emocionante idea de irme de viaje a otro estado con él—. Lo único es que... —me señala con el índice, a modo de pistola— yo pago el viaje.

Contengo la respiración, intentando no soltar ninguna bromita tonta ni sonar desagradecida, aunque me da un poco de vergüenza que me costee los gastos.

—Vale, venga, lo hacemos así.

—Guay.

—Te debo una.

—De eso nada.

Mira de nuevo la pantalla y empieza a teclear. Al poco rato ya ha reservado dos vuelos de ida y vuelta a Nebraska para mañana y una noche en un motel.

—¿Tienes problema con que cojamos solo una habitación, Mordicia?

Trago saliva. Será un poco raro, pero ya me he quedado en su sofá muchas veces.

—No, qué va. Con dos camas, ¿no?

Se gira para dedicarme una sonrisa de pillo.

—Por supuesto.

Estoy tan emocionada y nerviosa que apenas pruebo la pizza que encarga E. J. mientras hablamos sobre la logística del cómo y del cuándo.

Es tarde cuando por fin llego a mi casa. Pero no consigo dormir; me paso la noche dando vueltas en la cama, preguntándome cómo irá el viaje.

Quizá sea un chasco y no averigüemos nada interesante.

Pero quizá encontremos a la persona que conoció a mi madre antes de que fuera famosa; antes de que fuera independiente y rica. Cuando vivió el horror que le cambió la vida para siempre.

24

E. J. me recoge a las siete de la mañana.

—Bonita transformación —me dice cuando me subo al coche.

Pongo cara de hastío. «Lo que tú quieras».

Hoy apenas me he maquillado. Por lo pronto porque no tengo ganas de que la gente se me quede mirando en el aeropuerto. Y luego porque, si conseguimos hablar con alguien que conoció a mi madre, quiero parecer accesible. El look gótico no resulta muy amigable, y menos aún para la gente mayor. En lugar de sudadera, llevo vaqueros y una camisa de manga larga con una rebeca abotonada. También he metido un chaquetón corto en la mochila, por si acaso.

El plan que tenemos es muy simple.

El centro de acogida Keller queda a solo media hora de la ciudad en la que aterrizamos. Vamos a alquilar un coche en el aeropuerto, con la idea de ir a ver el centro, o lo que quede de él, y luego tenemos dos horas de camino, en dirección oeste, para llegar a la casa de la encargada. Después volveremos esa misma noche a la ciudad, para dormir allí y volar a la mañana siguiente.

Camino del aeropuerto, hay todavía algo de neblina fuera y hace una temperatura bastante cálida para mediados de octubre. Nos paramos en una gasolinera para repostar y entramos en la tienda a comprar algo de picar. Como el aeropuerto está a las afueras de la ciudad y todavía tenemos tiempo de sobra para llegar, nos quedamos diez minutos jugando en las maquinitas arcade que hay. E. J. es muy friqui de los videojuegos antiguos y nunca pierde la oportunidad de jugar cuando ve una.

Al salir, el parking de la gasolinera se ha llenado de gente, que si echando gasolina, que si paseando al perro. Al lado del coche de E. J., los cinco miembros de una familia están volviendo a su SUV cargado hasta las trancas.

Me siento como en una aventura. Aunque mi madre iba mucho de gira para presentar sus libros, rara vez me llevaba con ella. No he salido del país en mi vida y, en general, tampoco es que haya viajado mucho, más allá de las vacaciones en los Cayos de Florida con mis padres y mis abuelos. Lo que no es precisamente mi ideal de diversión.

Así que por eso estoy emocionada.

Una pareja mayor que está aparcada al otro lado nos sonríe y nos pregunta qué tal va. Me pregunto si pensarán que somos pareja. Por un segundo me gustaría, pero luego, avergonzada, descarto la idea.

—Espera —dice E. J. cuando abro la puerta del copiloto para subirme.

Lo miro de reojo y me fijo en que tiene los ojos clavados en algo dentro del coche.

—¿Qué? —Sigo su mirada hasta el interior y me quedo de piedra.

Ahí, en mi mismo asiento, hay un sobre.

Echo un vistazo a mi alrededor como loca para comprobar si alguien nos vigila. Pero no hay nadie cerca aparte de la familia, que anda muy ocupada reordenando su casa entera dentro del todoterreno de lujo.

Intercambio una mirada con mi amigo, que tiene cara de preocupado.

—¿Cerraste con llave? —le pregunto.

Su silencio me informa de que seguramente se le ha olvidado y lo ha dejado abierto mientras estábamos en la gasolinera.

Alargo el brazo para coger el sobre y no tengo que ser médium para saber lo que voy a leer:

De tu fan número 1. ♡

CARTA N.º 7

Quedan dos semanas para tenerte entre mis brazos, amapola.

Estoy en casa de John. Tengo la barriga del tamaño de una sandía. El médico me ha dicho que soy una madre perfecta. Nunca había pensado en ser madre, y menos aún perfecta. Dar a luz no tendría que ser complicado, me han dicho. Lo más difícil será lo que vendrá luego.

Hoy ha sido la gota que ha colmado el vaso: la pelea entre Ben y John.

No tengo ni idea de qué estaba haciendo Ben en casa de John, pero he decidido pasarme a verlo y entonces los he visto a los dos peleándose justo en la puerta.

—No te la mereces —increpaba John a Ben.

Este se reía, y —sí, Ben, mi encantador y divertido Ben— se ha abalanzado sobre John. Borracho, por supuesto.

He pegado un grito. Les he chillado para que pararan de una vez cuando ambos han acabado en el suelo. No sé cómo ha pasado, pero de pronto Ben tenía una botella rota en la mano y ha rajado con ella a John.

Había sangre, mucha sangre. Mi amigo estaba en el suelo, con la frente entre las manos y la sangre chorreándole entre los dedos en pequeños ríos, mientras yo intentaba consolarlo.

Ben se ha sentado enfrente, mascullando maldiciones y disculpas hasta que ha llegado la ambulancia.

John ha perdido mucha sangre. Le ha rajado la vena del interior del brazo. He venido a casa de John cuando le han dado el alta en el hospital.

Y aquí estamos.

Si algo he comprendido es que Ben no va a cambiar nunca. Pero yo sí que pienso cambiar las cosas para ti, mi niña bonita. Emprenderemos un viaje muy distinto, tú y yo juntas.

Serás una niña muy muy bonita. Ya lo estoy sintiendo. Unas pestañas suaves y oscuras, una pelusilla suave por pelo, la brisa acariciándote los mechones mientras el sol te destella en los ojos. Una sonrisa soleada: me lo imagino perfectamente.

Te mereces todo lo mejor. No dejes que nadie te diga lo contrario.

Quizá tú sí podrías querer a un padre como Ben. No creo que fuera mal padre, pero yo no quiero un marido como él. No mientras ella siga rondándole.

Ahora también John está metido en toda esta historia. El médico ha dicho que le quedará una cicatriz de la pelea con Ben. Son dos cortes cruzados en el antebrazo que parecen una estrella. Él la llama, sonriendo, su «mala estrella». Mi historia con John podría haber sido muy distinta si ese día Ben no me hubiera dicho nada de mi pintalabios.

Mientras escribo esto, John nos está preparando la cena. Me mira de reojo, con el gesto torcido. Sé que tiene preguntas, pero no estoy preparada para responderlas. No le cuento mis planes. De momento.

Es un dilema: es o Ben o Tonya. No sé cómo hemos llegado a esto, pero ella ha conseguido destrozar nuestra relación.

Lo que me deja a mí en la diatriba de tomar una decisión terrible.

Fuera es noche cerrada, pero mis pensamientos son aún más sombríos. Últimamente, siempre me pasa lo mismo, que no tengo ganas de volver a casa. Quiero escribir aquí, en casa de John. Quiero cambios.

Es más, tengo miedo de que, si vuelvo a casa, no sea capaz de contenerme.

Si Ben vuelve a mentirme, se va a enterar.

O desaparece ella o desaparece él. Lo tendrá que decidir Ben. Pero

25

—Pero ¿qué?

Le doy la vuelta al folio, buscando como loca el final de la frase, pero no lo hay. ¡No está!

—¡Arggg!

E. J. me arrebata la carta de las manos.

—Déjame ver.

La cabeza me va a mil por hora.

Hay alguien pisándonos los talones, y es una sensación muy desasosegante, por no decir otra cosa. Y encima mi madre estaba planeando algo chungo. Quiero saber a toda costa qué era, pero, sea quien sea el fan sádico que está mandando estas páginas arrancadas, sabe cómo desquiciarme.

Hay otra cosa de la que me percato ahora. Y puede que sea la más importante.

—Esta última carta está escrita en presente, no como las anteriores —dice E. J. leyéndome el pensamiento.

Levanta la vista de la página y me la devuelve.

—Exacto —corroboro—. Y eso significa que mi madre escribió las cartas estando embarazada de mí.

Es un dato importante en sí mismo. Las cartas se escribieron antes de que yo viniera al mundo; antes de que mi padre y ella hicieran algo chungo, por mucho que no sepamos seguro qué fue. Y de eso hace veintiún años.

—Joder —dice E. J. soltando una exhalación y escrutando con suspicacia el aparcamiento de la gasolinera.

—¿Verdad? Y esta no va a ser la última, porque...

—«Pero...» —prosigue E. J.

—Eso mismo, deja la frase sin terminar. Todavía tenemos que averiguar qué pasó.

—Vale. Ya indagaremos cuando volvamos.

E. J. saca el coche del aparcamiento y ponemos rumbo al aeropuerto.

Me quedo mirando los bellos colores del otoño, aunque con el ánimo ahora algo enturbiado. Solo de pensar en ir a un sitio donde mi madre lo pasó mal cuando era joven se me revuelve la barriga.

Pero no me queda alternativa. A veces, para entender el presente, hay que hurgar en el pasado.

Y tengo el presentimiento de que el pasado de mi madre fue mucho más feo de lo que me imaginaba.

26

—Para quieta —me dice E. J. mirándome de reojo la rodilla.

—Pero si estoy quieta.

Niega con la cabeza, se suelta el cinturón y enciende el teléfono mientras el avión se dirige ya hacia la puerta para que desembarquemos.

Sí, no paro quieta y no lo puedo evitar. El Centro de Acogida Keller lleva quince años cerrado y dudo que verlo por fuera vaya a darme mucha idea de qué supuso para mi madre vivir allí. Así y todo, estoy nerviosa y emocionada.

BIENVENIDOS A NEBRASKA, reza un letrero que vemos mientras atravesamos el aeropuerto a pie.

No puedo evitar sentirme como en una truculenta película de intriga. Mi madre nunca habló mucho de sus años en el centro de acogida.

«Nada memorable —solía decir—. Tu padre y yo hicimos todo lo posible para asegurarnos de que tú no sintieras nunca lo que yo en mi infancia. —A aquellas palabras siempre les seguía una mirada cargada de significado—. Y, cuando digo todo lo posible, digo todo lo posible».

Ahora le encuentro el sentido. Siempre he tenido la impresión de que mis padres no querían estar juntos, de que no se llevaban muy bien que dijéramos, pero aun así eran uña y carne, como si algo los mantuviera unidos.

Empiezo a comprender qué. Después de las cartas anónimas con las páginas del diario de mi madre, hasta la última palabra de su pasado adquiere un significado algo siniestro.

—Ey, tú, baja de la nube —me dice E. J. tirándome del brazo hacia la puerta que lleva a la zona de recogida de equipaje, que casi paso de largo.

Mi amigo siempre sabe cómo me siento, da igual que intente disimularlo. Debería decirle en algún momento lo mucho que significa todo lo que está haciendo por mí en estas semanas. Aunque E. J. lo sabe, y yo habría hecho lo mismo por él. A ver, porque ¿quién se pasó tres días a su lado en el hospital cuando sufrió una intoxicación alimentaria? No, ni su ex la ciberreina ni ninguno de sus amigos hackers. Fui yo. Como siempre. Pero también es verdad que ninguna lo conoce como yo. Y, pensándolo ahora, tampoco a mí me conoce nadie como me conoce él, ni mis padres.

—Verás como todo sale bien —me dice al tiempo que me echa el brazo por los hombros mientras andamos; y, por una vez, no se lo aparto.

—Ya —murmuro, recurriendo, ante su gesto demasiado amistoso, a la técnica del falso resentimiento, que tengo muy ensayada.

Últimamente siempre me consuela. Los amigos están para eso, ¿no? Se ayudan en los momentos duros. Son cosas solo... de eso..., de amistad.

Sin embargo, ahora me viene un pensamiento fugaz

por la cabeza: ¿cómo reaccionaría él si en respuesta yo le paso un brazo por la cintura? ¿Sería demasiado? Sí, seguramente.

Media hora después estamos subidos en el Honda que hemos alquilado y vamos camino de Brimmville, donde estaba el centro de acogida. Cuando viajo por carretera siempre pongo una lista de reproducción algo melancólica, pero esta vez es E. J. quien va al volante y me alegro de que haya puesto Matchbox Twenty. Es una música animada que me mantiene de buen humor mientras miro por la ventanilla.

Los tonos grisáceos del otoño se despliegan a nuestro alrededor mientras avanzamos por la carretera ventosa que atraviesa los campos. Aquí en Nebraska hace más frío. El otoño está dando sus últimos coletazos y, aunque no llueve, el cielo es de un gris plomizo, igual que el follaje. Todo parece decaer. No me gusta nada esta transición entre finales de otoño y principios de invierno, cuando apenas quedan hojas en los árboles y todo parece un deprimente cuadro desvaído.

Me remeto el bajo de la rebeca por la cintura a pesar de que en el coche no hace frío. E. J. va tarareando a medias las letras, al ritmo de la música. No me da conversación, como si intuyera que necesito silencio para sumergirme en cómo es vivir aquí, en esta zona del país donde se crio mi madre.

Al cabo de una hora paramos en un pueblecito y aparcamos delante de una alambrada sencilla que rodea un alargado edificio de dos plantas, marrón, estilo pradera, con una entrada en saledizo y la puerta azul oscuro. El letrero que hay sobre la puerta está tachado y, escrito en espray, se lee EL INFIERNO en unas letras mayúsculas negras y goteantes.

—Precioso... —dice E. J. al verlo por la ventanilla del coche—. ¿Quieres bajar? —me propone entonces.

Me encojo de hombros, pero decido que debería al menos hacer una foto de ese lugar infesto, para el recuerdo. Saco el chaquetón de la mochila y salgo al frío.

—Qué sitio más deprimente —concluye E. J. mientras ambos nos acercamos a la alambrada y nos quedamos mirando la hierba gris, desmañada y llena de basura, así como los muros marrones del centro de acogida, surcados por un desaguisado de grafitis por toda la fachada.

Los agujeros de las ventanas, seguramente fruto de pedradas varias, añaden al cuadro un toque más perturbador si cabe.

Si a eso le sumamos lo que mi madre cuenta en distintos puntos de sus cartas, sobre los tres chicos y lo que le hicieron, o los artículos sobre el incendio del granero, el sitio directamente da asco.

—¿Quieres que te deje un momento a solas? —me pregunta E. J.

Clavo la vista en el cielo.

—¿Para qué? Ni que fuera a tocar las paredes y a sentir una poderosa conexión con mi madre... No, gracias. No me gusta nada este sitio.

Saco el móvil del bolsillo y hago una foto. Al igual que mi madre, no pienso volver aquí en la vida.

—Vamos —le digo a mi amigo, y, sin esperarlo, me doy media vuelta y regreso al coche.

Es como si el edificio pudiera contagiarme, como si, al acercarme demasiado, fuera a infectarme de tristeza y desdicha. En cuanto me subo al coche, me siento segura y se me pasa la tensión.

Mi amigo me sigue al poco.

—¿Quieres que vayamos a ver el granero?

—Ya he visto bastante —digo poniéndome el cinturón.

El granero no está ni a un kilómetro o así del edificio, pero hay que ir andando por en medio del bosque, y la verdad es que no tengo ganas de seguir más rato aquí, y menos de ver un sitio donde unos huérfanos se entretenían con movidas enfermizas.

Empieza a chispear sobre el parabrisas y me entran unas ganas tremendas de largarme de allí cuanto antes.

—¿Metes la dirección de la encargada en el GPS? —me urge E. J.

Lo hago y luego devuelvo el teléfono al soporte y le doy al botón del volumen. Suena otra vez Matchbox Twenty, y me relajo hundida en mi asiento mientras el alivio se apodera de mí en cuanto E. J. arranca y nos vamos de allí.

Echo un último vistazo por el retrovisor y veo cómo el edificio abandonado se va empequeñeciendo a medida que nos alejamos.

El infierno.

La palabra me retumba aún en el cerebro. No sé cómo fue vivir en un sitio así, pero no puedo culpar a mi madre por no hablar nunca de él. Con lo que pasó allí, yo también habría querido olvidarlo.

La única persona que podría tener respuestas sobre lo ocurrido aquí es Dianne Jacobson, la encargada. Solo espero que no haya desaparecido de la faz de la tierra, como todos los que conocieron a mi madre.

27

A la salida del pueblo nos paramos a comernos unos pe-
rritos calientes antes de seguir camino.

Las señas que tenemos nos internan en terrenos rura-
les de lo más remotos, por carreteras que sin duda son
poco transitadas. Hace media hora que vimos el último
coche, una camioneta con un remolque para caballos.

El bosque se cierne sobre nosotros a ambos lados de la
carretera rural. El cielo se ha oscurecido varios tonos, y
fuera se ve muy poco, a pesar de que todavía no es muy
tarde. Está chispeando también, y el ánimo me ha pasado
de sombrío a directamente deprimente.

—Quiero largarme de aquí —le digo a E. J.

—¿Cómo, ahora mismo?

—¡No! A ver, antes tenemos que comprobar si vive alguien en esa dirección. Me refería solo a que... —Suspiro
y dejo la frase a medias.

Lo cierto es que, con cada cosa que averiguo del pasado de mis padres, me voy acercando a algo de lo que no
tengo claro si podré volver.

Él se queda mirándome, inquisitivo.

—Yo no sé si es por el clima o qué, pero toda esta zona

da un poco de... mal rollo. —Por fin encuentro la expresión adecuada.

Mi amigo se ríe por lo bajo.

—Pero si a ti te encanta el tiempo deprimente, Kenz.
Siempre te ha gustado. ¿No te acuerdas de que con el
tiempo así es cuando más te inspiras?

Tiene razón.

—Sí, cuando estoy en mi casa. Aquí no es lo mismo.

—Mira, tú no te agobies.

—No estoy agobiada.

—Te estás agobiando a medida que hablas —me reba-
te sin alterarse.

Qué rabia, es como si me leyera la mente.

—Vale, sí, estoy agobiada —reconozco, y, por un momento, me quedo callada, esperando a que se ría de mí,
pero no lo hace, de modo que prosigo—: Me siento... No
sé. ¿Y si no debería saber algunas cosas sobre mis padres?
¿Sabes a qué me refiero? Como que... hay cosas que quizá
deberían seguir siendo un secreto.

—Tu madre quiso contártelas.

—Pues a lo mejor yo prefiero no saberlas. Yo estaba bien
hasta que aparecieron esas cartas. Ahora sé lo del centro de
acogida, la posible violación en grupo, y el posible crimen...,
no sé. Otras cosas que dan mal rollo. Una acosadora. Que se
quedó preñada sin querer. Que mi padre la engañó. Que ella
se volvió paranoica. Que consideró la opción de matar a alguien..., bueno, no tengo claro si llegó a considerarlo realmente..., a ver... —Suelto poco a poco el aire por los labios—.
¿Y si de verdad hizo algo, ella con mi padre, algo que...?
—Trago saliva y siento un ligero vahído—. Algo que me
haga odiarlos —termino la frase del tirón y respiro hondo.

188

—Mira... —Sin quitar ojo a la carretera, mi amigo me busca la mano y me la aprieta con suavidad sobre el regazo—. Verás como todo sale bien, ¿vale? —No respondo y me quedo observando por la ventanilla, muy consciente de que está cogiéndome la mano y acariciándome el pulgar con el suyo—. Oye, Kenz, mírame, anda —dice.

Vuelvo la cabeza y me encuentro con su mirada, que no es ni desafiante ni pícara, como suele ser habitual, sino comprensiva y reconfortante. Ojalá dejara de mirarme de ese modo. Ojalá hiciera una broma y se cachondeara de mí, porque así sería más fácil decirle que solo quiero ser su amiga, como llevamos años siendo.

Entonces lanza una ojeada a la carretera y luego otra a mí.

—Me tienes aquí, ¿entiendes? —Sus ojos regresan al frente y yo asiento con la cabeza—. Estamos juntos en esto, ¿vale?

—Vale —digo, y suelto el aire.

Sigue alternando la mirada entre la carretera y mi cara, todavía con la mano derecha en mi regazo y la izquierda en el volante.

—Me tienes aquí para lo que haga falta, Kenzie. Si en algún momento la cosa te supera, nos largamos y punto. Nos cogemos el avión y nos vamos a casa. Si tú dices que ya está, ya está, y no volvemos a hablar de las cartas de tu madre. Siempre me vas a tener aquí para lo que quieras.

Siento que se me encoge el pecho de pronto.

—Ya —digo, y vuelvo la cara porque no puedo explicar lo mucho que significan sus palabras para mí.

Pero tengo que hacerlo. Es el pasado de mi madre y, por ende, mis orígenes. Nunca la había entendido tan bien como ahora y, a la vez, nunca había estado más confundida sobre mí misma ni sobre qué pensar de mi familia.

E. J. reajusta la mano y entrelaza los dedos con los míos.

El corazón me late contra el pecho y, por un segundo, olvido qué estamos haciendo aquí y solo soy plenamente consciente de nuestras manos entrelazadas y de su pulgar acariciándome.

—Gracias —digo medio ahogada, conteniendo la respiración mientras intento retener un sollozo—. Gracias por todo.

—Sin problema. Tú ya sabes que puedes confiar en mí para lo que quieras, ¿verdad?

—Verdad. —Media entre nosotros un silencio incómodo y digo entonces lo único que puede romper la tensión—: Salvo cuando estás entretenido con tus criptobarbies, ¿no?

Suelta una carcajada y también mi mano, dejando tras de sí una sensación fantasma por donde antes me tenía cogida.

—Mira que eres celosa, Mordicia —bromea.

Yo resoplo y lo miro de soslayo, antes de darle una palmada en la espalda y hacerle reír de nuevo.

—Más quisieras. —Tiene razón, pero ni por todo el oro del mundo lo reconocería delante de él.

—Ya, ya —murmura algo así mi amigo, que pulsa entonces el botón de su vapeador, da una calada y suelta un humo muy denso.

La nube lechosa huele a menta y se queda flotando en el aire unos segundos hasta que E. J. abre la ventanilla y sale succionada hacia fuera.

Pongo a todo volumen la música rock que suena por el altavoz, lo que sea con tal de acabar con el silencio incómodo que se ha instalado entre nosotros.

Una vez más, me pongo a pensar en mi madre y sus libros. Las críticas siempre alababan su trama tan bien recreada y ambientada, y ahora lo entiendo: prueba a criarte huérfana en medio de la nada en Nebraska.

Dejamos atrás un letrero hecho a mano con unos cuernos de alce coronando un poste.

—Primeros indicios de vida —me dice—. Ya casi hemos llegado.

No me extrañaría que un ambiente así pudiera afectarte psicológicamente. Aquí las depresiones estacionales serán una nadería: no quiero ni imaginarme cómo deben de ser los inviernos.

Dos minutos después el GPS nos lleva por una pista de tierra ancha que nos escupe a un bosque y a unos sembrados. Cuando llevamos recorrido un kilómetro y medio por esa carretera, nos encontramos ante una valla para el ganado.

E. J. detiene el coche justo delante.

—Parece cerrada, pero se ve que la mantienen —dice inclinándose sobre el volante y escrutando por el parabrisas.

—¿Y ahora qué? —pregunto.

Él vuelve la cara hacia mí y pregunta a su vez:

—¿Qué quieres hacer tú?

Miro la valla cerrada y luego, de nuevo, a mi amigo, que arquea una ceja inquisitiva.

¿No es raro lo fácil que resulta a veces infringir las normas? Tan solo una decisión de varios segundos, un breve «venga, a tomar viento, ¿por qué no?», y te ves al otro lado de la ley. Como con el allanamiento de morada en el que incurriríamos si abriéramos la valla.

—Vamos allá —acabo diciendo—. A lo mejor solo encontramos una casa abandonada. Por lo menos así sabremos que lo intentamos.

—¡Lo que diga la jefa! —Sin pensárselo, E. J. se baja del coche—. ¡Ni siquiera tiene candado! —grita mientras abre ya la valla.

A los dos minutos, después de atravesar un prado y doblar por otra carretera sin asfaltar, llegamos ante una casa rústica de dos plantas.

—¿Esto es ilegal? —le pregunto a E. J., que apaga el motor y se queda mirando también la casa, que parece abandonada—. Quiero decir... ¿esto sería allanamiento de morada?

—Si está abandonada, no. Si vive alguien, nos disculparemos y ya está. Recuerda que es más fácil hacer cosas sin permiso y disculparse luego que...

—Pedir permiso y que te digan que no —lo corto, y añado entonces—: Siempre y cuando no nos arresten antes.

—Venga ya, no seas negativa. Vamos.

Nos bajamos del coche y avanzamos hacia el porche de la casa.

Mi primera impresión ha sido errónea: no está abandonada. Hay un barreño con coles de Bruselas recién cogidas en el suelo del porche y un chubasquero echado por encima de la barandilla. Unas botas de lluvia embarradas esperan junto al felpudo de la entrada. No huele a naftalina ni a podredumbre, sino más bien, vagamente, a cosecha otoñal y a chimenea, aunque no he visto nada de humo. Aun así, no hay luz en ninguna de las ventanas, no suena nada ni se ve ningún coche aparcado.

Nos acercamos los dos a la puerta y E. J. llama con fuerza.

Nos quedamos mirándonos mientras el silencio se instala a nuestro alrededor y siento que planea sobre mí la decepción. Seguramente sea la única pista que tenemos del pasado de mi madre antes de sus años en la facultad.

—No hay nadie —concluyo desalentada.

—Espera. —Vuelve a llamar, esta vez con más fuerza.

Repasa el porche con la vista y luego se acerca a la ventana más cercana y se pone las manos a ambos lados de la cara mientras las presiona en el cristal e intenta escrutar el interior.

—Aquí vive alguien fijo —dice.

—Podemos esperar —digo no muy convencida mientras me abrazo la cintura y me entra un escalofrío.

Me he dejado el chaquetón en el coche y, aunque no hace tanta rasca, siento una desazón en la boca del estómago. No lo puedo explicar.

—Claro, podemos. Pero dentro —dice E. J., que se acerca de nuevo a la puerta y gira el pomo, el cual cede sin oponer resistencia.

Cuando la puerta se abre apenas una rendija, mi amigo se pone tenso y me mira sorprendido, pero luego arquea una ceja.

—¡Para! —protesto asustada—. No pienso entrar en la casa de nadie.

De pronto, a nuestra espalda, resuena un gatillo amartillándose y la voz de una mujer mayor, que dice:

—Como deis un paso más, disparo.

28

De no haber sido por la voz, habría creído que la persona que nos tiene encañonados era un hombre.

—Conque pensando en arramblar con todo, ¿eh? —brama la mujer, quien, aunque por la voz sin duda lo es, lleva una ropa que tampoco ayuda a distinguir su sexo.

—No-no —decimos los dos al unísono—. No, solo queríamos...

—Pensáoslo bien y soltad ese pomo. Ahora.

—Suelta el pomo —le susurro a E. J.

Ambos levantamos entonces las manos en alto mientras mi amigo se adelanta ligeramente, para escudarme. Pero yo asomo por detrás.

La mujer lleva un peto de loneta, camisa de franela, botas de faena y un chaquetón forrado. Una gorra le cubre media frente mientras empuña la escopeta con la que nos apunta.

—Hemos tocado el claxon al llegar a la valla —miente E. J.

—No, no habéis tocado nada —replica cortante la mujer—. Os estaba observando, por la cámara.

Mierda. ¿Cómo íbamos a imaginarnos que aquí en medio de la nada la gente tiene cámaras de seguridad?

—Hemos venido a hablar, señora —le explica él—. Sentimos haber entrado sin su permiso, pero es que no somos de aquí, no conocemos las normas.

—Las normas —dice la mujer, y chasquea la lengua— son que no se entra en casa de un desconocido sin que este te invite.

—Lo siento mucho —insiste mi amigo—, pero es que estamos desesperados. —Buen intento—. Hemos venido en avión desde la Costa Este y queríamos hablar del Centro de Acogida Keller —explica a toda pastilla, para que la mujer no lo interrumpa—. Usted trabajaba allí, ¿verdad? ¿Es usted Dianne Jacobson, la encargada?

Por la voz de E. J. intuyo que intenta ganársela con su amabilidad. Puede ser simpático a la par que insistente. Por eso él le cae bien a todo el mundo y yo no le caigo bien a nadie. Yo no voy por ahí haciéndole la pelota a la gente.

—¿Por qué se esconde esa? —pregunta la mujer, apuntando ligeramente hacia mí el cañón de la escopeta—. Tú, la de ahí detrás, asoma para que pueda verte... ¡y que te vea también las manos!

Aunque agradezco que E. J. me escude, tengo el presentimiento de que la mujer no va a hacernos nada. Como mucho nos echará a patadas.

Salgo poco a poco de detrás de mi amigo y me pongo a su lado.

La mujer baja ligeramente el arma.

—Que me aspen —dice mientras sigue bajando la escopeta hasta dejarla junto al costado y se queda mirándome con los ojos entornados—. ¿Qué es lo que veo, un *déjà vu* o qué...? —Escupe en el suelo y da unos pasos, despacio, hacia nosotros, con los labios torcidos en una mueca y sin apartar los ojos de mí—. ¿Cómo te llamas?

—Emerson, señora —responde E. J.

—Tú no, ella. —Me señala con la barbilla.

—Mackenzie, Mackenzie Casper —me apresuro a contestar—. Mi madre es Elizabeth Dunn. Era.

—Eso ya lo veo —replica la mujer, visiblemente intrigada—. Es como ver un fantasma. Sois clavadas, tu madre y tú. —Se detiene en medio del porche—. Pero ¿qué hacéis aquí?

—Queremos saber más sobre ella —digo bajando las manos—. Tenemos preguntas que nadie quiere responder. O, más bien, no conocemos a nadie que pueda responderlas.

La mujer asiente y mira a su alrededor.

—No me extraña. —Suelta entonces un suspiro sonoro, antes de subir los escalones del porche y llegar a nuestra altura, entre los dos; le da un buen repaso a E. J., que le devuelve una de sus sonrisas cautivadoras—. Anda, venid —indica entrando ya en la casa—. Quitaos los zapatos en la puerta —añade tajante y sin volverse.

La casa no está en absoluto abandonada, concluyo en cuanto Dianne Jacobson enciende la luz y nos invita a pasar a la cocina. Puede que desde fuera se viera destartalada, pero por dentro no puede estar más limpia, y el olor a madera antigua y a humo de chimenea son inconfundibles.

Dianne Jacobson se quita el chaquetón, las botas y por último la gorra. Lleva una melena corta y cana recogida en un moño en la nuca. Me fijo en que tiene las manos rudas y callosas pero ágiles mientras ella pone un hervidor al fuego y E. J. y yo nos acomodamos a la mesa y curioseamos.

Es una cocina sencilla pero ordenada, con armarios, paredes y suelos de madera, todo macizo. Bajo una mesa pequeña hay una alfombra de punto y las paredes están decoradas con cornamentas de ciervo y fotos enmarcadas.

—¿Qué queréis saber? —pregunta Dianne Jacobson.

—¿Recuerda usted a Elizabeth Dunn?

—Por supuesto que la recuerdo. Siempre estaba intentando pasar desapercibida, pero tenía algo que... que se te quedaba dentro.

Sonrío: esa era mi madre.

Dianne Jacobson saca varias tazas desparejadas de un armario, nos pone dos delante y coloca otra ante una silla vacía, donde luego se sienta. No nos ha preguntado si queríamos nada. Yo no soy de beber té, o lo que sea que esté preparando, pero no quiero rechazar nada de una mujer que sabe cómo manejar una escopeta y que, además, es mi única pista sobre el pasado de mi madre.

Ahora entrelaza las manos sobre la mesa y se me queda mirando.

—Como un fantasma del pasado —me dice escrutándome la cara—. Eres su viva imagen.

Yo soy más bien de la opinión de que lo único que teníamos mi madre y yo en común eran el pelo castaño y una expresión facial poco amigable. Al menos eso dice E. J. Con todo, sonrío por educación ante el comentario de la mujer.

—Le agradezco cualquier cosa que pueda contarme sobre ella, señora Jacobson.

—Tutéame, anda. Puedes llamarme Dianne —contesta—. Ya no soy la encargada de ningún centro.

Asiento.

—Dianne.

—Tu madre era especial —dice, con las manos todavía apoyadas en la mesa y frotando los pulgares entre sí, meditativa—. Me refiero a que no era como los demás críos. En los centros como el nuestro se ve llegar a críos de todos los tipos. Traumatizados, iracundos, crueles. Pero ¿ella? Hum... —Hace una pausa breve—. Ella era distinta. Tenía talento, se pasaba el día escribiendo en sus diarios o sentada en el jardín, dibujando. Le daba igual no juntarse con nadie. No, a Lizzy le daba igual. A mí me caía bien, tu madre. A los demás no les gustaba hacer los deberes, como a ningún niño, pero a ella era pedírselo... y los hacía. Sin discusiones. Disciplinada. —Dianne levanta la vista—. Era disciplina lo que intentábamos enseñarles, porque, cuando los soltaban en el mundo real, quizá eso fuera lo único que se llevarían de un sitio así.

Tiene una mirada intensa e imponente. De esas que pueden ordenarte que te pongas a hacer cien flexiones y a las que no te atreverías a desobedecer. Cejas grises muy pobladas, mandíbula cuadrada, boca grande, piel curtida.

—¿Por qué estáis preguntando por ella? —quiere saber.

—Ha muerto hace poco —digo.

Dianne no pestañea.

—Te acompaño en el sentimiento.

Se levanta de la silla y se pasa un minuto rellenando la tetera, para luego traerla a la mesa y tomar asiento de nuevo.

—Mi madre era una escritora de éxito —le explico, por si no está al tanto.

Resopla por la nariz y me observa de una forma que me da corte.

—De pequeña siempre andaba inventándose historias —dice—. Escribiendo, venga a escribir. Era raro lo que escribía, eso sí. Alguna vez me dejó leer algo. Hum.

—¿Tenía mucha relación con ella?

—Podría decirse que sí. En Keller los críos necesitaban orientación. Aunque no porque la pidieran. Al menos no todos. Fueron tantos en todos esos años... Costaba cogerles cariño teniendo en cuenta que aquello parecía una cinta transportadora de niños que entraban y salían.

—Comprendo.

Vuelve a soltar una risa de suficiencia.

—Ah, ¿sí? —Se me queda mirando de nuevo y niega con la cabeza—. Madre mía, es que te pareces una barbaridad... Da yuyu.

Y ahora que la mujer ya ha calentado motores, quizá sea un buen momento para preguntarle por el incidente.

29

No va a ser fácil y lo sé. Pero para eso hemos venido.

—A mi madre le pasó algo en los años que estuvo en la casa de acogida —digo vacilante—. Puede que la... agredieran... ¿Sabe usted algo de eso?

A Dianne se le endurece la expresión. Mira a E. J., luego a mí y después fija la vista en sus manos, que entrelaza por delante, antes de reclinarse en su silla.

—Sí, sí que pasó, cuando estaba en segundo curso del instituto.

—O sea, que es verdad.

—Sí, sí, y tanto. Aunque lo hicieron parecer como la típica rencilla entre tortolitos.

—¿Quiénes?

—Los de la junta del centro, cuando yo planteé el tema. Supe que había pasado algo desde el minuto uno. Cuando llevas muchos años trabajando en un sitio así, te das cuenta de todo. A quién putean, quién manda, quién es popular, quién no consigue encajar. Los que pasaban más tiempo allí eran los indeseables, la verdad. Aquellos a quienes no adoptaban, a quienes las familias de acogida no elegían, o aquellos a quienes devolvían. El sistema está lleno de niños que no tienen encaje. Eso puede leerse en documentos oficiales. Y al final los ves venir a todos. Una generación tras otra, la historia se repite. Accidentes, escándalos, peleas, culebrones, rupturas, celos, traiciones. Cuando vi a tu madre cada día más encerrada en sí misma, me la llevé aparte y le pregunté. Fue entonces cuando me contó lo que le habían hecho esos chicos en el maldito granero. —Dianne me mira con elocuencia, pero sin compasión: como si no fuera ni la primera ni la última cosa atroz que había pasado bajo su supervisión y estuviera acostumbrada—. No era una historia nueva para mí, y también conocía a aquellos chicos y sus compañías. Y Lizzy, en fin, no era popular, no andaba con el grupito de los populares, por así decirlo... Pero tenía quince años y estaba cada día más guapa. Decían que era rarita, pero los chicos, ya se sabe..., no podían quitarle los ojos de encima. Y ella no podía disimular una belleza así, y menos delante de unos chicos rebosantes de hormonas. La sociedad los había rechazado y no llevaban bien el rechazo.

—¿Dio usted parte... de lo ocurrido?

Una sonrisa mordaz curva la boca de Dianne hacia abajo hasta que, al recordar, los ojos se le estrechan en lo que parece puro odio.

—Sí, informé de todo —dice quedamente—. Se llevó a cabo una investigación interna, interrogaron a los chicos y estos, por supuesto, lo negaron todo. Si Lizzy me lo hubiera contado nada más ocurrir, podría haberla mandado al hospital para que la examinaran. Pero habían pasado dos semanas, y además había otra testigo.

—¿Qué testigo?

—Esa chica que iba siempre con ellos, la novia de uno.

—E. J. y yo nos miramos de reojo, pero no decimos nada, a la espera de que siga Dianne—. Tonya, se llamaba Tonya.

Me da un vuelco el corazón.

—¿Cómo pudo ser ella testigo?

Dianne se encoge de hombros.

—Dijo que Lizzy había estado tonteando con los chicos. Más de la cuenta. Aseguró que tu madre quería ligar con ellos, que tonteaba con su novio, que se insinuaba descaradamente. Que era de esas.

—¿Y lo era?

La mujer resopla.

—¿Lizzy? No, para nada. Y yo pasaba con esos chicos seis días a la semana, de la mañana a la noche. ¿Tonya, en cambio? Ella sí que era una intrigante y una envidiosa, demasiado espabilada para mi gusto. Y también sabía inventar historias, y lo hacía con bastante frecuencia. Pero a la junta le dio todo igual. Creyeron lo que les contó ella porque así era todo más fácil y no hizo falta seguir investigando. Caso cerrado.

—¿Así, sin más?

Dianne me mira con indiferencia.

—Así, sin más. Tenían demasiados chicos como aquellos, demasiados problemas, y lo último que querían era involucrar a las autoridades. La financiación estatal de estos centros es para echarse a llorar.

—¿Y los chicos hicieron algo más después de eso?

—Qué va. No se habrían atrevido. El día que la junta desestimó la denuncia me los llevé aparte y les dije que si volvían a tocar a Lizzy me aseguraría de que no vieran un penique después de graduarse. Y eso era cosa seria. Me llamaron «zorra» y todo, pero a mí me importaba poco...

—Así que la tal Tonya... ¿Por qué mintió sobre mi madre? ¿Porque uno de esos tres chicos era su novio?

—Yo no creo que fuera por eso.

—¿Y entonces? Ella estaba enamorada de uno de esos chicos. A él le gustaba otra y ella se puso celosa.

Dianne niega con la cabeza, se inclina hacia mí y me mira a los ojos.

—Ese no es el tema aquí. —Yo frunzo el ceño, sin entender—. No creo que Tonya estuviera obsesionada con su novio —dice—: con la que estaba obsesionada era con tu madre.

30

Dos horas después, seguimos hablando y tomando té. De pronto retumba un trueno y se pone a llover con fuerza al otro lado de la ventana. Dentro, sin embargo, sorprende lo acogedora y cálida que resulta la casa.

Busco la chimenea con la vista y Dianne se da cuenta.

—Es suelo radiante —me dice, y se ríe porque yo pensaba que era un fuego lo que nos calentaba.

—Pero ¿y el humo...? —Olisqueo el aire.

—Es un ahumador para hacer cecina de ciervo que tengo en el granero de atrás. —Ladea la cabeza hacia la parte posterior de la casa.

Habíamos venido solo para hacerle unas preguntas, pero como Dianne nos ha preguntado si teníamos hambre, y por supuesto E. J. no ha tenido reparos en decirle que sí, la mujer nos ha preparado unos bocadillos y nos ha seguido sirviendo té.

No es tan hostil como aparenta de entrada. Puede que esta oportunidad de hablar sobre su vida la vuelva más accesible.

Nos cuenta más cosas sobre el centro de acogida, sobre mi madre y sus costumbres allí.

Yo, por supuesto, menciono el incendio en el granero. Ella conoce bien el informe policial y los detalles de la investigación.

Dudo entonces si hablar o no del papel que pudiera haber tenido mi madre en todo eso, pero decido que mejor no.

—¿Tú sospechaste de algo? ¿Algo en lo que no repararon los inspectores?

—Los críos hablan, ya se sabe. Delante de la policía no soltaban prenda ni vendían a nadie, pero entre ellos sí que hablaban y yo oí cosas.

—¿Como qué?

—Chismes —dice como restándole importancia—. Los polis dijeron que alguien pudo haber atrancado la puerta del granero por fuera y haber quitado la tranca antes de que llegara la policía, pero el informe no era concluyente.

—Hemos leído el informe.

—El caso es que esos críos le hacían la vida imposible a mucha gente, e incluso aunque no hubiese sido así, también muchos podían haber incendiado el granero como una broma de muy mal gusto. Los adolescentes que se crían sin figuras parentales pueden ser como lobatos solitarios: inofensivos hasta que aprenden a morder.

—¿Alguno mantuvo el contacto contigo cuando se fue de Keller? —pregunto con la esperanza de que fuera el caso de mi madre.

—Yo nunca quise tener hijos y nunca di a luz, pero en la práctica los he tenido a montones. Algunos todavía me mandan postales por Navidad. —Dianne sonríe—. Solo unos cuantos, porque la mayoría intentan olvidar los años que pasaron bajo tutela gubernamental.

Comprensible.

—¿Y mi madre?

—¿Lizzy? Estuvo unos años llamándome por mi cumpleaños y por Navidad, y luego dejó de hacerlo. Yo siempre pensé que lo del incendio la afectó para mal.

—¿Para mal?

—No, esa no es la palabra. Pero sí que se volvió más callada, y quizá se le acumuló la rabia. Lo cierto es que se retrajo en sí misma y no quería tener nada que ver con el centro. Y no la culpo. Solicitó entrar en varias facultades y universidades de todo el país, consiguió becas en algunas de ellas y se decidió por la de Old Bow. Yo sabía que saldría adelante.

—Se licenció con matrícula de honor en Escritura Creativa —le cuento, y Dianne asiente con una sonrisa ligera y una mirada intensa que parece sugerir que no estoy contándole nada nuevo—. Escribió tres superventas internacionales y logró ser un peso pesado del mundo de las letras.

—Bien por ella.

—Y luego murió.

—A-já. —Dianne no responde, pero se me queda mirando como si quisiera sonsacarme una respuesta.

—Se resbaló y se cayó.

Se le endurece la expresión. Hay un destello de arrepentimiento o decepción en sus ojos, no lo tengo claro.

—Qué mala suerte.

Me observa con la barbilla inclinada hacia mí, como elucubrando algo, pero tan fijamente que acaba incomodándome. Relaja entonces la cara y respira hondo para añadir:

—Bueno, espero que tengas tanto talento como tu madre.

—¿Y qué pasa con la otra chica, Tonya?

Dianne vuelve a chasquear la lengua.

—¿Qué pasa de qué?

—¿Sabe qué fue de ella cuando dejó el centro?

Dianne se encoge de hombros.

—Ya os he dicho que poca gente mantiene el contacto.

—Pero ¿y ella? ¿Lo mantuvo? —insisto, y la mujer vuelve a mirarme fijamente—. ¿Qué pasó con el hijo que tuvo? Porque se quedó embarazada, ¿no?

Dianne tuerce la boca en una sonrisa amarga.

—Hay mujeres que no están hechas para ser madres, y Tonya era una de ellas. Entregó al niño en adopción, pero a un particular. Sin papeles ni nada de eso. Por lo visto, incluso sacó dinero. ¿Cómo? No lo sé, pero no me extraña. Supongo que le daba demasiado trabajo, lo de quedarse embarazada, me refiero; si no, seguro que lo habría convertido en un negocio permanente.

Me estremezco. Tonya no era solo una acosadora: era pura maldad.

31

Dianne respira hondo.

—Bueno, bueno... —dice, antes de estampar las manos contra la mesa y empezar a levantarse.

Fuera está anocheciendo. Podría quedarme aquí horas preguntándole cosas sin parar a Dianne, pero parece que por su parte ya ha tenido suficiente.

Sigue lloviendo y todavía tenemos que volver al pueblo para dormir en el motel y coger el vuelo de la mañana.

Le agradezco a Dianne todo lo que nos ha contado. E. J. le da las gracias por el té y la comida y vuelve a disculparse por haber entrado sin permiso en su propiedad, pero con la misma sonrisa encantadora, capaz de derretir el hielo.

Dianne le da otro buen repaso a mi amigo mientras él se pone los zapatos y luego me pregunta a mí:

—¿Sois novios?

Yo suelto una risita.

—No, no, solo amigos.

Pero la palabra «novio» se queda flotando en el ambiente y me hace sonrojarme cuando E. J. me mira por debajo de las cejas mientras se ata las zapatillas.

Dianne mira de uno a otro.

—Id con cuidado.

E. J., siempre tan pícaro él, se endereza y viene a pasarme un brazo por los hombros.

—Yo siempre la cuido mucho, ¿verdad, nena? —Me guiña un ojo y me pongo como un tomate.

Dianne se limita a soltar una risita.

—A-já.

Necesito cambiar de tema como sea.

—¿Le gustaría...? Es que en su primer libro mi madre escribió sobre lo que le pasó con aquellos tres chicos —le cuento a Dianne, que entrecierra los ojos—. Desde la ficción, claro está —añado—. Y hay un personaje en el libro, la encargada, que es el único decente y la protagonista recurre a ella años después. —Dianne no muda el gesto, de modo que me encojo de hombros y sonrío—. Yo creo que ella se inspiró en usted para ese personaje. En fin... ¿Le gustaría tener un ejemplar de uno de sus libros?

Me he traído varios para esto mismo: engatusar a gente que pueda hablarme de ella. Si hay alguien que merezca uno —aunque tampoco es que haya nadie más— es ella.

—Claro —concede.

—Deme un momento —digo emocionada, y salgo corriendo al coche.

Me pregunto si mi madre se hubiera sentido orgullosa de que alguien de su pasado leyera su libro.

Cojo un ejemplar de *Mentiras, mentiras y venganza*. Quizá Dianne lo lea y se consuele sabiendo que mi madre se vengó así de aquellos chicos.

Cuando vuelvo a la casa y se lo doy, le digo orgullosa:

—Es un ejemplar firmado por ella. Este era su pseudónimo. —Dianne estudia la portada—. A. Z. Ganven es un anagrama de «venganza» —añado con una sonrisa.

Ella le da la vuelta al libro y se queda mirando la foto de la autora en la contra.

Es una foto de mi madre que tiene ya unos años, con su característica melena lisa azabache con flequillo y su carmín rojo a juego con las rosas rojas que aparecen al fondo. Tiene un punto gótico, lo que seguramente le dé un aire muy distinto a cuando estaba en el centro de acogida.

Dianne entorna los ojos mientras observa la foto. No sé por qué, pero no parece muy entusiasmada con el regalo.

—Es mi madre, hará unos cinco años —le explico.

Aun así el silencio se hace incómodo y de pronto Dianne se me antoja más hostil de la cuenta.

—Ya veo —dice por fin—. Y, por supuesto, tenía de esas.

—¿El qué?

—Las flores, que le encantaban las rosas.

—Ah. —Eso no lo sabía yo—. ¿De verdad? Qué raro. Mi madre era alérgica a la mayoría de las flores. Seguramente eran falsas.

Dianne sigue observando la fotografía en ese silencio espectral mientras E. J. y yo nos miramos con las cejas arqueadas, pero sin querer interrumpirla. Esta mujer conoció a mi madre antes que nadie. Antes incluso que mi padre.

De pronto, me pregunto si querrá ver más fotos de mi madre desde que se fue del centro. No hay suficiente cobertura para enseñarle fotos de sus perfiles de redes sociales, pero estoy convencida de que tengo alguna en la carpeta de la galería. Abro la presentación del funeral, en la que mi abuela incluyó fotos de mi madre, mi padre y mías de pequeña, y le tiendo el teléfono a Dianne.

—Esta es la fotografía de ella más antigua que tengo. Yo tendría como un año —digo mientras ambas miramos la pantalla.

Mi madre no salía muy bien en las fotos, a no ser que repitieran la toma un montón de veces hasta conseguir plasmar bien su cara. Aun así, había que retocarla luego o aplicarle algún filtro.

Pero la que le estoy enseñando la sacó mi abuela y yo la vi en el funeral por primera vez: mi madre me lleva en brazos, con el pelo recogido en una cola larga, la cara sin maquillar, los labios sin pintar. Parece cansada y sale al lado de mi padre, que le tiene el brazo echado por los hombros. Él sonríe a la cámara, pero a mi madre parece que la hubieran pillado desprevenida. Se la ve muy joven, veintipocos años, tan distinta de su yo habitual, siempre vestida tan pulcra y meticulosamente...

—Lo que me imaginaba. Qué vergüenza —murmura Dianne.

La miro como un resorte, confundida. No entiendo y frunzo la frente, intentando todavía entender de qué habla.

—En esta foto parece mucho más joven, sin maquillaje —explico vacilante, porque no tengo claro a qué ha venido eso.

Dianne sacude la cabeza y se pasa la lengua por el interior de la mejilla. Cuando levanta la vista, parece casi enfadada.

—Creerás que estoy loca, pero esto no puede ser.

Empiezo a notar una especie de náusea en la boca del estómago.

Sin llegar a tocar la pantalla, Dianne señala varias veces la imagen con su índice curvado.

—Yo a ella la conozco. Y conozco a Lizzy Dunn. Esta... —mueve los ojos hacia la pantalla y luego vuelve a buscarme la mirada— esta no es Lizzy, esta es Tonya.

SEGUNDA PARTE

Hace veintiún años

32

BEN

—Sabe lo nuestro. ¡Maldita sea! —gruño mientras voy de un lado a otro de la cocina de la cabaña de Tonya.

—A ver, es que no es tonta —dice Tonya, que cruza los brazos sobre el pecho—. Aparte, eso quiere decir que no has sido tan listo como creías.

—Hice todo lo que me dijiste, Tonya.

—Siento ser yo quien te dé la noticia, pero, si eso fuera verdad, ella no habría sospechado de nada.

Cojo una cerveza de la nevera y le doy un buen trago en un intento de digerir la irritación.

Siendo sincero, tampoco es que tuviera pensado ser padre con veintidós años. Ni vivir con una chica con la que no quisiera estar. Ni, entretanto, enamorarme y tener una aventura con otra, que además ha ideado un estrafalario plan de venganza que consiste en hacerse rica a costa de la chica con la que vivo.

Ni tampoco tenía pensado casarme tan pronto. Pero Tonya dice que no me va a quedar otra y que la cría será nuestra mejor baza.

Tonya es muy lista. Y su plan es retorcido de la leche, pero no soporto pensar en lo que le hizo Lizzy cuando vivían en el centro de acogida. Quizá sí que tendría que compartir sus éxitos futuros. Tonya merece justicia, y ella lo llama «compensación económica».

Ojalá no tuviera que vivir en ese pisucho en el pueblo, es tan deprimente...

Prefiero de lejos esta cabaña que tiene Tonya aquí, al lado del lago. Llevamos casi medio año quedando aquí todas las semanas. Según me contó, era de una pariente lejana suya a la que había estado cuidando. La pariente murió y le dejó la cabaña en herencia.

Ahora que es verano se está muy bien. Pero venir aquí en invierno para ver a Tonya en plena tormenta de nieve y cosas así ha sido un engorro. De todas formas, por entonces yo todavía aún conservaba mi habitación de la residencia y era más fácil perderme del mapa varios días. Cuando terminé la carrera y tuve que mudarme con Lizzy, empecé a utilizar a mi madre de excusa para pasar aquí los fines de semana.

Lizzy suele llevarme al aeropuerto en mi propio coche y luego, al rato, llega Tonya y me recoge. Los fines de semana aquí son una bocanada de aire fresco, y luego otra vez de vuelta al piso con Lizzy.

Lo sé, sé que suena un poco turbio, pero, a ver, yo no soy el único que lleva una doble vida. Le doy a Lizzy apoyo moral y también económico, con el dinero que me mandan mis padres, y ella debería estar agradecida. Y de mi hija sí que quiero encargarme en el futuro.

Lo que pasa es que yo quiero estar con Tonya. En verano solo se tarda una hora de Old Bow a la cabaña. Estoy harto de andar escondiéndome.

La cosa entre ellas dos se ha desmadrado. Todo habría

ido bien si Lizzy no se hubiera quedado embarazada. Cuando me enteré, le pregunté, con tiento, qué quería hacer al respecto. A mí cualquier opción me parecía buena, le dije, enfatizando especialmente el «cualquier». Ella respondió que quería tenerlo.

Lo normal.

Me cabreé, pero ¿con quién iba a cabrearme sino conmigo mismo? Yo siempre utilizaba protección para evitar verme precisamente en ese entuerto. Bueno, más bien casi siempre, salvo un puñado de veces que estaba borracho y que ni siquiera recuerdo haberme acostado con ella, aunque sé que lo hicimos.

Pero ese no es el tema.

El tema es que le dije a Lizzy que la ayudaría con la cría. Por supuesto..., siempre que tuviera dinero, claro. Yo no pensaba seguir con ella, pero Tonya me insistió para que no la dejara.

Tonya, Tonya, Tonya. Esta mujer es puro fuego: la veo mirarme mientras le doy sorbos a la cerveza y sigo pensando que, a pesar de todo el suplicio que estoy pasando con Lizzy y la cría, Tonya y yo conseguiremos salir del paso. Ella lo dice, y, hombre, si ella lo dice, yo la sigo como un corderito camino del matadero.

Cuando le conté que Lizzy estaba embarazada, desapareció durante varios meses.

—Tú tienes que centrarte en Lizzy y yo tengo que pensar —me dijo antes de irse, y cada minuto de su ausencia fue un tormento para mí.

Intenté que las cosas funcionaran con Lizzy, Dios sabe que lo intenté. Pero se puso insoportable. Pensaba seguir con ella solo por la cría. Y también por la casa. Mi colega

Brady estaba saliendo con Monica y, cada vez que esta venía, yo me tenía que largar de nuestro cuarto compartido. Y llevábamos ya así medio año. Por eso justamente empecé a salir con Lizzy. Era manejable, tenía piso propio y me dejaba hacer lo que me daba la gana. Me presentaba en su casa cualquier día de la semana, a cualquier hora. Por supuesto, no fui tan tonto como para decirle que era porque no tenía donde caerme muerto.

Y bueno, a ver, Lizzy tiene talento, de eso no cabe duda. La primera vez que me leyó un relato suyo entendí que llegaría lejos, no había que ser muy listo para darse cuenta.

Pero entonces apareció Tonya. Fuego, diversión, buen rollo, nada de celos. Sin ataduras. Incluso cuando le conté que estaba con Lizzy y que pensaba dejarla si ella me daba una oportunidad, me dijo: «Para el carro, amigo».

Me tenía enamorado. Tonya era la definitiva. Cuando conoces a una chica así y sientes de todo por dentro, lo sabes y punto.

Pero entonces no se me ocurrió otra cosa que hablarle de las historias que escribía Lizzy.

Maldita sean mi novia y sus novelas. Tonya parece obsesionada con ellas. Sobre todo desde que me llevé los manuscritos a hurtadillas del piso de Lizzy y se los dejé para que los leyera.

—Son brillantes —dijo Tonya.

Yo ya lo sabía. Todo el mundo lo sabía. A esas alturas Lizzy tenía ya una agente que le había prometido un anticipo.

—Con esto llegará lejos —dijo Tonya cuando leyó el manuscrito de *Mentiras, mentiras y venganza*.

Eso ya lo sabía yo.

Cuando Tonya reapareció al cabo de unos meses, me dijo sin más:

—Ahora no puedes dejarla.

Ese día discutimos, fue nuestra primera pelea.

—Si no quieres estar conmigo, vale —le dije exaltado—, pero no pienso seguir con una chica por la que no siento nada solo por una puta cría. Tengo veintidós años, Tonya. Estoy a punto de licenciarme, de largarme de este pueblucho, irme a la Costa Este y conseguir un trabajo. Quiero vivir, no andar cuidando de nadie.

—Tiene que estar bien —dijo Tonya con una voz que no le había escuchado antes, y se le saltaron las lágrimas.

—¿El qué? ¿El qué tiene que estar bien?

—Lo de poder dejar atrás el pasado. Sin pensar en que alguien que sí puede tenerlo todo te lo quitó a ti en otros tiempos.

Fruncí el ceño.

—¿De qué leches me estás hablando?

Fue entonces cuando me contó lo del incendio del granero.

—Sí, nos conocíamos —dijo Tonya con una sonrisa amarga—. A ver, ella no se acuerda de mí, claro, ¿por qué iba a acordarse de mí? Yo no era nadie. Y ella me arrebató lo único que tenía yo, a mi novio. Estaba celosa de mí porque él era muy popular, era guapo y listo y me escogió a mí en lugar de a ella.

—Eso no me lo ha contado Lizzy.

—¿Qué querías que te contara, Ben? —me soltó, con las lágrimas rodándole por las mejillas; era la primera vez que la veía llorar—. ¿Que es una psicópata? ¿Una persona horrible? ¿Con ideas depravadas? ¿Y que, como estaba celosa

219

de que yo tuviera novio, lo siguió, a él y a dos amigos, hasta un granero y le prendió fuego y los mató? ¿Crees de veras que ella te lo iba a contar?

Yo me quedé mirándola conmocionado. No podía ser, mi ingenua y tranquila Lizzy no.

Pero...

Seguí mirándola sin poder procesarlo.

—Ten. Ya sabía yo que no me creerías.

Me tendió un recorte de periódico.

MUEREN TRES PERSONAS EN UN INCENDIO
EN UN CENTRO DE ACOGIDA

33

BEN

Fue entonces cuando vislumbré un lado distinto de Lizzy. Ella siempre se me había antojado muy tranquila, con un punto misterioso, quizá, pero sus novelas contaban una historia muy distinta. Nunca había entendido que alguien como ella fuese capaz de inventar las retorcidas y sangrientas tramas de venganza que escribía.

Ahora todo empezaba a cuadrarme mejor.

—Eh, eh, nena. —Me acerqué a Tonya y la estreché entre mis brazos—. Chis, yo te creo. Tranquila, ya está.

Sollozó un rato más y luego levantó sus ojos llorosos para mirarme.

—¿Ahora me entiendes?

—Sí, y la voy a dejar.

Pero ella cerró los ojos y torció el gesto.

—No, Ben. —Volvió a abrirlos como un resorte y me dijo—: No puedes.

—No te entiendo. ¿Qué es lo que quieres entonces?

—Ella está en deuda conmigo, Ben. Esas historias, ese dolor, todas esas cosas sobre las que escribe..., está utilizando mi duelo en su propio beneficio. ¿Y sabes qué? Que encima, cuando publique esos libros, se hará rica. —Yo seguía sin entender—. Tú, tú eres el único que puede sacarle algo.

—¿Cómo?

—Eres el padre de su criatura.

—Pero...

—Vas a quedarte con ella hasta que nazca la cría. Y también te casarás con ella antes de que se publique el libro. Y luego...

La cabeza me daba vueltas ante tales sugerencias. No era justo ni para Tonya ni para mí.

—¿Y luego?

—Y luego le sacarás hasta el último centavo.

—Pero... ¿y nosotros?

Tonya se enjugó las mejillas con el dorso de la mano.

—Tendré que sacrificarme. Los dos tendremos que sacrificarnos.

—Ni de broma...

—¡Escucha! —me chilló enfadada, antes de cerrar los ojos para recobrar la compostura y abrirlos de nuevo—. Escucha lo que te voy a decir. Yo puedo. Y lo haré. Y sé que tú también eres capaz. Por mí, por nuestro futuro. —Le temblaba el labio inferior y volvieron a saltársele las lágrimas, afeándole los bonitos ojos que tenía—. Solo debemos ser pacientes, cariño. —Me cogió la cara entre las manos con gran dulzura—. Harás lo que yo te he dicho. Y me tendrás aquí mismo, a tu lado. Menos en público. Y sin que ella se entere de nada. Y luego... —se mordió el labio y batió las pestañas en un gesto que me aceleró el corazón—, y luego, cariño, cuando consigamos lo que nos debe, la dejarás y por fin podremos estar juntos. Y ser ricos.

—Pero...

—Tú y yo, y tu hija.

—¿Mi hija?

—También nos quedaremos con tu hija. Ahora sabes de lo que es capaz Lizzy, y la niña estará mejor con nosotros. Y más segura.

Solo Tonya era capaz de querer de esa manera.

En los meses que siguieron se ha ido demostrando que tenía razón en todo.

Yo a Lizzy no le he dicho nada de lo del incendio, claro está. De momento, no. No soy tonto y no quería asustarla ni nada.

Aunque ha tenido una época muy loca. Siempre de lo más suspicaz con todo. A veces se ponía a gritarme y a lanzar amenazas sin sentido. Se dedicaba a hacer cosas raras por la casa y luego me acusaba de haberlas hecho yo.

Pensé que quizá fuera solo una reacción desmedida. Hasta que encontré su segundo manuscrito.

Lo cogí a escondidas de su casa para enseñárselo a Tonya.

Me quedo en el muelle escuchando cómo grita desde la barca. Son chillidos de una mujer que está perdiendo la cabeza, una mujer que todavía no sabe por qué le está ocurriendo todo esto a ella, una mujer cuya vida se está desmoronando lentamente. Y que está viendo cómo se hunde su marido y no puede hacer nada por ayudarlo.

Una mujer que se lo merecía.

Desesperada. Aterrada. Ignorante de todo.

Ignorante de todo porque era todo cosa mía. Incluida la muerte de su marido.

Se lo había ganado a pulso.

No tendría que haberse cruzado en mi camino.

—¿Quién en su sano juicio puede escribir algo así? —preguntó Tonya entre lágrimas cuando despegó los ojos del manuscrito para mirarme con cara de conmoción.

—Bueno, a ver... —Me pellizqué el arco de la nariz—. Es ficción, ¿no?

—¿Ficción? —gimió Tonya—. Sí, claro, cariño, ficción... Salvo por... —pasó las páginas como una loca— por esto y por esto. Las dos protagonistas eran rivales en el instituto. Y luego una le roba el novio a la otra. Y años después esa —Tonya me observaba con ojos aterrados— ahoga al marido de la primera y luego les quema la casa y les roba a su hijo. ¿Es eso lo que quieres que te pase a ti?

—¿A mí? Un momento, un momento...

—¿Es que no lo ves, Ben? —Frunció las cejas, como compadeciéndome—. Es una persona horrible. Ya me destruyó la vida una vez y no pienso dejar que me lo vuelva a hacer. Tiene que pagar. —Un sollozo le estremeció el pecho entero.

Ay, qué dramáticas se ponen las mujeres.

Pero era Tonya, y yo no soportaba verla así. La abracé de nuevo y la acurruqué contra el pecho.

—Chis, ya está, ya está.

—Yo... es que... no puedo, sin ti no puedo, Ben. Pero es que... lo necesito. Necesito sentirme como una persona normal y no quiero perderte. Pero necesito ayuda para que pague por lo que hizo. ¿Vale? —Levantó sus bonitos ojos y por nada del mundo le habría negado mi ayuda—. Solo cuatro meses más —me dijo.

Lo viví como una condena. Con una graduación sin pena ni gloria; Lizzy, cada día más excéntrica y paranoica; y mis padres, a los que había acabado contándoles lo de su embarazo. «No podías tener la bragueta cerrada, ¿eh?», me soltó mi madre.

Pero entonces mencioné lo del contrato de edición de Lizzy y me pidieron hablar con ella. Estuvieron un rato charlando por teléfono y al final ella estaba radiante y ellos se quedaron satisfechos.

Yo, por supuesto, le prometí el mundo. ¿Qué iba a hacer? Seguía enamorado de Tonya.

Pero quedaban entonces dos meses *para...* Me fui a vivir con Lizzy porque tuve que dejar la residencia. Mis amigos habían ido desapareciendo uno tras otro en cuanto les había salido trabajo. Ellos se dispersaron por todo el país mientras yo me quedaba aquí con tan solo un título inútil.

Hasta que solo quedó un mes *para...*

Tonya y yo teníamos un plan, aunque yo no veía claro cómo llevarlo a la práctica.

¿Casarme con Lizzy? Una locura. Mis padres me dijeron que podíamos quedarnos un tiempo con ellos, hasta que nos recuperáramos un poco, hasta que le publicaran el libro a Lizzy.

Tonya me dijo que ella también se mudaría, para estar más cerca, sin que nadie se enterara.

De modo que así estamos ahora... a varios días *para...*

Mis padres no paran de incordiar. Mi novia está a punto de salir de cuentas. La chica a la que quiero vive en una cabaña de madera en medio del bosque. Yo le pongo los cuernos a mi novia. Estoy enamorado. Estoy harto de mentiras.

Y estoy a punto de perder la cabeza.

¿Cómo es el refrán? ¿Las desgracias nunca vienen solas? Cuánta verdad.

En menos de una semana seré padre. Todavía no me he hecho a la idea. Pronto tendré que criar a una hija con la chica con la que en teoría voy a casarme.

Lizzy me ha dejado en el aeropuerto hace una hora. Cuando se ha ido, ha llegado Tonya a recogerme.

Mientras me bebo la cerveza, de pronto nada tiene sentido: tanta mentira solo por pasar una noche a la semana con Tonya.

Pero no puedo vivir sin ella.

—¿Y esa cara de vinagre? —me pregunta ahora.

—Es que... —No sé cómo explicárselo.

Seguramente durante un tiempo sea el último finde que podamos pasar juntos. Cuando Lizzy dé a luz, quizá tenga que ayudarla con...

—¡Joder, es que no quiero hacer nada de esto! —estallo.

Tonya se me queda mirando.

—¿Hacer qué, Ben?

—Criar a una chiquilla.

Se le suaviza la expresión y se ríe, pero, más que alegre, la risa suena inquietante.

—Ya verás como todo sale bien. Ya verás.

Fuera ha empezado a anochecer, de ahí que, cuando los faros de un coche rebotan contra la ventana, tanto Tonya como yo nos demos cuenta al instante.

—¿Quién viene ahora? —murmura Tonya mirando por la ventana.

A mí ya me da igual. Cierro los ojos con fuerza, intentando entender en qué momento mi vida se convirtió en un culebrón.

Es entonces cuando Tonya dice:

—Es tu coche, Ben.

Vuelvo la cabeza como un resorte.

Sigue mirando por la ventana.

—Sí, lo es. Adivina quién ha venido...

No tiene que decírmelo, ya lo sé.

Es Lizzy.

Y me digo que se acabó lo bueno.

34

BEN

—Mira a quién tenemos por aquí —dice Tonya en tono chulesco mientras sale al porche.

Yo me quedo tras la puerta, conteniendo la respiración y rezando para que Tonya se deshaga de ella.

—¿Dónde está? —la increpa Lizzy.

—¿Quién?

—Ese cobarde embustero. Ben. ¿Dónde está?

Tonya suelta una risita.

—¿Por qué iba a estar él aquí? ¿Y cómo has encontrado mi casa, a todo esto?

—Os he seguido. A los dos. Sí, desde el aeropuerto, así que ahórrate tus burdas mentiras, Tonya.

Cierro los ojos, maldiciendo en bucle para mis adentros.

Quizá esta sea la señal de que debería resolver todo esto de una vez, a mi manera, decirle a Lizzy cómo están las cosas y romper con ella. Tonya y yo nos las arreglaremos. Nos queremos y no necesitamos el dinero que en teoría pueda sacar Lizzy de sus libros. Tonya no comprende que no merece la pena mentir tanto.

—Sé que lleváis así un tiempo —dice Lizzy—, de modo que no te molestes en inventarte ningún cuento chino.

Abro la puerta con decisión y salgo yo también al porche.

Lizzy está delante de los faros y en mi vida la había visto tan enfadada. Su cuerpo, con la barriga protuberante, arroja sobre el porche una sombra gigante que me llega hasta los pies. Me está fulminando con tal odio en los ojos que se me olvida lo que iba a decir.

—Lizzy... —mascullo—, no es lo que parece...

—¡Anda, Ben, corta el rollo! —chilla—. Hablé con tu madre y sé que llevas medio año sin ir a su casa. Deja de mentir.

—Puedo explicarlo. —Iba a decir otra cosa, pero está tan enfadada, tan resentida, que no lo soporto.

Tonya se cruza de brazos y ladea la cabeza, con la vista clavada en ella. No dice nada, y yo no sé qué añadir para no herir los sentimientos de Lizzy.

—¿Por qué no hablamos como adultos...? —empiezo a decir.

—¡Yo no quiero hablar! —espeta—. ¿Sabes qué? Tendría que haberlo hecho hace años. Pero fui una cobarde, igual que tú. Creía que las cosas se arreglarían, pero esto no funciona. No funciona desde hace un tiempo ya.

—Lizzy, tranquila. —Veo que el pecho le sube y le baja muy rápido; tiene la respiración entrecortada y la barriga cogida con la mano—. ¿Por qué no...?

—¡No, Ben! —chilla tan fuerte que se le rasga la voz—. Por qué no nada. No te quiero. Mi bebé tampoco te quiere. No te queremos.

Creo que está llorando. Ay, Dios, sí, está llorando.

Alargo los brazos por delante, con las manos extendidas.

—Venga, relájate un poco, Lizzy, ¿vale?

—¡No! —vuelve a gritar con la voz alterada—. ¡No me toques! ¡No te me acerques! ¡Se acabó, Ben! ¡Se acabó! —grita a pleno pulmón.

De pronto se le contrae la cara de dolor, pega un grito y se dobla en dos, cogiéndose la barriga entre las manos.

—¿Lizzy?

—Aah. —Abre la boca de par en par, pero esta vez apenas emite sonido alguno y los ojos se le desencajan, conmocionados.

—¿Lizzy? —Me adelanto para llegar hasta ella—. ¿Qué te pasa?

El pánico empieza a apoderarse de mí.

Se tambalea. Susurra algo dócilmente mientras se mira los pantalones del chándal. No veo muy bien en la oscuridad, con los faros cegándome.

—¿Ben? —susurra indefensa, sin apartarse los ojos de las piernas.

Es entonces cuando lo veo: tiene el chándal, que es de tela clara, mojado.

Me mira con ojos alarmados.

—¿Ben? —vuelve a susurrar.

—Madre mía —dice Tonya por detrás—. Acaba de romper aguas.

A Lizzy se le van los ojos hacia Tonya, luego a mí y de nuevo a sus piernas.

—¡Aaah! —chilla dolorida y con las rodillas a punto de cederle.

Me adelanto hasta ella y la cojo entre mis brazos.

—¡Tenemos que llevarla a un hospital! —le grito a Tonya.

No puedo con Lizzy y acabamos los dos en el césped. Tonya se arrodilla a mi lado y mira la cara contraída de Lizzy.

—Tenemos que irnos. Cogeremos mi coche —jadeo.

—No —dice Tonya.

Giro la cabeza como un resorte, alarmado.

—¿Cómo que no? Está dando a luz. Tenemos que llevarla a un hospital.

Tonya se vuelve para mirarme, con una expresión decidida y fría.

—No hay tiempo. Tendrá que hacerlo aquí.

En el acto me entran ganas de vomitar.

35

BEN

Ojalá pudiera retroceder en el tiempo.

Ni siquiera hablo de volver a los días en los que me quedaba a dormir en casa de Lizzy: solo pido retroceder una hora.

Lizzy está en el dormitorio, hecha un ovillo de dolor en la cama. Gime y de vez en cuando grita, con un agudo tono de súplica que me revuelve la barriga.

La sangre me late con fuerza en las sienes al ver a Tonya entrar y salir del cuarto para comprobar cómo está Lizzy mientras hierve agua en la cocina y rasga una sábana vieja en trapos.

Cada dos por tres me manda hacer esto o lo otro. Me ordena que le dé una pastilla a Lizzy, no pregunto ni qué es.

—Tenemos que ir al hospital —no paro de repetir, mi voz como un eco.

—Quiere dejarte, Ben, ¿es que no lo entiendes? —bufa Tonya mientras vamos de la cocina al dormitorio a por «suministros», como lo llama ella.

—Pues que me deje —digo.

—No seas tonto. No puede dejarte. En cuanto esté en el hospital, olvídate del futuro y de los libros.

—¡Olvídate tú de los libros, Tonya! —le grito.

Me agarra de la pechera de la camisa.

—No —me espeta, con tal virulencia que un escalofrío me recorre la columna—. La ayudaremos aquí, en casa —asegura—. No es tan complicado. Mucha gente da a luz en sus casas. Y luego la ayudaremos con la niña. De aquí no se va ni coge al bebé hasta que no hagamos un trato con ella.

Me quedo mirándola con la boca abierta.

—¿Tú estás loca?

—Ayuda —llega el gemido de Lizzy desde el cuarto.

Tonya ensancha los ojos.

—Es demasiado tarde. Tenemos que hacerlo por nuestra cuenta. Apriétate los machos, Ben.

—¿Có-cómo? ¿Cómo vamos a saber lo que hay que hacer?

—Yo lo sé. —Tonya coge un puñado de toallas limpias de un armario.

—¿Có-cómo? —repito.

Me pone las toallas en las manos y se detiene un instante para mirarme a los ojos y decirme:

—No creo que quieras saberlo, Ben. Date prisa.

Yo nunca he querido esto. Ningún hombre querría presenciar esto..., una chica dando a luz. No sé cómo lo hacen. No puedo mirar.

Pasamos una hora con Lizzy, intentando tranquilizarla mientras se revuelve en la cama.

—Vale —dice por fin Tonya—. Está preparada. ¿Me vas a ayudar?

—No —le ruego, también con los ojos.

—Necesito desvestirla. Vete fuera. Si te llamo, vienes.

Si te pido cualquier cosa, lo haces sin rechistar. ¿Entendido?

Asiento enérgicamente y luego salgo del cuarto tambaleándome y me quedo parado en medio del pasillo. Jadeando, intento reconciliarme con lo que está pasando.

Hay un remedio que funciona como un hechizo.

Corro a la cocina, saco la botella de whisky del armario y, en cuanto vuelvo al pasillo, le doy un trago. Y luego otro. Y otro.

La bombilla pelada que cuelga del techo tiene una luz que me deja ciego.

La voz de Tonya dentro del cuarto es como un eco de un relato de terror:

—Tengo que desvestirte, ayuda un poco.

Se oyen más gruñidos de Lizzy.

Le doy un sorbo al whisky con la esperanza de ahogarlos.

—Tienes que ayudarme, ¿me entiendes? Ahora tienes que empujar.

Se oye un grito, seguido de otro.

Más órdenes.

Más gruñidos.

Doy otro sorbo y el líquido me quema la garganta y me marea ligeramente.

Luego llega un rugido horrible de boca de Lizzy, aunque parece más bien de hombre.

—Vale, vale, vale. ¡Ben! ¡Necesito más sábanas! ¡Se está desangrando!

Dejo la botella y cojo más sábanas del armario. Cuando entro en el cuarto, me quedo paralizado.

Una vez más, ojalá pudiera volver atrás en el tiempo.

No ver lo que he visto. Está Lizzy, está Tonya y está la sangre. Tanta que todo en la cama parece rojo.

—¡Dame! —me grita Tonya alargando su mano ensangrentada hacia mí.

Hay piel, tanta piel desnuda sobre la cama, y está coloreada de rojo como en la escena de un crimen.

Dejo caer las sábanas y salgo de la habitación tambaleándome hacia atrás.

Sacudir la cabeza no consigue borrar esa imagen horripilante. Ni tampoco cerrar los ojos.

Me viene bilis a la garganta. Respiro hondo y contengo el vómito. Hasta que siento un vahído y sé que lo voy a echar todo.

Hay cosas que te dejan una impronta de por vida. Hay cosas que sencillamente no pueden *desverse*.

Le doy un trago al whisky.

Y otro.

Y otro más.

Uno más.

Quiero ahogarme en alcohol hasta vomitar. Vomitar por el alcohol y no por los sonidos horribles que salen del cuarto.

La quemazón del whisky en la garganta se mezcla con los chillidos del cuarto, que parecen de un animal, entre las órdenes de Tonya y los gritos airados que las acompañan, más chillidos, gruñidos, gemidos, gimoteos y más gimoteos.

No tardo en perder la noción del tiempo. Me siento en el suelo con la espalda contra la pared, y la botella está vacía, aunque desearía tener más, mucho más whisky, para desmayarme y olvidarme de lo que está pasando en esta cabaña. No hay nadie en kilómetros a la redonda, nadie que nos ayude, y nadie que me diga que esto está mal, horriblemente mal. Pero lo siento en las entrañas.

No sé cuánto tiempo ha pasado. ¿Una hora? ¿Dos? ¿Tres? Me quedo dormido.

Es como un sueño cuando oigo un sonido que me resulta desconocido salvo porque lo he oído en las películas, el momento de alegría que ahora, sin embargo, me da yuyu: el llanto de un bebé.

Tonya sale del cuarto con algo cogido contra el pecho.

—¿Quieres verla?

No puedo ni levantar la cabeza y la sacudo. No quiero saber nada.

—Veo que le has dado a la botella —me reprocha Tonya—. Gracias por tanta ayuda.

No respondo.

Luego siguen las palabras que nunca quise oír:

—A ella le pasa algo.

Ante eso por fin levanto la cabeza.

—¿Qué quieres decir?

—Que a Lizzy le pasa algo. Dice cosas raras. Apenas puede hablar y ha perdido mucha sangre.

Tonya desaparece en el baño. Oigo correr el agua, el sonido como de una cascada lejana. La cría ya no llora. La cabaña se me antoja sombría, por mucho que estén todas las luces encendidas. Parece una película de miedo, y eso que de repente reina un extraño silencio.

Tonya regresa al dormitorio. Cuando vuelve a salir, levanto la cabeza.

—¿Dónde está el bebé? —susurro.

Sigo sentado en el suelo, incapaz de reunir ni el valor ni la fuerza para levantarme e ir hasta allí, al cuarto donde está Lizzy. Donde está la sangre.

—Se encuentra bien, está durmiendo. Eso es lo que menos me preocupa.

Tiene un montón de sábanas ensangrentadas en las manos. La sangre gotea por el suelo mientras las lleva al baño.

Me quedo mirando las gotas rojas en el suelo de madera, las gotas que parecen casi negras bajo la estridente luz del pasillo, y comprendo que la hemos fastidiado. Creo que ha sido una decisión horrible. Y creo también que acabamos de hacerle algo realmente espantoso a Lizzy.

Lo que pasa es que sé que no puedo volver atrás en el tiempo.

Es demasiado tarde.

36

BEN

No sé si me gustan o detesto esos sonidos que provienen de la pequeña criatura envuelta en una sábana rasgada que hay en el sofá entre Tonya y yo. Suena como la cría de un pterodáctilo.

Dicen que a los bebés se les puede sacar el parecido con sus padres, pero yo solo le veo parecido con cualquier otro bebé. Con su pequeña cresta de pelo negro, su cara arrugada y la boca en un mohín.

Ahora lleva ya casi dos días durmiendo. En el estado en que se encuentra Lizzy, no nos queda otra que calentar leche de la nevera y darle eso a la cría. Tonya dice que no es lo más recomendable, pero ahora mismo es lo que hay.

—Ya mismo hay que darle de comer —dice Tonya estudiando a la criatura sin mucho interés—. Los bebés comen cada tres horas o así.

¿Cómo lo sabrá?

Nos quedamos otro minuto callados, con la vista puesta en el hatillo que tenemos entre medias. Necesita una madre. Pero su madre está tan indefensa como la propia cría.

Lizzy ha dejado de sangrar. Lleva en la cama desde esa noche, con una expresión ida, y solo ocasionalmente murmura algo. Se niega a comer, pero parece que Tonya ha conseguido meterle algo en la boca un par de veces.

Tampoco habla. Emite unos sonidos inaudibles y duerme casi todo el tiempo, salvo cuando yace en la cama mirando algún punto por delante de ella o cuando rara vez reacciona al entrar Tonya o yo en el cuarto.

Hemos aireado la habitación un montón de veces, pero no hay manera de librarse de la peste a sangre. Siempre que entro, me viene una imagen fugaz de aquella noche.

Necesitamos ambientador.

Necesitamos ayuda.

Necesitamos un profesional que se encargue de esto, joder.

Pero Tonya no quiere saber nada del tema.

—¿Qué sugieres que hagamos? —me decía ayer—. Si la llevamos al hospital y mejora, ya puedes olvidarte de la cría y de todo. A saber lo que puede contarles a los médicos. ¿Y si no mejora y te quitan a la cría por lo que has hecho?

El horror se apodera de mí.

—¿Yo?

—Yo, tú, lo mismo da. ¿Y si dicen que no eres capaz de cuidar de la cría? Lo perderías todo entonces.

Tonya tiene razón, ella sabe lo que se hace. Solo necesitamos un poco de tiempo para ver cómo resolverlo.

—Necesitamos ir a comprar cosas para ella —digo por fin mirando a Tonya e intentando que me mire a su vez.

Yo en realidad no tengo ni idea de qué hacer con una cría. ¿Querrá jugar? ¿Moverse? Duerme una barbaridad de horas. Tonya es la única que actúa con decisión, como si supiera tratar con bebés. Es raro, la verdad.

En la cabaña no tenemos nada para la niña. En el pueblo, en cambio, tenemos un carro con un moisés de quita y pon que compramos hace un tiempo, pañales, juguetes y ropa para la cría... Todo lo que compró Lizzy.

—Sí, tengo que ir al pueblo a por cosas para el bebé —dice Tonya; y a por más cerveza y alcohol: necesito un trago para aclararme la cabeza—. También necesitamos leche de fórmula —añade—. He intentado que Lizzy le dé de comer, pero la cosa no funciona. Ya te he dicho que creo que le ha pasado algo físico.

Me recorre un escalofrío al oír esas palabras y me siento mal de pronto. No por Lizzy —ahí poco se puede hacer—, sino por la cría. Es tan pequeña... Ella no tiene la culpa de nada. Esta cría es... mi hija.

—Mackenzie —digo quedamente, y Tonya me mira con cara de no entender—. Mackenzie —repito—. Así quería llamarla Lizzy.

—A mí me da igual.

—Pues Mackenzie se queda —digo, y la criatura mueve sus manitas y hace un sonidillo como de sorber.

Creo que, en cuanto le pongo nombre, se vuelve real, por mucho que lleve dos días siendo de carne y hueso.

—Tienes que aprender a cogerla bien —me aconseja Tonya—, para cuando yo no esté.

—¿Y por qué no ibas a estar?

—Puff... Pues porque no vamos a quedarnos en esta cabaña el resto de nuestra vida, Ben. ¿Entiendes? Y tienes una cría.

—Tenemos una cría —la corrijo.

—Sí, pero es tu hija, no lo olvides. Así que ve aprendiendo a ser padre.

Como si notara que hablamos de ella, la niña se pone a mover las manos hacia ninguna parte en concreto y vuelve a emitir los sonidillos de pterodáctilo.

Tonya coge el hatillo con cuidado, pero, en lugar de mecerlo, me lo pasa al tiempo que me la señala con la barbilla.

—Venga, cógela.

Con torpeza, y aterrado por que se le pueda quebrar algo por dentro, la cojo entre los brazos.

—El bebé tiene que comer —dice Tonya—. Venga.

—Mackenzie.

—¿Cómo?

—Que *Mackenzie* tiene que comer. —Le dedico una sonrisa débil.

Tonya reacciona con una sonrisa mordaz y estoy convencido de que pone los ojos en blanco.

—Mackenzie, vale. Lo que tú quieras.

37

TONYA

Como Ben me ponga otra vez esa cara de cordero degollado juro que le parto la crisma.

Dios, estoy harta de hacer de mamaíta. Para los dos. O los tres, más bien. Los últimos dos días me han parecido una puta eternidad.

Lizzy es el mayor de mis problemas. Podría hacer alguna estupidez como escapar, y entonces podemos despedirnos del dinero de sus libros. Aunque la verdad es que ahora mismo está hecha una zombi...

—Tú te quedas con ellas y yo voy al pueblo a por ropa y a comprar leche de fórmula —le digo a Ben—. Me pasaré por su casa y cogeré la pila de cosas que ha estado reuniendo estos meses para la cría. ¿Algo más?

—¿Por qué no voy yo? —pregunta Ben con su cara de pena y el bebé en los brazos.

Le queda bien, y prácticamente no da para mucho más ahora mismo.

Me pone de los nervios, de verdad. Si me saca de mis casillas y exploto, su Lizzy va a acabar como la dueña anterior de esta cabaña: con una sobredosis repentina de medicamentos.

Respiro hondo para mantener la calma.

—A mí se me da mejor manejar situaciones comprometidas —intento razonar.

—Yo también sé manejarme.

—No es verdad y, además, entre otras cosas, quiero ir a investigar. Piensa que yo tengo menos conocidos con los que cruzarme en el pueblo. Imagínate que te encuentras con algún amigo o alguno de tus profesores. ¿Y si te preguntan por la cría, por tu novia?

Vuelve a ponerme su cara de bobo. No soporto esa expresión de cachorrillo. Ojalá tuviera un poco de amor propio por una vez en su vida.

A ver, no me malinterpretéis: Ben es muy divertido y tiene mucho encanto, es el alma de cualquier fiesta. Lo que pasa es que la vida no va precisamente de fiestas.

Se ha sacado la carrera por los pelos. Siendo justa, yo nunca he ido a la facultad, pero algunos no necesitamos un título para demostrarle al mundo que somos alguien. Igual que no he tenido que ir a una escuela de enfermería para saber cómo es un parto. Algunas de las experiencias vitales más duras tienen su origen en los peores errores. Como, por ejemplo, quedarte preñada. Lo sé por experiencia. He pasado por ahí, lo he vivido. Es una de las muchas cosas que Ben nunca sabrá sobre mí.

—No hables con nadie en el pueblo —me advierte Ben.

Qué coñazo de tío. Es muy guapo, pero, Dios mío, no puede ser más tonto. Tiene suerte de caerme bien, porque ni siquiera es bueno en la cama. Su único don es tener una novia con talento, aunque esta cada día parece más un vegetal.

—Ben, cariño... —Me adelanto y le cojo la cara entre las

manos—. Hemos superado estos dos últimos días, ¿no? —Asiente y enseguida se le relaja la expresión: qué fácil de manipular es—. Y superaremos lo que venga. Tú solo confía en mí —le digo con la voz más dulce que me permite poner mi humor actual.

Es importante mantener a Ben..., iba a decir «feliz», pero no, me basta con mentalmente estable. Lo necesito.

—¿Y qué pasa con ella? —me pregunta.

Qué ganas de pegarle un puñetazo. Os lo juro, ha sido más fácil manejar todo este follón de los últimos dos días que tener paciencia con Ben. Es muy posible que se sienta mal por todo el asunto de Lizzy, pero eso no es mi problema. Estoy harta de la gente débil.

Sin embargo, si me ve enfadada solo conseguiré asustarlo y agobiarlo, y entonces podría hacer cualquier tontería y echarlo todo a perder. Así que necesito seguir metida en mi papel.

Intento que me vengan las lágrimas. Estupendo, ya las noto. Allá vamos, esto me dará credibilidad. Me muerdo el labio, me sorbo la nariz y parece que por fin se me humedecen los ojos.

—Ella me quitó todo lo que yo tenía, Ben —digo con voz temblorosa; un punto de susurro, un punto de amargura: perfecto—. Tú no lo entiendes. Éramos huérfanas. Ese chico, mi primer amor, lo era todo para mí. Y ella me lo quitó, así, sin más. —Chasqueo los dedos—. Me destrozó la vida. —Trago saliva con muchos aspavientos y finjo unos pucheros—. Y me lo debe. Sí. Me cobraré con dinero lo que me hizo. —No está de más recordarle por nonagésima vez la razón de todo esto.

Veo que la compasión empieza a apoderarse de su cara.

Bien. Se pone a la cría en un brazo y con el otro me atrae hacia él.

—Todo va a salir bien —me dice en voz baja mientras yo pego la frente a su hombro un momento y, sabiendo que no me ve la cara, pongo gesto de hastío.

¿Que él necesita sentirse viril y mostrarme su apoyo? Por mí, estupendo.

—Vale, tengo que irme —digo por fin, apartándome.

—Oye, no te olvides de la cerveza. —Cuando le busco la mirada, se encoge de hombros, como pidiendo perdón—. Los últimos días han sido muy estresantes.

Qué sabrá él lo que es estresante. Tendría que haber crecido en un centro de acogida.

Pero no se lo digo. Cada uno ve las cosas a su manera.

Le doy un beso rápido y miro a la cría.

Mackenzie, dijo que Lizzy quería llamarla así. A mí, plin. No es fea, y la cría no tiene la culpa de que a su madre se le esté yendo la olla. Tampoco eso es problema mío.

No me molesto en comprobar cómo está Lizzy. No habla y vive en un estado permanente entre el sueño y la depresión. Ella se lo ha buscado. En realidad todo esto de Lizzy podría venirnos hasta bien. Tenemos que quedárnosla aquí, en el lago, al menos un tiempo, hasta que se me ocurra otro plan de acción.

Me entran ganas de consolarla, de verdad. Aunque, más que compasión, es pena: lo que se siente por un animal al que están a punto de sacrificar.

Podría perfectamente decirle que antes la envidiaba, cuando vivíamos en el centro. Era lista, misteriosa, guapa. Hasta mi novio estaba colado por ella, y sus amigos también. Se lo ganó a pulso. No haberles puesto ojitos.

No me costó mucho convencerlos de que la linda Lizzy era una guarra e iba detrás de los tíos y no paraba de hablar de ellos.

La habían tratado bien, dijeron. Oí que Bobby y Danny hablaban del tema, de lo que le hicieron en el granero, dijeron que a ella incluso le había gustado, que se habían asegurado de ello. Lo que pasa es que Brandon no tendría que haber estado allí. Él me dijo que solo había mirado, pero yo no lo creí, claro. De hecho, luego hasta le dejó rosas en la cama, a modo de disculpa. Penoso. Y todo eso mientras estaba saliendo conmigo.

Me sorprendió cuando la vi una noche, al cabo de unas semanas, acercándose a hurtadillas al granero abandonado donde los chicos estaban de juerga. Yo iba de camino, me había enfadado con Brandon, que no paraba de hablar de Lizzy. Llevaban semanas hablando del encuentro con ella como si fuera su mejor hazaña. Ese mismo día yo les había metido unas pastillas que le había mangado a una enfermera en una botella de licor casero que habían pillado en el pueblo. Solo para darles una lección. Esa sería mi venganza. Iba justo camino del granero para presenciar cómo se ponían malísimos y disfrutar del espectáculo.

Pero entonces vi a Lizzy en la entrada: estaba vertiendo un líquido de una lata de gasolina por delante de la puerta del granero y prendiéndole fuego.

De verdad, ¿a quién se le ocurre incendiar un edificio con gente dentro solo por puro despecho?

Pero mira: fue muy valiente por su parte. Me quedé fascinada y me entraron ganas de ponerme a su lado, contemplar las llamas, ver el asombro en la cara de esos imbéciles, que estarían borrachos como una cuba y seguramente meándose encima del miedo.

Pero Lizzy salió corriendo. Una pena, la verdad.

Hasta que se me ocurrió otra idea.

Podría confesarle aquí y ahora a la bella Lizzy que, cuando ella se fue corriendo esa noche, yo me acerqué a la puerta en llamas, cogí la tranca que había apoyada a un lado y la metí por los tiradores para que no pudieran abrir desde dentro. Que les dieran a los tres. A ellos les gustaba ella más que yo, y de todas formas me tenían ya harta.

Ahora podría contárselo todo, pero ya está medio ida de la cabeza.

Hay una clara diferencia entre ser lista y ser brillante. A Lizzy siempre le ha faltado sentido común. Porque, a ver, yo le dije que sabía lo que había hecho ella esa noche, pero, cuando le insinué que tenía pruebas, se limitó a parpadear con sus bonitos ojos y me creyó.

¡Venga ya! Pero ¿qué pruebas iba a tener yo después de tantos años?

Lo que decía, que es tonta. Y, como tonta que es, bien podría asumir la culpa por lo ocurrido, ¿no? La gente lista, en cambio, sabe salir impune de sus crímenes.

Como yo.

38

TONYA

Respiro aliviada cuando salgo, me monto en el coche y dejo atrás la parcela. En cuanto la casa desaparece de mi vista es como si me quitara una piedra del pecho. Pongo la radio a todo trapo y empiezo a cantar al ritmo de la música.

Saldré de esta. Ya me las arreglaré. A algunos nos dan oportunidades, a algunos nos las quitan. Si yo hubiera tenido la mitad del talento de Lizzy, a estas alturas ya sería famosa. Pero ¿ella? Joder. Un título inútil, un piso cutre y Ben. ¡Menudo lote!

Cuando conocí a Ben porque sabía que estaba tonteando con Lizzy, me encandiló. Él es así, un zalamero, eso tengo que reconocerlo. Incluso me quedé un poco colgada de él. Un poquito. Como una semana o así. Pero lo de los cuelgues es para adolescentes. Como Brandon, que fue un cuelgue. En cuanto vi que el único partido que podía sacarse de Ben era Lizzy, comprendí que los necesitaba a los dos.

Si hubiera podido conseguir a Lizzy sin él, lo habría preferido. Ben ha terminado siendo de ayuda. Igual que el bebé. Tampoco me extraña mucho que Lizzy haya vuelto a buscarse problemas por culpa de un tío.

Pero, bueno, parece que sus problemas pueden ser mi premio gordo de la lotería.

Me incorporo a la carretera principal y me quedo mirando el gran cartel con un pez que indica el camino hacia la cabaña.

Lo llamamos «el cruce del pez» y yo le tengo manía. El pez que aparece es como un monstruo de dientes afilados. Por lo visto es un catán, se llama así, y en el lago hay cientos.

Cuando la señora Cavendish me contó la leyenda local que existe sobre ellos, se me puso la piel de gallina. Estuve viendo ese letrero a diario durante el año que pasé cuidando de ella. Esa vieja arpía era un incordio. Pero por lo menos me dejó su casa antes de palmarla. Con una ayudita. Hoy en día todo el mundo necesita un empujoncito para conseguir lo que merece: sea una relación de mierda o la tumba. Al menos, eso me dice la experiencia.

Mientras conduzco camino de Old Bow, voy dándole vueltas al próximo plan de acción.

Si Lizzy cumple sus amenazas y coge a la cría y se larga, Ben puede despedirse del dinero que en teoría ella va a sacar con los libros. Y de mí también, porque yo a él, sin Lizzy, no lo necesito.

¿Y yo? Tendría que empezar de cero, volver a seguir a Lizzy, chantajearla..., y eso sería un rollo. No he venido a este mundo para estar haciendo chantajillos cutres. Ni para tener una cabaña cutre al lado de un lago.

Mi primera parada en el pueblo es la biblioteca pública.

Antes que nada, quiero consultar varios libros sobre complicaciones postparto y dedicar varias horas a leer para ver qué le pasa a Lizzy. Está claro que algo tiene.

Dos horas después, me quedo con tres opciones: paro

cardiaco con falta considerable de oxígeno que deriva en daños neurológicos, shock hipovolémico o un ictus provocado por la hipertensión que puede llevar a daños cerebrales, y que creo que es lo más probable.

Suena todo bastante truculento, pero yo no tengo la culpa. Mucha gente da a luz sin ayuda de ningún médico y es normal que haya alguna complicación. Habrá que darle un tiempo a Lizzy y decidir luego qué puede hacerse. Está claro que en estos momentos no está muy allá. Bueno, no solo eso, no es una mera depresión postparto, ni tampoco son los sedantes que le meto en todo lo que bebe, cosa que Ben no sabe. No recuerda cosas ni parece consciente ni de mí ni de él, solo de la cría.

Lo siguiente que hago es ir a comprar. Cerca de la cabaña, hay otra tienda, en un pequeño pueblo a solo quince kilómetros al norte, donde podemos comprar más cosas si se me olvida algo. Dependerá del tiempo que nos quedemos. De momento me paro en un supermercado grande y cargo lo básico: comida y cosas para la cría. Vamos a necesitar leche de fórmula, eso está claro.

Es mi mala suerte otra vez, por supuesto, cuando oigo una voz a mis espaldas:

—¡Tonya! ¿Qué tal?

Es Garret, uno de la pandilla de Ben. No sabía que se había quedado en el pueblo después de licenciarse.

—¿Qué tal tú? —le pregunto mientras me coloco delante del carro para que no vea que lo tengo lleno de pañales y de un montón de cosas de bebé.

—Muy bien. ¿Y tú qué? Hace mucho que no te veo.

Mira de reojo el carro y sonrío con frialdad, molesta de que sea tan fisgón.

—Nada, lo normal: el trabajo, la casa. Ayudando a una amiga —añado para que mi historia se sostenga si me pregunta por qué llevo tantos chismes de bebé en el carro.

—¿Has hablado con Ben hace poco? Últimamente no hay quien lo vea.

No mudo el gesto.

—No, llevo meses sin verlo. Alguien me dijo que se había ido del pueblo con su novia.

Garret frunce el ceño.

—¿En serio?

Me encojo de hombros.

—Tengo que irme. Ya nos vemos.

Pago y me largo de la tienda a toda leche.

No quiero ni imaginarme a Ben encontrándose a Garret e intentando explicarle dónde está Lizzy y por qué está comprando él cosas para la cría. No es tan listo como para manejar conversaciones peliagudas.

Lo siguiente que hago es ir al piso de Ben y Lizzy.

Está claro que hoy no es mi día, porque en cuanto llego a la segunda planta me encuentro a Kurtco, el portero del edificio, que justo está saliendo de su piso.

Me paro en seco y doy un paso atrás para evitarlo, pero es demasiado tarde. Me clava los ojos en la cara y ensancha la boca en su típica sonrisa maliciosa.

—Bueno, bueno, mira a quién tenemos aquí.

Mueve los ojos con deliberada parsimonia hacia el piso de Lizzy y luego vuelve a buscarme la mirada.

El repaso que me echa me recuerda lo que tuve que hacer el año pasado para entrar en el piso de Lizzy.

Estoy convencida de que también es lo primero que ha

pensado él al verme. Pone una sonrisa más sugerente y me silba mientras se me acerca.

—Buenas, belleza. Cuánto tiempo.

No me apetece nada de nada tener que vérmelas con él en este momento, pero quizá no me quede más remedio.

Mierda.

39

TONYA

A los diez minutos, me levanto del sofá y me arreglo la falda mientras Kurtco se sube la cremallera de los vaqueros. Se le ha dibujado una sonrisa de satisfacción en la cara.

Sí, nos lo hemos montado en el sofá de Lizzy. Es lo justo, teniendo en cuenta que ella se ha quedado con Ben durante meses mientras yo vivía sola en la cabaña dichosa. Y, todo hay que decirlo, Kurtco se lo monta mejor que Ben.

Él fue mi primera conexión con Lizzy cuando me mudé aquí hace un año. Moreno y greñudo, con tatuajes y más piercings en la cara de los que pueden contarse con los dedos de las manos.

Me enteré de que se ocupaba del mantenimiento del edificio de su tío, el dueño. De que era vecino de Lizzy y, como portero, tenía las llaves de todos los pisos por si había alguna emergencia.

Una noche lo seguí hasta un bar. Y, en fin, una cosa llevó a la otra y a las pocas horas estábamos en su casa. Seis cervezas después, ya lo sabía todo sobre Lizzy y las llaves y tenía acceso a su piso cuando me diera la gana. Que aquello fuera legal o no me importaba poco.

En estos momentos, sin embargo, Kurtco es un incordio. Extiende ambos brazos por el respaldo del sofá mientras me mira con lascivia. Espero que no esté pensando en alargar mucho el encuentro sorpresa.

—Tengo que irme ya —le digo.

—¿Y a qué habías venido, si puede saberse?

—A ayudar a una amiga.

—A-já. —Sospecha algo, y con razón.

La cosa es que Kurtco es muy cuco. Pensaba sacar lo que necesitaba de él y hasta luego, pero es demasiado observador. Fuimos viéndonos cada vez con más frecuencia desde esa primera noche. La mayoría eran encuentros placenteros, a pesar de tener que colarme en su piso sin que me viera nadie, en especial Lizzy.

Pongo los brazos en jarras y finjo cansancio.

—Mira, es que... es complicado. Estoy ayudando a unos amigos y tengo muchas cosas encima. —Suelto un suspiro teatral y me muerdo el labio inferior mientras estudio a Kurtco con aparente apetito, para que se sienta deseado, pero no se da por aludido y se limita a contemplarme con una media sonrisa—. Necesito un tiempo para solucionar unas cosas y luego... —Hago un mohín, como si intentara disimular una sonrisa, y le busco la mirada—. Y luego quizá podamos vernos para una copa y... —Arqueo una ceja.

—¿Y...? —repite, con una sonrisa más amplia.

—Pero es que ahora no puede ser, Kurtco. Puede que dentro de un par de semanas o así —le digo, porque a los tíos hay que darles algo de esperanza—. Ahora mismo tengo que resolver una historia. Yo sola. —Lo observo con elocuencia.

—Entendido —dice, y se levanta a regañadientes.

—Aparte... —me acerco, le quito un hilo suelto de la

camisa y le pongo las manos en el pecho mientras lo miro seductora, con los párpados entrecerrados—, yo no he estado aquí. Por si alguien pregunta.

—Ajá. —Kurtco me pone las manos en la cintura y me atrae hacia él mientras me busca los labios con la mirada.

—Pero debes irte —susurro con la vista fija en sus labios como si me los quisiera comer—. Yo te llamo. —Le doy un beso rápido—. Adiós —le digo apartándome ya para ir al baño—. Cierra la puerta al salir.

Mientras me limpio, oigo el clic de la puerta.

Fiuuu, menos mal.

Debo deshacerme de él. Pero, si tenemos en cuenta que se saca un dinero extra vendiendo droga, no me va a costar mucho pensar cómo hacerlo.

Una vez me contó que había tenido algún escarceo con la policía en el pasado. Como he estado muchas veces en su piso, sé dónde guarda el alijo: en un pequeño compartimento pegado a un lateral de la máquina exterior del aire acondicionado. Un sitio donde la policía nunca lo encontraría. Sin una pequeña pista, claro.

Tomo nota mental de buscar luego una cabina para hacer una llamada de cortesía a las fuerzas del orden local, quienes, con suerte, se encargarán de poner a la sombra a Kurtco una buena temporada. Sabe demasiado, sobre todo que tengo una copia de la llave del piso de Lizzy.

La verdad es que me ha sido de gran ayuda, lo reconozco. No es un tipo culto, pero tiene mundo y sabe moverse en esta vida. Gracias a él he podido entrar muchas veces en el piso de Lizzy. La primera fue cuando le dejé aquella nota, hace un año. Fue gracioso. Ojalá hubiera podido ver su cara.

Después de eso, en otra ocasión le dejé una rata muerta en la cocina, en otra le desordené la ropa, en otra le cambié la alfombra del salón y le metí alucinógenos en polvo en las botellas de la nevera. ¿Que de dónde los saqué? Pues, una vez más, de Kurtco y su alijo secreto. Fue una pasada volver loca a Lizzy. Teniendo en cuenta que estaba embarazada, seguro que las hormonas se le revolucionaron.

El piso está hecho un asco. Me imagino que ha sido cosa de Ben.

Cuando salgo del dormitorio, lo primero que me llama la atención, como siempre, es el secreter antiguo con incrustaciones doradas. Hay una lámpara, velas y flores secas. Paso el dedo por el borde y se me pone la carne de gallina.

Eso es lo que siempre me ha atraído de Lizzy, ese halo de misterio que la envuelve. Es como una bruja hermosa que vive en una antigua mansión gótica y sobre la que todo el mundo cuchichea. Como una maga que supiera hechizos y conjuros. Siempre me ha dado esa impresión: por cómo se viste, desaliñada pero con un punto retro y elegante; por cómo habla, con una voz tímida y seductora de la que nunca te cansas; por cómo te mira, como leyéndote los pensamientos, con una sonrisa que es entrañable o una rabia virulenta que parece posesiva.

Lizzy Dunn siempre ha sido un misterio, pero los tontos de la pandilla de Ben nunca supieron ver su valía.

Ahora aquí, mientras toco sus pertenencias, las cosas con las que escribe sus evocadoras historias, no me canso, podría estar así todo el día. Quiero ser la persona que se siente ante este escritorio, que use este cálamo antiguo aunque solo sea por hacer la gracia, que abra los cajones y reajuste las pilas de papeles antiguos.

De pronto suena el teléfono en la cocina y pego un bote.

—Joder —murmuro saliendo de mi ensoñación.

Me quedo quieta hasta que el teléfono calla. Luego abro un cajón y saco unos cuadernos gruesos de cuero. Uno se titula *Mentiras, mentiras y venganza*. El otro es *Silbidos asesinos*. Sonrío mientras cojo este último: la espabilada de Lizzy escribió un libro sobre nosotras. Qué detalle.

Saco todo lo que hay en el primer cajón y luego sigo con el segundo. Si viniera alguien buscándola —su casero o, esperemos que no, la policía—, no me gustaría que encontraran los manuscritos.

Pego otro respingo cuando el teléfono suena de nuevo. Tal vez debería tirar del cable. Pero si alguien quiere localizar a Lizzy o a Ben con esa urgencia, seguro que no tardará en venir a buscarlos aquí si pasan días y nadie responde.

Respiro despacio, con la vista en el teléfono, esperando que pare de sonar.

Cuando lo hace, dejo la bolsa con los manuscritos y los documentos en la puerta y me dedico a la cómoda.

Solo hay una maleta en todo el piso, seguramente de Ben, de cuando se mudó aquí al terminar la carrera. Meto alguna ropa de su cajón en la maleta y luego sigo con el de Lizzy. Solo lo tiene medio lleno, se ve que no es de derrochar.

Cuando la tengo llena, cierro la cremallera y la pongo en la puerta, al lado de la bolsa de tela. Busco luego por debajo de la cama y en el vestidor, pero no veo más maletas, de modo que cojo varias bolsas de basura de debajo del

257

fregadero con la idea de utilizarlas para las cosas que le compró Lizzy a la cría.

Estoy entrando en la cocina cuando vuelve a sonar el teléfono. El timbrazo repentino me hace dar un brinco y me llevo la mano al pecho mientras recupero el aliento.

«Maldita sea».

No va a parar. Es la tercera vez que llaman. No pensaba responder al teléfono, pero, viendo lo mucho que insisten, quizá sea mejor cogerlo.

Podría ser Kurtco, para gastarme una broma. Sería perfectamente capaz. Pero ¿y si son los padres de Ben? Que yo sepa, solo han hablado con Lizzy un par de veces. A lo mejor están preocupados. ¿Y si es de la universidad? Ben me dijo que Lizzy tenía varias ofertas de trabajo. Podría ser alguien que estuviera buscándolos a los dos. ¿Los médicos? ¿Unos vecinos?

Dios, la cabeza me va a estallar de tantas posibilidades, y comprendo entonces una cosa muy sencilla: no podemos escondernos para siempre. Tarde o temprano, vendrá alguien preguntando por ella.

El teléfono sigue sonando hasta que por fin me rindo y contesto.

40

TONYA

—¿Diga...? —contesto poniendo la voz más penosa que puedo, y luego, para ser más creíble, toso un poco e, intentando fingir una voz carrasposa, repito—: ¿Diga...?

—¿Hola? Anda, hola, ya creía que no iba a cogerlo nadie, y como no hay contestador... —dice una alegre voz femenina—. ¿Podría hablar con Elizabeth Dunn?

«Mierda». Estoy metida en un lío: ¿será una llamada sin importancia o es alguien que la conoce y sabe cómo suena su voz?

—¿Con quién hablo? —pregunto por si acaso.

—Soy Laima Roth, la agente literaria. ¿Hablo con Elizabeth?

Contengo la respiración e intento recordar todo lo que me ha contado Ben sobre Lizzy y su agente. Sé que se hablan por correo electrónico y que Lizzy le mandó los manuscritos en papel. Lo que no sé es hasta dónde ha llegado su interacción.

—¿Sí? —digo tímidamente con la esperanza de poder excusarme si me pilla en un renuncio.

—¡Bueno, bueno! ¡Elizabeth! ¡Hola! ¡Qué alegría, por favor, hablar por fin contigo! Ojalá nos conozcamos pronto en persona. Te he escrito varios correos en la última semana, pero como no me habías respondido...

«Mierda total».

Lizzy no tiene ordenador, pero sí que va al cibercafé de la facultad. No se me ha ocurrido pensar en eso.

—Es que... he estado liada.

—Te traigo buenas noticias, Elizabeth, buenísimas.

Eso espero, porque últimamente las cosas se están yendo al traste y necesito averiguar cómo salir de esta.

Y les estaré eternamente agradecida a las agentes literarias porque, por lo visto, no callan ni debajo del agua.

Laima no sé qué empieza a paliquear sobre el primer manuscrito y sobre el segundo y la editorial que por fin ha hecho la mayor puja, pero no oigo más que un runrún hasta que me quedo con sus últimas palabras:

—Cincuenta mil ejemplares para la primera tirada.

Mientras ella sigue hablando, yo hago mis cálculos. No parece tanto, pero ¿y si el libro se convierte en un superventas y hacen muchas tiradas?

La cabeza se me acelera con los números mientras contesto con breves «sí», «entiendo», «claro».

Laima no sé cuántos no para de hablar a mil por hora.

—La publicación está prevista más o menos para finales del año que viene.

Se me cae el alma a los pies.

—¿Del año que viene?

—Sí, como habíamos hablado. Pero le expliqué tu situación al editor, con lo de la cría y todo eso, y teniendo en cuenta el segundo manuscrito, está dispuesto a darte un anticipo sustancioso. Hace años que no le ofrece uno tan grande a una autora novel. La verdad, Elizabeth, es que he movido bastantes hilos. —Se ríe orgullosa y calla por fin.

Creo que me oigo hasta los latidos.

—¿Cuándo?

—Ah, pues... Eso depende. Depende de cuándo puedes venir tú a Nueva York. Sé que estás casi saliendo de cuentas... ¡Bueno, bueno! ¡Que no te he preguntado! Era más o menos por estas fechas, ¿no? ¿Cuándo salías de cuentas?

Trago saliva mientras la cabeza me ofrece distintas películas alternativas de cómo jugar mis cartas.

—Ya está, sí.

—¿Cuándo?

—Hace dos días —suelto sin todavía saber qué más voy a decir; al menos, eso es verdad.

—¡Bueno, bueno! ¡Enhorabuena, Elizabeth! ¡Qué maravilla!

Murmuro un gracias y respondo otras preguntas cuando la cotorra de Laima vuelve a los negocios.

—¿Cuándo crees que podrías estar con cuerpo para cogerte un vuelo a Nueva York?

—¿No podemos hacerlo por correo? —pregunto vacilante. Se ríe.

—Poder, podríamos, pero la verdad es que teniendo en cuenta lo sustancioso del anticipo yo preferiría hacerlo en persona —dice en un tono condescendiente—. Así quedamos con los representantes de la editorial, revisamos con ellos los contratos y sellamos el acuerdo. No hay prisa. Entiendo tu situación con la cría y todo eso. Aunque por supuesto, cuanto antes lo hagamos, mejor que mejor. Nosotros correremos con todos los gastos, desde luego.

Otra vez silencio.

Me va a estallar la cabeza, pero de pronto se me despliega una película disparatada; es tan absurda, de hecho, que tengo que reírme.

Esta mujer no conoce a Lizzy en persona. Lo que se me ha ocurrido no tiene por qué ser tan complicado. Una cosa sé seguro: en mi vida me ha sonado tan fuerte el corazón como en estos momentos. Siempre he querido tener algo especial, algo propio. Y nunca me he visto ante una oportunidad así de grande. ¿Qué digo «grande»? ¡Colosal! Esto me cambiará la vida. Esto será mi nueva vida.

—¿Podría ser esta semana que viene? —pregunto, divertida conmigo misma.

—Eh... ¡Anda! ¡Claro, claro que sí! Mientras estés... Sí, claro que sí. ¡Hay que coger las cosas al vuelo! —ríe alegremente la oportunista de Laima—. Solo necesito una copia de tu carné de conducir para sacarte el billete.

—Te lo mando por correo. ¿Me puedes repetir tu dirección? Es que estoy teniendo problemas para entrar en mi cuenta.

—Claro. —Cojo el boli y el papel que hay junto al teléfono y apunto lo que me va dictando—. Fenomenal, estamos todos muy emocionados con poder conocerte por fin y llevar tus libros a millones de lectores. —La palabra «millones» me rebota por dentro y me sorprendo sonriendo—. Te veo en Nueva York la semana que viene, Elizabeth.

Allí estaré. Yo seré Elizabeth Dunn. Incluso me quedaré con el bobo de Ben hasta que pueda librarme de él. Y también me encargaré de la cría si hace falta. Haré lo que sea con tal de conseguir ese dinero y el contrato de edición.

Solo hay un problema.

Antes tengo que deshacerme de la auténtica Elizabeth...

41

TONYA

Cuando vuelvo a la cabaña, a Ben se le iluminan los ojos como si hubiera visto a Santa Claus.

—Por fin —dice echándome los brazos encima.

La verdad es que tengo que sonreír. Me gusta cuando es cariñoso. Aparte, no puedo estar de mejor humor.

—Ve a coger las cosas del coche mientras yo veo cómo anda la cría —le digo.

Sale corriendo de la casa, como si estuviera deseando estar donde sea menos aquí dentro.

No me extraña. La cría está bien, durmiendo. Esta noche toca lectura en familia. He traído varios libros de crianza del piso de Lizzy para que aprendamos cosas de bebés porque, sí, tenemos un bebé entre manos.

Lizzy no responde a nada. Ni siquiera reacciona cuando entro en el dormitorio. Está hecha un ovillo en la cama mientras observa cómo su propio dedo índice repasa una y otra vez el mismo punto diminuto en la tela de la almohada. Parece que los calmantes que le he dado funcionan de maravilla.

Salgo y voy pensando que esta vez le voy a mandar a Ben que le dé él de comer.

—No podemos seguir teniéndola aquí. Necesita un médico —dice Ben mirándome de reojo mientras sacamos las compras del coche.

—Ya no sangra, lo he comprobado. Le daré otro baño y volveré a mirar. Está tomando líquidos, eso es bueno.

—Necesita ayuda.

Otra vez dando la murga.

—¿Y qué propones que hagamos, Ben? ¿Y si la llevamos al hospital y nos culpan por cómo está? ¿Qué pasará entonces? ¿Y si nos denuncian, eh?

Casi se le cae el cartón de huevos de las manos mientras me mira con cara de espanto.

—¿Cómo que denunciarnos?

—Pues a ver, por lesiones involuntarias o algo así, no sé. ¿Y si es ilegal?

—¿Qué es ilegal?

—¿Dar a luz de esa manera, por ejemplo?

—Dijiste que no pasaba nada.

—Lo dije porque no teníamos otra opción, Ben —respondo levantando la voz—. La niña estaba a punto de salirle disparada. Y luego ha estado muy cansada, y nosotros no teníamos claro qué hacer, y luego se ha puesto mal. Y... ahora quizá sea demasiado tarde.

—Joder... —susurra Ben, que empieza a dar vueltas por la cocina cogiéndose el pelo entre las manos.

Ojalá no fuera tan mindundi.

—Ben, a ver si espabilas. Tenemos que cerrar el tema del contrato del libro. Pero antes de nada hay que hacer algo con la cría.

Se detiene y vuelve la cabeza como un resorte. Esta vez su cara es un poema de horror.

—¿Qué quieres hacerle a la cría? —pregunta en un susurro.

Comprendo de pronto lo que le pasa por la cabeza y por qué se ha puesto así y me río. No puedo parar de reír durante más de medio minuto y luego lo miro a los ojos.

—Tenemos que ir al registro civil, Ben. ¿Qué otra cosa iba a ser?

Suelta una exhalación tan sonora que se le desinfla todo el cuerpo. Se le nota visiblemente aliviado y está claro que se había imaginado algo muy distinto.

Doy un paso hacia él.

—¿En qué estabas pensando, Ben? —le pregunto para provocarlo.

No pensará que soy tan retorcida, ¿no? A ver, una cosa es la dueña de esta cabaña, la señora Cavendish, que era una vieja y era una bruja. Además, Ben no sabe nada de eso. Pero una cría es otro cantar. Vamos, a no ser que la cosa se pusiera muy mal y tuviéramos que tomar medidas extremas.

Sacude la cabeza con expresión de perplejidad.

—Yo..., locuras... porque..., a ver, ya es todo bastante loco, que si la cría y su... Yo...

Me acerco un poco más y le pongo las manos en los hombros con suavidad.

—No somos monstruos, Ben, solo estamos desesperados. Y es tu hija. Tenemos que ir al registro civil.

—Pero ¿cómo vamos a llevar a Lizzy hasta allí y a explicarles la película?

—Lizzy irá y llevará los informes médicos que atestiguan su embarazo. La cría nació en casa, por un parto de emergencia.

Ben suelta una risa.

—Ya, claro, ¿y va a entrar andando, sin más? —Ladea la cabeza hacia la puerta del cuarto donde está Lizzy—. Si no es capaz ni de decir dos palabras seguidas...

—Esa Lizzy no —digo señalando la misma puerta—. Irá otra Lizzy. —Me limito a sonreír cuando se queda con cara de incredulidad y pone ojos de corderito—. Tienes que darle de comer a la cría —le urjo—. He traído leche de fórmula.

—¿Y cómo se prepara?

—Lee las instrucciones, Ben. Yo tengo que hacer otra cosa mientras.

Sin mediar más palabra, voy al baño y abro el armario donde he guardado una de mis compras. Es un tinte de pelo, de un tono que se llama «Intensidad total».

«Perfecto», pienso.

Una hora después, cuando me lavo, me seco y me aliso el pelo, cojo las tijeras del cajón y me corto los mechones sobre la frente de un tijeretazo rápido.

Me quedo mirándome en el espejo y sonrío satisfecha ante mi flequillo nuevo. ¿Cómo no se me había ocurrido antes? Me pega este corte, me pega mucho. Solo tengo que perfilarme un poco las cejas y...

Hurgo en el cajón y saco algo que solo utilizo en casa, en momentos como este, cuando imagino qué se siente al ser una mujer fatal.

Me pinto los labios con el carmín rojo, los chasqueo y me alejo del espejo para ver la imagen de conjunto.

Primero se me escapa una risilla tonta, pero en cuestión de segundos se convierte en una carcajada incontrolable.

Es muy raro.

No puede ser.

Y me siento tan bien.

Porque la cara que me mira desde el espejo es una copia de Lizzy Dunn.

No, una copia no: es la nueva Lizzy Dunn. La aseada, confiada e inteligente Elizabeth Dunn, preparada para comerse el mundo.

42

BEN

Me mantengo lo más lejos posible del dormitorio; cuando entro, recuerdo que, pese a la aparente paz de esta última semana, allí pasó algo realmente horrible.

Lizzy ya no es Lizzy, sino una carcasa de ser humano. Yo no soy médico y no sé cómo expresarlo en palabras, pero no es solo depresión o cansancio. Creo que algo le falló en el cerebro la noche que estuvo horas desangrándose.

Nunca me mira las pocas veces que entro para darle a la cría o llevarle comida. Lo prefiero así. Sus ojos, de expresión vacía, me dan mal rollo y me dejan luego tocado.

Si yo lo estoy pasando mal, Tonya en cambio parece estar llevando bastante bien este percance. Ahora va de vez en cuando al pueblo, aunque ni siquiera sé muy bien a qué. Yo me paso el día donde sea menos con Lizzy en el cuarto. Cada vez le dejo menos tiempo a la cría porque ya no me fío de ella.

Han sido unos días infernales, mental y emocionalmente.

—Esto no está bien —le digo a Tonya una noche mientras cenamos en la cocina, en lo que es una conversación que se repite a menudo.

Ella me mira con reproche.

—Haber tenido más cuidado. Si ella no te hubiera pillado, no habría venido aquí.

—Ah, ¿conque es culpa mía?

—¿Acaso es mía?

—Yo no quería seguir con ella.

—Yo tampoco, Ben, pero ¿sabes qué? Que de algo tenemos que vivir y tú no tienes trabajo y yo no pienso pasarme la vida trabajando de camarera mientras ella —dice apuntando el dedo con saña hacia el dormitorio— vive tan ricamente escribiendo libros y ganando millones. Es una asesina que mató a Brandon y a los demás.

No necesito que me recuerde de lo que es capaz Lizzy.

Miro de reojo a la cría en el moisés. Mackenzie de momento no hace mucho ruido, se pasa el día durmiendo, comiendo, durmiendo, comiendo. No me gusta nada el olor a pañal, ni el de bebé. Pero la pequeña no tiene la culpa.

Miro a Tonya de nuevo.

Está distinta desde que se ha teñido el pelo de negro azabache. Tiene incluso un parecido sorprendente con Lizzy, vista desde lejos: el mismo pelo, la misma constitución. Se me hace muy raro y me deja mal cuerpo.

Tonya se levanta de la mesa de la cocina y va a calentarle un biberón a la niña.

—Esta noche hago yo el primer turno con la cría, para que tú eches una cabezada. —Lo dice con total indiferencia, como si esto fuera nuestra nueva normalidad, y empiezo a comprender que quizá lo sea.

No lo soporto. Ni la cabaña, ni a Lizzy en el cuarto como una zombi, el salón con los dos sofás reventados donde dormimos Tonya y yo, el moisés que vamos arrastrando por la casa para estar pendientes de la pequeña Mackenzie. Yo nunca pedí nada de esto.

Pero supongo que tenemos que seguir adelante.

Al día siguiente, temprano por la mañana, Tonya me anuncia que vamos al pueblo.

—¿Los dos? ¿Y qué pasa con...?

—Nos llevamos a la cría. —La miro confundido y ella me mira a su vez—. ¿Qué pasa, Ben? Tenemos que hacer lo del registro y la historia del parto en casa. ¿No pensarás que puedes entrar en la clínica del pueblo con una cría y sin madre? Se te da fatal mentir.

Antes de irnos, Tonya le da de comer a Lizzy con una cuchara. Yo no miro ni entro en el cuarto. Oigo unos gemidos ahogados de Lizzy, pero no quiero ver qué está pasando. Está mal. Aunque quizá tenga razón Tonya: la fastidiamos y no hay forma de arreglarlo salvo seguir adelante.

Salgo al porche con la cría y la miro mientras duerme hasta que aparece Tonya.

Cuando la veo, me quedo boquiabierto.

—Uau.

Está guapísima, muy arreglada y con los labios pintados de rojo. Para quien no conozca bien a Lizzy, podría pasar perfectamente por ella.

Cerramos la casa, atrancamos la puerta con un tablón más por si a Lizzy le da por escapar, aunque dudo mucho que pudiera.

Antes de irnos, lanzo otra ojeada a la puerta tapiada. De pronto comprendo que no estamos esperando a ver qué pasa sin más. Tenemos a Lizzy presa.

43

BEN

Pasamos por la universidad y Tonya entra en el cibercafé para consultar el correo. Vuelve radiante.

—Vuelo a Nueva York dentro de cuatro días. Me han mandado los billetes.

Emocionada, blande los impresos en el aire.

Yo no reacciono. Es una locura, pero Tonya podría ser la única persona capaz de colarles su identidad falsa a los de la editorial con los que va a reunirse.

Después entramos por el callejón trasero del bloque de pisos donde vivía yo antes y nos encontramos con un puñado de coches patrulla.

A mí me entra el pánico y freno en seco. Lo primero que pienso es que nos han pillado, que alguien está buscando a Lizzy y a la cría.

—Ve lento —me ordena Tonya con serenidad—. Pasa por delante del portal como si tal cosa.

Cuando lo hacemos, vemos a Kurtco, el portero, esposado mientras lo meten en un coche patrulla y unos agentes y una unidad canina se adentran por el portal.

—Supongo que tendremos que pasar por el piso un poco más tarde —se limita a decir Tonya, que tuerce el cuello para ver lo que sucede por el parabrisas trasero mientras nos alejamos.

—¿Para qué querrán una unidad canina? —pregunto por lo bajo, intranquilo.

—Cosas de drogas, seguramente.

—Ese portero nunca me ha dado buena espina. Nunca me ha gustado.

—Bueno, supongo que lo han acabado pillando.

No puedo evitar reparar en la sonrisa de regocijo que pone Tonya. Se le da muy bien calar a la gente y no le gustan nada los criminales.

Para evitar que nos reconozcan, vamos a otro pueblo que hay a una hora de camino para hacerle la partida de nacimiento a la cría. En el registro civil nos piden los papeles del médico de Lizzy para comprobar que estaba embarazada. Tonya lo ha traído todo. Ni idea de cómo sabe tanto de todo esto.

No queréis saber la cara que pone la gente cuando ve a dos veinteañeros que llegan diciendo que han tenido un parto en casa. Hay preguntas. Hay más reproche que sospecha. Hay consejos y sermones, por supuesto. Una mujer mayor del registro le hace carantoñas a la niña y nos explica qué es lo siguiente que hay que hacer, que un médico tiene que ver a la cría y también a la madre.

Evidentemente Tonya no piensa someterse a ningún examen médico, pero paramos en la clínica para pedir cita.

Cuando volvemos a pasar por el piso, la puerta de Kurtco está precintada por la policía.

—Mala suerte —dice Tonya.

Yo soy más de pensar que la suerte es karma y poco

más, aunque, si es así, no entiendo cómo todavía no nos han pillado a nosotros.

Llamo a mis padres y los pongo al día sobre la niña.

—Lizzy es una campeona —dice mi madre, emocionada con ser abuela.

Le cuento que Lizzy —y un poco más y digo «Tonya», pero logro rectificar a tiempo— va a viajar a Nueva York. Mi madre me pide que se la pase, lo que es muy buena señal. Mejor señal todavía es que hablan media hora mientras yo le doy de comer a la cría y la cambio.

Tonya se muestra cansada y exageradamente tímida, y consigue confundir a mi madre. Es muy buena actriz. Las cosas no tendrían que ser así, pero me alegro de que mi madre esté hablando con la mujer a la que quiero.

Cuando cuelga, se la ve satisfecha.

—Creo que deberíamos mudarnos a la Costa Este lo antes posible —afirma, y yo estoy de acuerdo, ya lo hemos hablado—. Tu madre ha dicho que nos ayudará con la cría y con todo, y a mí me parece buena idea.

Lo que no dice es qué le va a pasar a Lizzy exactamente. A la de verdad.

No pregunto, me da miedo lo que pueda responder. Pero sé que habrá que hacer algo con la cabaña del lago, Lizzy, Tonya, la niña y yo.

En el camino de vuelta a la cabaña, sube el volumen de la radio y se pone a cantar. La sonrisa que se le dibuja en la cara es la misma que me enamoró: tan confiada que cualquiera diría que el mundo es suyo. Está radiante y ojalá pudiéramos olvidarnos del temita de Lizzy.

—¿Cuánto tiempo vamos a estar así? —le pregunto con cautela.

Se encoge de hombros, como hace siempre, con ese desenfado que da a entender que nada es un problema.

—De por vida —responde, y se me echa encima y me abraza antes de volverse hacia el asiento trasero y hacerle carantoñas a la niña.

No puedo apartar la vista de ellas. Ojalá fuera hija de nosotros dos.

Pero sigue habiendo una pregunta sin responder.

—¿Qué vamos a hacer con Lizzy? —insisto—. ¿Qué va a pasar ahora?

—¿Con quién? —Tonya levanta la cabeza con ojos inocentes y, por un segundo, me quedo paralizado.

Hasta que rompe a reír y dice:

—Lizzy soy yo.

—Bueno, sí, ahora aquí sí, pero...

—Ben —le cambia la cara y le asoma un ligero enfado—, no te hagas el tonto. Yo soy Lizzy, ¿de acuerdo? Y ya puedes estar enterándote y diciéndolo hasta en sueños.

—Vale, pero... —Todo esto es muy chungo, es imposible seguir mucho más tiempo con esta farsa—. ¿Y qué pasa con ella? —Señalo con la barbilla a algún punto más allá de la carretera, hacia el lago.

Ahora la cara se le cambia del todo y no me gusta nada. Cuando se pone así, me pienso muy mucho interponerme en su camino.

Tiene un halo siniestro y la sonrisa se le ha borrado cuando dice:

—Tenemos que librarnos de ella.

44

BEN

Cuatro días después, llevo a Tonya al aeropuerto.

Se ha puesto guapísima.

—Deséame suerte. —Me da un beso tan apasionado en la terminal que casi me hace creer que todo acabará saliendo bien; hasta que añade—: Cuando vuelva, nos encargaremos de ella.

Y hasta ahí mi buen humor.

Regreso a la casa a última hora de la tarde, pero me quedo un rato en el porche, con el moisés y la niña, incapaz de entrar. La cabaña que fue en otros tiempos nuestro nidito de amor ahora parece una prisión.

Se me ocurre una locura: debería llevar a Lizzy al pueblo, al hospital, contarles lo ocurrido y apechugar con lo que toque. No sé qué querrá decir Tonya con «nos encargaremos de ella», pero me entra el cague solo de pensarlo.

Por fin quito los tablones que tapian la puerta y entro.

Cada vez que lo hago me tiemblan las rodillas, porque espero encontrármela muerta. Pero cuando entro en el dormitorio, sigue donde la dejamos, solo que en esta ocasión está sentada en la cama, con las rodillas cogidas contra el pecho y muy pegadas al cuerpo mientras se mece y traza dibujos invisibles en las sábanas con el dedo.

Ya no reacciona ante mí ni ante Tonya. Solo cuando oye los grititos de Mackenzie vuelve la cara hacia ella. Cuando le dejo cogerla, en los momentos en los que está más presente, la acuna y murmura algo, una palabra que repite pero que no entiendo bien. Creo que dice «amapola», aunque no sé a qué vendrá eso.

Tengo miedo de lo que Tonya pueda querer hacer con Lizzy. «Encargarse de ella» seguro que no implica llevarla a un hospital.

Paso varias horas de un humor lúgubre. No soporto lo silenciosa que está la casa. No soporto estar aquí solo sin Tonya. La culpa me reconcome cada vez que pienso en por qué está así Lizzy.

Y luego me viene la paranoia.

Primero pienso en qué podría pasar si Tonya me dejara. ¿Y si no vuelve de Nueva York? Me vería atrapado con Lizzy y la niña yo solo y tendría que lidiar con las consecuencias.

Luego comprendo que Tonya nunca me haría algo así. Ella me quiere. Lo ha sacrificado todo al dejarme vivir con Lizzy mientras intentábamos trazar un plan. Además, Tonya no puede fingir ser Lizzy sin mí a su lado.

Voy a la cocina y cojo una botella de whisky del armario. Me sirvo un vaso y luego otro, y antes de darme cuenta me siento bastante bien.

Es entonces cuando me entra el pánico y no paro de darle vueltas a lo mismo.

«No podemos deshacernos de ella. No puede ser. Eso sería... terrible. No podemos hacer eso».

Me convenzo de que no pasará nada si llevo a Lizzy a que la vea un médico. Al fin y al cabo, quizá nunca llegue a recuperar la conciencia del todo. Tengo que hacerlo. Es lo correcto.

Para cuando termino la siguiente copa, estoy totalmente decidido a llevar a Lizzy al pueblo.

Entro a trompicones en el cuarto e intento incorporar a Lizzy, tirando de su brazo.

—Venga, vamos. —Pero ella clava los ojos como un resorte en el punto por donde la estoy cogiendo del brazo y luego me mira asustada y empieza a intentar zafarse—. Tenemos que irnos. Tenemos que ir al pueblo. ¡Ya! —insisto, y la agarro con más fuerza para intentar ponerla en pie, pero se revuelve entonces y emite un extraño sonido sordo, como de animal acorralado.

Nada de lo que hago consigue levantarla de la cama, así que desisto.

Está llorando. Le llevo a la cría, y en cuanto la mira, por fin el vacío de sus ojos se transforma en algo parecido a la ternura cuando le dejo cogerla.

«Mierda puta».

Al rato le retiro a la cría, la meto en el moisés y salgo al porche.

Me asfixio dentro de la casa. Por primera vez me siento mal por Lizzy, por lo que le pasó cuando dio a luz. Y realmente no puedo hacer lo que Tonya ha sugerido. De ningún modo.

En esta ocasión no tapio la puerta y ni siquiera echo la llave. Me llevo a la cría conmigo al lago, que está a solo dos minutos andando de la casa, dejo el moisés apartado y me meto en el agua, así, sin más, con la ropa puesta.

Me zambullo y al volver a salir me ahogo un poco.

Tendría que haber traído la botella, porque estoy borracho pero no lo suficiente. No puedo quitarme de la cabeza la sonrisa alegre de Tonya y sus palabras siniestras: «Tenemos que librarnos de ella». No puedo *desver* la imagen de la cama ensangrentada cuando nació Mackenzie. No puedo *desoír* los gemidos animales de Lizzy cada vez que la toco.

No puedo *descrear* el caos que hemos creado.

Me zambullo de nuevo y deseo con todas mis fuerzas que un feo pez gigante me ataque y acabe de una vez conmigo.

Tonya me contó una vez la leyenda local.

Por lo visto, en el lago vive una población permanente de catanes, unos peces muy poco comunes en este país. Son unas criaturas muy feas que pueden llegar a pesar hasta ciento cuarenta kilos. Monstruos de dientes afilados como los que se muestran en el dichoso cartel de la carretera principal.

Hay toda una historia detrás.

Al parecer, hace siglos hubo aquí un pequeño asentamiento de nativos americanos de apenas varias decenas de habitantes. Unos saqueadores llegaron y violaron a las mujeres, apalizaron a los hombres, masacraron el ganado y se pasaron dos días comiendo y bebiendo. Borrachos ya, se metieron en el lago para un bañito nocturno. No se les volvió a ver el pelo. Sin embargo, días después los lugareños sacaron del agua sus ropas desgarradas.

El catán protegía el lago y a quienes vivían de sus aguas. Pero ese tipo de peces ni come ni ataca a los hombres. Salvo los de las leyendas.

Ojalá vinieran a por mí ahora. Ojalá un violento catán me triturara entre sus dientes afilados y acabara con todo.

Vuelvo a sumergirme y aguanto el aire bajo el agua. Cómo me gustaría hundirme. Si bebiera más y me internara más en el lago, seguramente lo conseguiría.

Cuando no puedo aguantar más la respiración, vuelvo a la superficie, toso, escupo agua y oigo entonces un sonido manso.

Es la niña, Mackenzie. Apenas puede abrir los ojos, pero me sonríe, creo, desde su moisés.

Escucho sus arrullos desamparados y no puedo soportarlo más. Me caen lágrimas por las mejillas. Levanto la cara hacia el cielo nocturno y aúllo como un animal.

Hasta ahora he dejado que Tonya lleve las riendas. Y pienso dejar que siga disponiendo. Porque, a fin de cuentas, lo importante somos yo, ella y Mackenzie, ni más ni menos.

¿Lizzy? Ha tenido mala suerte. Ojalá no tuviera que hacerle nada. Pero a veces en la vida hay que hacer sacrificios.

45

BEN

Dos días después recojo a Tonya en el aeropuerto.

Se la ve radiante cuando se lanza a mis brazos en la terminal.

—Uau. —Se aparta y me observa sorprendida—. Hueles como si te hubieras bebido todo lo que había en casa. —Pero, en lugar de darme un sermón, vuelve a sonreír.

Está lloviendo. El aire estival huele a ácido y a árboles en flor y hace un bochorno infernal.

—¡Tendrías que haberlo visto, Ben! ¡La ciudad, las luces! —me dice Tonya en cuanto nos ponemos en marcha—. Y qué edificio, madre mía. ¡La oficina estaba en la planta veintiuno! ¡La veintiuno!

Hace un número con cada mano, con los ojos desencajados de asombro.

Me lo imagino y, por un momento, me alegro de que esté así de alegre. Por lo que cuenta es como si viniera de otro mundo.

Hasta que recuerdo que es todo un chanchullo.

—¡Lo del embarazo ha colado perfectamente! —sigue contándome—. Había algo que querían cambiar del manuscrito y yo no tenía ni idea de a qué se referían, pero les dije que lo sentía, que con el embarazo y el parto tenía la cabeza un poco nublada y no sé qué historias. —Ríe alegre—. ¡Tendrías que haberles visto la cara! Se deshicieron en disculpas y parecían querer que se los tragara la tierra. Si lo piensas, puedo estar utilizando la excusa del embarazo durante meses. Por si, en fin, surgen más anomalías en nuestro relato.

Al instante se me cae el alma a los pies.

¿Meses?

Habla del tema como si tal cosa.

—Ahora mismo tenemos un contrato por dos libros —sigue—, y luego ya pensaremos algo. Si hace falta, sufriré un bloqueo que dure una década.

¿De verdad cree que esto puede funcionar?

—¿Una década? —murmuro—. Tonya...

Por mucho que quiera estar con ella el resto de mi vida, creía que todo este numerito con la editorial iba a ser una única función.

—Dicen que nos ingresarán el dinero en la cuenta en cosa de diez días laborables o así. —Tonya no me hace ni caso y saca un espejo de bolsillo y se mira el carmín mientras habla—. Lo que significa que, en cuanto lo tengamos, podemos mudarnos a la Costa Este. Y no hará falta que vivamos en casa de tus padres, sino que podemos alquilarnos algo bonito.

Tonya no para de parlotear mientras yo conduzco, y siento que se me encoge la barriga cuanto más nos acercamos a la señal del catán. Si ya habla como si estuviéramos juntos, entonces...

¿Qué pasa con Lizzy?

—Tonya —le digo con más aplomo.

Se vuelve entonces hacia mí y parpadea con inocencia al tiempo que ladea la cabeza.

A ver, es que estamos metidos en un buen lío. Lizzy necesita ayuda profesional. Estos dos últimos días han sido un sinvivir de nervios, pensando en cómo acabará la cosa.

—¿Y qué pasa con Lizzy? —pregunto por fin.

Se me queda mirando mientras yo alterno entre la carretera y ella. No dice nada, y tampoco aparta la vista, y advierto los minúsculos cambios segundo a segundo en su cara, que acaba convirtiéndose en una máscara de piedra.

—Ya lo hablamos, Ben —contesta entre dientes—. Ya te dije —añade separando bien las palabras— que vamos a tener que librarnos de ella.

—Tonya...

—Ni Tonya ni leches. Olvídate de ese nombre. Tú ya sabes lo que tiene que pasar.

La siguiente vez que me giro continúa con los ojos clavados en mí, pero no hay emoción en su mirada, solo intensidad, frialdad y cálculo, lo que hace que se me erice la piel.

No consigo que entre en razón. La primera vez que regresó de la cabaña después de ir al pueblo, al poco de nacer Mackenzie, trajo libros de la biblioteca. Incluso me enseñó unos artículos en los que se hablaba de daños cerebrales irreversibles tras complicaciones durante el parto.

Ahora sus palabras se me iluminan en la cabeza como destellos rojos muy brillantes. Ya he cometido un delito al no oponerme a lo que hizo. Un delito por mentir sobre quién era ella cuando rellenamos la información del nacimiento de la cría. Un delito por acompañarla al banco cuando ingresó dinero en la cuenta de Lizzy, que es ahora suya.

—Está para el manicomio, Ben, ya no es Lizzy, ya no. Pero alguien tiene que serlo porque alguien tiene que cuidar de la niña. —Señala hacia Mackenzie, que va detrás en su sillita; es la primera vez que la menciona en todo el trayecto—. Si no quieres ir a la cárcel y quieres que esto funcione y tener la buena vida que te mereces, que nos merecemos los dos, entonces espabila y compórtate como un hombre —me suelta de una tacada, y aparta la vista para mirar por la ventanilla—. Ella tiene que desaparecer —añade.

Me entran ganas de gritar, así de indefenso me siento. En el momento en que veo la señal del pez y doblo hacia el lago, me vuelve el miedo con un fuerte latido en el pecho.

Cuando entro con el coche en la explanada delante de la cabaña, creo que podría estar teniendo un ataque de pánico.

Llevo varios días así, y esa misma sensación enfermiza me revuelve por dentro cuando saco a Mackenzie de su sillita y la pongo en el moisés y Tonya y yo subimos las escaleras del porche.

Me viene la bilis a la garganta en cuanto entramos en casa. Pronto se cometerá otro crimen y no sé cómo evitarlo, no sé si seré capaz de hacerlo, aunque tengo claro que Tonya sí es capaz de todo.

Cuando entramos en la cocina, enseguida me fijo en un papel que hay en la mesa y que no me suena haber visto antes.

—Esto no estaba aquí —digo al tiempo que dejo el moisés en el suelo y me acerco al papel.

Son palabras y frases garabateadas sin orden ni concierto. Distingo alguna frase, pero parece que no son más que citas de algún libro de fantasía.

—¿Qué es esto? —pregunto en un murmullo.

—¡Ben! —me llama Tonya desde el salón.

Cuando entro, Tonya está leyendo un papel que tiene en la mano. Hay dos más en el sofá y otro en la mesa de centro de madera.

¿De dónde ha salido esto? ¿Habrá entrado alguien?

Tonya levanta los ojos, que le chispean con el mismo asombro que cuando leyó el primer manuscrito de Lizzy.

—Alguien se ha estado dando una vuelta por la casa —dice con un deje en la voz que no es de enfado y suena más bien... a emoción; va al cuarto y abre la puerta de golpe—. Ostras...

Me acerco por detrás y me quedo parado mirando.

Hay papeles por todas partes. Hay libros sacados de la estantería y con páginas arrancadas. Las que están en blanco tienen garabatos encima.

Lizzy está agazapada en la cama, escribiendo algo en otro papel.

—Se ha vuelto loca, loca de remate —susurro.

El corazón se me encoge ante esta visión y luego me palpita asustado cuando Tonya se acerca a los papeles que hay en el suelo y coge uno.

—Creo que está escribiendo fragmentos que recuerda de esos cuentos infantiles que empezó a escribir hace tiempo. Salvo porque —dice frunciendo el ceño— es bastante siniestro esto que leo, Ben. Sí, creo que se le está yendo la pinza.

Aterrado, me niego a mirar a Tonya a la cara. Ahora sí que Lizzy no tiene futuro.

Me flaquean las rodillas y quiero huir de aquí. No quiero ver lo que va a pasar ni qué plan retorcido se va a inventar para librarse de Lizzy.

Sin embargo, cuando levanto por fin los ojos y miro a Tonya, veo que sonríe. Va cogiendo los papeles y se detiene a leerlos uno por uno.

—¿Sabes qué? Que es bueno —murmura.

Las cejas se me disparan hacia arriba.

—¿Có-cómo?

—Esto está muy bien —dice con una sonrisita—. Al final va a resultar que no es tan inútil como parecía. —Se acerca a Lizzy y le acaricia el pelo—. Oye, Tonya, esto está muy bien, muy bien —dice.

¿Tonya?

Lizzy no reacciona.

Al oír aquello siento un vahído en la boca del estómago. La ha llamado Tonya. Esto es una locura.

—Está muy bien —repite—. ¿Crees que puedes escribir más? ¿Mucho más? —Le acaricia el pelo como si fuera un perrillo—. Buena chica. Yo te traigo papel y lo que haga falta. Es la leche.

Tonya levanta la vista para mirarme. Se nota que ya está maquinando algo. Y nunca he tenido una sensación más nauseabunda que cuando comprendo lo que está planeando para nosotros en los años venideros. Sin embargo, lo siguiente que dice me alivia en cierto modo. Al menos, en lo que respecta a Lizzy.

—Ben, creo que hemos encontrado nuestra gallina de los huevos de oro. —Sonríe—. Y no nos va a quedar más remedio que quedárnosla durante una temporada.

TERCERA PARTE

En el presente

46

MACKENZIE

El pasado de mis padres es como un cáncer que me carcome por dentro y me emponzoña los pensamientos.

Dianne Jacobson nos invita a quedarnos a dormir en su casa. Ahora no podemos dar la conversación por terminada. Hay demasiadas cosas que discutir, lo que acabo de descubrir sobre mi madre es demasiado desconcertante para poder procesarlo.

Hablamos sobre lo que pudo haber pasado hace veintiún años y le enseño a Dianne las cartas de mi madre.

—¿Qué vas a hacer? —me pregunta cuando las lee—. ¿Quién va a creer que la mujer que te crio no es la verdadera Elizabeth Dunn? No podrás demostrar lo que quiera que hicieran con Lizzy.

—Qué movida más chunga —no para de decir E. J.

Estamos a punto de acostarnos en la habitación de invitados de Dianne cuando esta vuelve a llamarme.

—Lo del incendio en el granero... —Parece inquieta, como si lamentara haberme contado lo que me ha contado, pero aun así estuviera a punto de decir más.

En el tiempo que hemos pasado juntas he llegado a la conclusión de que sabe más de lo que quiere hacernos creer.

—Cuando el incendio del granero yo estaba de turno de noche —prosigue—. Vi cómo Lizzy se escabullía a eso de las doce, temblando como una hoja y mirando hacia atrás para ver si alguien la seguía. Pero Lizzy no era así, no le habría hecho daño a nadie. Tonya, en cambio..., ella era otra historia. Era un peligro, un auténtico peligro. Había oscuridad en ella, estaba podrida por dentro. Hoy en día hay una palabrita muy sofisticada para eso: sociópata. Le dan igual el bien y el mal. Así era ella.

No necesito saber más sobre Tonya, porque sé cómo era y la idea de que sea ella la que me ha criado hace que se me revuelva el estómago.

—Más o menos una hora después de volver Lizzy —sigue contando—, vi que Tonya regresaba también al centro, por el camino que llevaba al granero. Ella no parecía nada alterada. Era resbaladiza como una anguila. Sabía lo que se hacía. Cuando encontraron a los tres chicos, supe que las dos estaban involucradas de un modo u otro. Pero no podía denunciar a Tonya sin delatar a Lizzy, y esa chiquilla tan dulce no necesitaba más líos, y menos por culpa de esos tres hijos de mala madre. Así que no hice nada.

Me quito un peso de encima: necesitaba oír eso.

Dianne asiente en repetidas ocasiones.

—Si quieres saber mi opinión, yo no sé lo que pasó —prosigue—, pero tu madre no tuvo la culpa.

—Gracias —digo, y entonces se apoderan de mí los sentimientos y me acerco para darle un abrazo.

Esa noche apenas pego ojo. Cuando Dianne nos despide a la mañana siguiente, no decimos nada y tampoco hablo casi nada con E. J. en el avión. La lástima en sus ojos cuando me mira es ahora permanente. Igual que la cautela subyacente cuando me habla, como si me estuviera muriendo de cáncer.

Dos días después, estoy en su piso. Pedimos de comer a un tailandés y charlamos de cosas triviales, de lo que sea menos de mis padres. Me pasan ideas cada vez más lúgubres por la cabeza. No puedo parar de pensar en mi madre. En la de verdad.

Le doy vueltas a un trozo de pollo al curry en el plato mientras me pregunto cómo lo hicieron, cuándo, dónde. Y con «hicieron» me refiero a mi padre y a la mujer que me crio. ¿Cómo puede alguien desaparecer de la faz de la tierra y que a nadie le importe?

—Kenz, deberías comer —me urge mi amigo.

—No tengo hambre.

—Llevas dos días igual, pero deberías...

—E. J., por favor, de verdad, no... —Sacudo la cabeza, suelto el tenedor en el plato y vuelvo a recostarme en el sofá.

Él deja su plato en la mesa de centro y me dice:

—Escucha, Dianne tenía razón. No hay mucho que puedas hacer ya. Tu madre, o sea, la mujer que te crio, está muerta. Y tu madre biológica también murió. Si... —Se revuelve el pelo mientras piensa qué más decir ahora y yo me quedo mirándolo.

Está haciendo lo que puede por mostrarme su apoyo y se lo agradezco. Ahora mismo sus ideas son más lógicas que las mías. Está de acuerdo con Dianne en que no es una situación fácil de resolver, si es que puede resolverse.

—A ella la incineraron —dice; «ella» es como llamamos a Elizabeth Casper, la mujer que estuvo veinte años fingiendo—, pero seguro que todavía hay residuos suyos por la casa que podrían valer para un análisis de ADN. Eso solamente demostraría que no es tu madre biológica, pero no tenemos forma de localizar los restos mortales de la verdadera. —Se me encoge el alma al oír la palabra «mortales» y él se da cuenta—. Perdona, lo siento, pero ahí está el problema. Si quisieran..., la policía, me refiero, si intentaran determinar si Elizabeth Casper era o no Elizabeth Casper, habría una investigación. Pero si tu padre se mantiene en sus trece y lo niega todo, no podrán probar una mierda. Y eso solo provocaría el caos a tu alrededor. Te pondrías a todo el mundo en tu contra. Eres consciente, ¿verdad? Acabaría con tu familia y es probable que con tu futuro. Los paparazzi te acosarían. Podría terminar convirtiéndose todo en una pesadilla enorme para ti, sin posibilidad de volver atrás.

Me quedo mirándolo un rato largo.

Quiero darle las gracias por su apoyo. Pero, sobre todo, quiero pedirle perdón, siento muchísimo haberlo metido en todo esto. Ya no hay forma de librarlo de este lío y ahora tendrá que guardar el secreto. Me parece mucho pedir para una persona que ni siquiera es de la familia.

—Entonces ¿qué?, ¿lo dejo y no hago nada?

Contrae la cara en un gesto de dolor.

—No lo sé, Kenz, no lo sé. Lo siento, pero es que no sé qué hacer.

Traigo la mochila hasta el sofá y saco las cartas. Las he releído tantas veces que creo que me las sé de memoria. Me pasé semanas intentando reconciliar a la chica que me escribía las cartas con la mujer que me crio, mientras desentrañaba sus frases, maravillándome con la formulación, deleitándome con los apelativos cariñosos que me dirigía.

«Amapola». Con razón nunca los escuché de boca de la mujer que me crio.

Desdoblo la hoja de la última carta.

—Escucha esto —le digo a E. J., y me pongo a leerla en voz alta—. «Serás una niña muy muy bonita». —Al instante se me saltan las lágrimas.

—Kenz —susurra E. J.—, no te tortures así.

Sonrío amargamente, pero no puedo parar:

—«Ya lo estoy sintiendo. Unas pestañas suaves y oscuras, una pelusilla suave por pelo... —leo, pero me detengo para contener un sollozo y la página se me emborrona cuando parpadeo y se me saltan ya las lágrimas—, la brisa acariciándote los mechones mientras el sol te destella en los ojos». —Me sorbo la nariz y sollozo, y entonces sigo con voz temblona—: «Una sonrisa soleada: me lo imagino perfectamente». —Levanto la mirada hacia mi amigo—. Ella me escribió esto a mí. Todavía no había nacido y me lo escribió. Mi verdadera madre. —Se me escapa otro sollozo.

—Lo siento, Kenz.

—¿Y sabes qué es lo peor? Que soy consciente de que no me lo escribió a mí. Ella no pretendía contarme sus secretos.

—¿A qué te refieres?

Niego con la cabeza sin alzar la vista de la carta.

—Pues a que no, a que ella no pretendía que estas páginas llegaran a ver la luz del día. Me hablaba a mí mientras estaba dentro de ella, porque... —la idea me apena tanto que sollozo y parpadeo y las lágrimas caen hasta el folio— porque lo pasó muy mal. Se enamoró de un hombre que la traicionó. Estaba encinta, asustada, creía que iba a perder la cabeza. Pero al final estuvo sola, E. J. —Lo miro y me da igual que me vea así de hecha polvo, a punto de que se me vaya la olla en cualquier momento—. Estaba tan sola que la única manera de superarlo era escribirle cartas a su hija nonata para poder tener una conversación con alguien. —Se me escapa un sollozo más fuerte y por fin me echo a llorar sin freno.

Al segundo, E. J. está a mi lado, abrazándome con sus fuertes brazos y estrechándome contra sí, muy pegado, meciéndome como si fuera una cría desamparada.

Y siento eso mismo, un desamparo tan profundo que quiero gritar y desfogarme y romper cosas y gritarles a quienes tramaron esta traición durante décadas.

—Si alguna vez quieres hablar de lo que sea, Kenzie, ya sabes que me tienes aquí, ¿verdad? —Otro sollozo me desgarra el pecho—. ¿Verdad? Dime que lo sabes.

—Sssí —respondo como puedo, y sigo llorando otro buen rato, sin que E. J. diga nada: se limita a apretarme contra él; por fin me aparto, miro a otro lado y me enjugo la cara empapada—. Lo siento —murmuro—. Me ha dado el bajón.

—No pasa nada.

E. J. apoya los antebrazos en las rodillas y se inclina para poder mirarme bien a la cara.

Sonrío entre lágrimas.

—Te he empapado la sudadera. —Me sorbo la nariz.

—Para eso está. Úsala cuando quieras.

Nos reímos los dos y nos quedamos un minuto callados hasta que me veo capaz de hablar sin llorar.

Me mordisqueo los labios mientras lo encaro por fin.

—Creo que voy a hablar con mi padre —le digo.

E. J. se contempla las manos mientras se las frota.

—No sé si es la mejor idea, pero, si a ti eso te sirve para pasar página, adelante.

—Sí.

—Solo... asegúrate de no decir muchos disparates cuando hables con él. —Me lo dice con un tono admonitorio que me inquieta.

—¿Por qué? ¿A qué te refieres?

Me observa vacilante.

—A ver, es que he visto muchos documentales y cuando alguien empieza a soltar acusaciones que parecen disparatadas... —No termina la frase y en cambio arquea las cejas mirándome.

—¿Qué? —le urjo, todavía confundida.

—Que acaban metiéndolo en un psiquiátrico o en un centro de rehabilitación.

—¿Estás de coña? —Conmocionada, me levanto mientras me enjugo el resto de las lágrimas.

—Es que no quiero que te pase nada raro.

Nos quedamos mirándonos un momento y dejo que me cale la constatación: mi padre sería capaz de cualquier cosa.

—No me va a pasar nada —le digo, aunque es imposible saberlo—. Tú eres testigo, tú sabes la historia. Voy a ir a casa y voy a ver cuántos cuentos intenta colarme mi padre hasta que reconozca la verdad.

E. J. echa hacia atrás la cabeza, resignado pero sabiendo que no hay discusión posible.

«Eres una cabezota —me dijo una vez mi padre—. Como tu madre». Menuda ironía...

«Tienes tanto talento como tu madre», me han dicho siempre, y por fin le veo el sentido.

Pero solo el embustero de mi padre sabe el verdadero significado de esas palabras. Es hora de plantarle cara.

Cuando salgo del piso, la advertencia de mi amigo me parpadea en la cabeza como un neón: «Ten cuidado».

Estoy tan nerviosa que podría vomitar. A estas alturas me parece bastante claro que mi vida quizá peligre.

47

Estoy subiéndome al coche cuando me suena el teléfono con una alerta de la verja de la entrada.

La ignoro. Si mi padre no está en casa, esperaré. Y cuando vuelva, seguramente borracho, le sonsacaré todo lo que quiero saber. De hecho, puede ser buena idea entrar en el estudio de mi madre con todo lo que sé ahora. Miraré sus papeles desde otra óptica.

Solo llevo cinco minutos de camino cuando me suena la misma notificación en el móvil.

Pasa otro minuto y me vuelve a saltar.

Luego, a los dos minutos, otra más.

Son muchas en tan poco tiempo y resulta sospechoso.

Como no aguanto la curiosidad, me paro en un centro comercial abierto y saco el teléfono del bolsillo.

La carpeta EVENTOS de la aplicación de detección de movimiento muestra múltiple actividad reciente.

No es el coche de mi padre sino el de mi abuela el que ha entrado primero por la verja.

—¿Cómo...? No puede ser. —Mi abuela nunca viene de visita sin avisarme antes.

En la siguiente grabación se ve salir un coche, el Volkswagen antiguo de Minna. Es raro, teniendo en cuenta lo mucho que le gusta a mi abuela tener criados a su alrededor, pero, al parecer, le ha dado permiso a nuestra asistenta para irse temprano.

El siguiente coche, un Lexus rojo, es de Laima. Lo tengo claro porque lo he visto muchas veces antes. Pero ¿qué leches estará haciendo ahora aquí?

El siguiente es una camioneta que no reconozco, así que cambio a la cámara de la puerta de la casa.

8.01, mi abuela llega sola, sin el abuelo.

8.08, Laima Roth entra tranquilamente.

8.14, un hombre aparca la camioneta blanca y entra en la vivienda. A pesar de que la grabación no es muy nítida y de que el hombre tiene la cara medio tapada por una gorra, le reconozco precisamente por ese detalle: es el tipo del funeral, el mismo que sale en la foto que tiene mi madre en el estudio.

Qué raro.

No sé qué está pasando, pero es sospechoso. ¿Por qué se reunirían en nuestra casa mi padre, la abuela, una agente literaria y un hombre con el que puede que mi madre tuviera una aventura?

Conduzco todo lo rápido que puedo y, una hora después, estoy entrando en la casa, donde no se oye nada salvo unas voces tensas provenientes del estudio de mi madre.

Sé distinguir una pelea cuando la oigo, como ahora. Es un rollo que el estudio esté insonorizado porque tengo que pegar la oreja a la puerta para enterarme realmente de algo.

—¿Y qué se supone que significa eso? —Es la voz aguda de Laima.

—Tampoco hace falta... —dice mi abuela.

—¡Esto es de locos! —Ese es mi padre—. ¡No eres más que un muerto de hambre!

—¡Ya está! Por favor... ¡Guardemos la compostura! —interviene la abuela.

—Por mí podéis iros todos a tomar por culo —dice una voz masculina desconocida.

—¿Perdona? —Laima está casi gritando—. ¿Tú quién te crees que eres?

—Sobre todo tú, Benny. Te vas a cagar. Es todo cuestión de tiempo. ¡Todos vosotros! ¡Ya lo veréis!

—¡Ya puedes estar saliendo de mi puta casa! —ruge mi padre, al que nunca he oído gritar de esa manera.

Se oye un forcejeo sordo, seguido de un chillido de mujer y una risa diabólica, tan alegre y despreocupada que no puede estar más fuera de lugar.

Los pasos que se acercan son tan rápidos que apenas me da tiempo de correr hasta la esquina y esconderme cuando la puerta se abre de par en par.

—¡Adiós muy buenas! —dice el hombre con una risa socarrona, y cuando miro por la esquina, veo que el tipo de la gorra viene hacia la entrada; sin volverse, hace la peineta con ambas manos en el aire—. Este es el nuevo trato.

Cuando cierra de un portazo, vuelvo de puntillas al estudio, pero me choco de bruces con Laima.

—¡Joder! —La mirada que me echa es de todo menos amigable; se acabó la diplomacia desde que su vaca lechera, A. Z. Ganven, se resbaló y se abrió la crisma.

Se encamina hacia la puerta, con el traqueteo de sus tacones de aguja resonando con fuerza sobre el parqué, y grita sin girarse:

—¡Solucionadlo! ¡Como sea! ¡No pienso volver hasta que ese animal desaparezca del mapa!

¿Qué ha pasado aquí con los modales?

Me habría quedado riéndome y pensando en lo que acaba de pasar si no tuviera cosas más urgentes que discutir con mi padre.

Entro en el estudio despacio y lo que veo me deja muerta.

Mi abuela está en la silla de mi madre. O sea, en la silla que perteneció a la mujer que solía ser la reina de la casa. Pero a mi abuela se la ve muy cómoda, como si estuviera al mando, como si fuera su silla.

Mi padre está tirado de cualquier manera en el sofá, con ambas manos en la cara, y mi abuela vuelve la cabeza en cuanto me ve entrar.

—No es buen momento, querida. Sal, anda, por favor.

¿Aquí la gente ya no saluda?

—No sabía que habías venido —le digo avanzando lentamente por la habitación.

—Tenía unos asuntos que atender. —Me dedica una sonrisa falsa—. Debo hablar ahora todavía con tu padre, danos un momento, por favor.

Me despide con un gesto despreocupado de muñeca que me cabrea.

No me muevo del sitio.

—¿Quién era ese hombre?

Mi abuela exhala, irritada, y tamborilea con un bolígrafo en la mesa.

—Mackenzie, hay cosas que no te conciernen.

—Ah, pues yo creo que sí que me conciernen —replico acercándome al sofá y deteniéndome delante de mi padre;

me cruzo de brazos e intento que remitan los temblores que me recorren el cuerpo—. Era el mismo hombre con el que discutiste en el funeral, ¿no es verdad?

Mi padre se aparta las manos de la cara con parsimonia y me mira por fin.

—Eso no es así, querida —interviene mi abuela.

—Mira —le digo volviéndome—, perdona, pero no estoy hablando contigo, abuela. Tengo que hablar con mi padre y me gustaría saber quién es ese hombre. Y, ya puestos —vuelvo a mirar a mi padre—, podrías decirme qué le pasó a mi madre. —La confusión en su cara es innegable—. Mi madre la de verdad —añado.

A mi padre le cambia la cara de tal manera que casi tengo que reírme por lo fácil que ha sido pillarle.

Cuando miro de reojo a mi abuela, la veo con los ojos cerrados y los labios fruncidos, en un gesto que le conozco muy bien: mi abuela la supereducada y superdiplomática está a punto de cagarse en todo. Y no va a ser bonito.

—Sé que la mujer que me crio no era mi madre —digo mirando a ambos a la cara.

—Ay, Dios... —Mi abuela suspira, se levanta como una exhalación y sale del estudio.

Mi padre la mira desamparado, como un cachorro abandonado, y, después, cuando vuelve los ojos hacia mí, juro que no lo he visto más asustado en mi vida.

—Habla —le ordeno.

48

—Vaya, pequeña, por fin te está pegando el duelo —dice mi padre con una débil sonrisa.

Casi me atraganto con su respuesta.

—¿Estás de broma? —No es que no me esperara que intentara escabullirse suciamente de la conversación, pero en fin...

—Mira, Mackenzie, estamos intentando resolver unos problemas y no es buen momento para andarse con acusaciones disparatadas.

—Ah, ¿no?

—No. Tenemos... Digamos que hay gente que quiere aprovecharse de nuestra desgracia. Están haciendo acusaciones sin sentido, sembrando rumores feos y de todo. Esto... —Señala vagamente a su alrededor.

—Sigue, papá. ¿Esto qué? ¿Quién es el hombre que acaba de irse?

—Nadie.

—A mí no me ha parecido que sea nadie. Estaba en el funeral. Está en esa... —Voy hacia la estantería para coger la foto en la que sale, pero ha desaparecido; me quedo un momento parada y luego me vuelvo para encarar a mi padre—: Tú conoces a ese hombre, no lo niegues. Acaba de estar aquí. ¿Qué quería decir cuando ha dicho que «te vas a cagar»?

—¡Mackenzie! —Mi padre me mira con reproche, pero es muy descarado, rematadamente descarado, su intento de desviar la atención del tema.

—Lo he oído, papá. ¿A qué se refería?

—Es una de las personas que intentan chantajearnos.

—¿Por qué?

—Es solo... Una acusación absurda contra tu madre. Y tu madre era una mujer excepcional, tenía un talento inigualable...

—¡Para ya, papá! Estás intentando rehuir el tema descaradamente.

—Mackenzie, por favor.

El sonido de los tacones contra el suelo me hace volverme.

La abuela viene con dos copas de vino llenas en la mano y me ofrece una.

—Toma, querida, tómate una copa.

—Yo no bebo, abuela.

—Es solo vino, te calmará los nervios. Siéntate y relájate.

—Que no bebo —repito enfadada—. Solo quiero hablar con mi padre. —Lo miro—. Sobre mi madre biológica. Venga, habla.

Mi padre se vuelve como un cobarde hacia mi abuela y luego de nuevo hacia mí.

—Mackenzie, no sé quién te habrá contado esas historias ni de dónde te has sacado que...

—Cállate, Ben —lo corta mi abuela con tanta virulencia que mi padre se encoge en el sitio.

Me doy la vuelta y me la encuentro cara a cara. Se queda tan pegada a mí que tiemblo por la frialdad de sus ojos, que se me antojan de pronto demasiado hostiles. Se le acaba de caer la careta y ha dejado asomar su verdadero yo.

Mi abuela siempre me ha recordado a una hiena. ¿Habéis visto alguna foto? Son muy monas. La abuela es como una hiena amigable con pelo corto blanco como la nieve, carmín rojo, un maquillaje muy cuidado, toda gracia y elegancia.

¿Habéis visto a una hiena con los dientes fuera? Tienen los dientes capaces de triturar hueso.

Esa es también mi abuela, con una sonrisa muy amable que puede volverse una mueca violenta en cuestión de un segundo.

Esa mueca solo la he visto un puñado de veces. Una fue en una discusión con mi madre. Por entonces me sentí mal por ella. Ahora en cambio creo que se lo tiene bien merecido, aunque eso no es lo más fuerte.

Lo más fuerte es que quizá mi madre nunca fuera la reina de la casa: lo era mi abuela.

49

—Coge la copa, Mackenzie —me ordena tajante mi abuela, que mantiene los ojos clavados en mí mientras me pone la copa de vino contra el pecho—. Bebamos y tengamos una conversación si quieres que hablemos como adultos.

«Vaaale».

Acepto el vino.

—Salud. —Entrechoca su copa con la mía y luego le da un sorbo.

Yo hago otro tanto. El vino es dulce y amargo. A mí el alcohol ni me va ni me viene, no me gusta mucho, pero le seguiré la corriente para ver si consigo las respuestas que busco.

—Siéntate, Mackenzie —me ordena antes de sentarse también ella delante de mi padre, cruzando las piernas con mucha elegancia.

Con su traje oscuro y su cuello vuelto, parece una agente de la CIA retirada. No me extraña que mi padre siempre se comporte como un colegial cuando está ella presente.

Me siento al lado de él.

—Dale un trago, anda. —La abuela levanta la copa en el aire—. Lo vas a necesitar. Quiero tener una conversación seria y tranquila, en vez de que te pongas a lanzar acusaciones a diestro y siniestro.

Ella le da otro sorbo a su copa y luego otro más. Yo la imito. «Vaaale».

—Sé que la mujer que me crio no era mi madre biológica —le digo mirándola e intentando ver el efecto que tienen mis palabras en ella.

Le tiembla ligeramente la comisura del labio.

—¿Quién te ha dicho semejante cosa?

Resoplo.

—¿Acaso importa?

—Es absurdo. Quien haya sido solo intenta enredarte, querida.

Suelto una risa forzada y luego le doy otro sorbo al vino. De pronto me sabe muy bien y me calma los nervios. Sobre todo por lo que estoy a punto de decir.

—Vale, y entonces ¿quién es Tonya Shaffer?

Cuando lo digo miro a mi abuela, no a mi padre. Ojalá lo hubiera pillado a él solo. No se le da bien mentir. Mi abuela es un hueso más duro de roer. La verdad es que me gustaría saber qué piensa decirme. ¿Sabrá algo de lo que pasó en Old Bow hace veintiún años?

Para mi sorpresa, los labios de mi abuela se arquean en una sonrisa y sacude la cabeza.

—Tonya Shaffer era una chalada. —Me sorprende lo que dice, pero no contesto nada, a la espera de que prosiga—. Era una acosadora y estaba obsesionada con tus padres. Y a raíz de eso hizo alguna locura que otra.

La abuela habla en tono pausado y monocorde. Su discurso parece meditado y, mientras le doy un sorbo al vino, estoy deseando ver cómo va a hilar la historia.

—Tu padre tuvo una aventura breve con ella.

—Mamá —protesta este.

—Calla, Ben. La niña tiene que saberlo —responde cortante, y luego vuelve a mirarme y le da otro sorbo tranquilo al vino.

Yo la imito. Creía que iba a ser una conversación violenta, pero estoy mucho más tranquila de lo que pensaba. El vino me está haciendo efecto y me siento lánguida y serena.

—Sí, tu padre no fue precisamente un novio ejemplar —dice la abuela con deliberada amargura—. Y sí, tuvo un escarceo con esa loca que casi les destroza la vida a tu madre y a él. Duró un tiempecito. ¿No es verdad, hijo?

—Mentira —la corto, y me mira entonces con dureza.

Bonita forma de darle la vuelta a la película. Me sorprende que la abuela sepa tantos detalles. Me dan ganas de reírme en su cara, pero me siento mareada y tengo sed. Me vendría bien algo más de vino, pero ya he vaciado la copa.

—No. Esa mujer se vestía como tu madre y actuaba como ella. Iba por Old Bow fingiendo ser ella. Había gente que incluso la llamaba Elizabeth y hasta creía que era la novia de Ben.

No puede ser...

De pronto, empiezo a cuestionarme qué es real y si no me habré inventado todo lo de la identidad suplantada. Últimamente no oigo más que historias disparatadas, pero sin pruebas de ninguna.

—Tu madre era una ermitaña, apenas salía a la calle. Mientras que esa mujer, Tonya Shaffer..., se dedicaba a seguir a los amigos de Ben y a presentarse como Elizabeth.

Sí, sí. Al año, año y medio, Old Bow conocía a Elizabeth, pero no era la Elizabeth con la que estaba Ben.

La cabeza empieza a darme vueltas cuando dejo la copa de vino vacía en la mesa de centro. Me tiembla la mano y a punto estoy de tirar la copa.

Yo casi nunca bebo y esto me ha pegado rápido. Demasiado.

—Un momento —me oigo decir arrastrando las palabras mientras siento de pronto el latido en las sienes—. ¿Me estás diciendo que...?

—Lo que estoy diciendo, querida, es que Tonya Shaffer era una mujer enferma que hizo mucho daño. Nos costó un tiempo desenredar sus mentiras. Pero tuvo un accidente y desapareció, gracias a Dios.

—Un momento, un momento. Eso no tiene...

Estoy intentando decir algo, para contradecirla, pero es como si el aire se me tragara las palabras. Podría ser una historia verídica si Dianne Jacobson, que conocía a ambas chicas, no hubiera reconocido a Tonya en la foto. Mi abuela no sabe eso, por muy bruja y lista que sea, y se cree que va a colarme su historia chapucera.

Otra cosa que no me cuadra es que mi abuela nunca llamó Lizzy a mi madre, aunque en esa época todo el mundo usaba ese diminutivo con ella.

Quiero reírme en su cara, pero más que una risa me sale un gemido. Intento incorporarme del sofá porque estoy hundiéndome en los cojines, pero tengo las manos demasiado débiles. La cabeza me da tantas vueltas que de pronto veo todo borroso.

—¿Pequeña? —pregunta mi padre, cuya cara está desenfocada por momentos.

—Ben, déjala. Mackenzie, querida: ¿me oyes? —La voz de la abuela suena amortiguada, como un eco lejano desde un remoto más allá.

Me pesan tanto los párpados que me cuesta mantener abiertos los ojos. Necesito agua. Necesito levantarme. Necesito salir de aquí. Necesito huir de esta casa.

Pero no puedo ni pensar, y menos aún moverme.

Segundos después, me hundo en la oscuridad.

50

Siento como si la cabeza se me partiera en trocitos cada vez que intento moverla. La sangre me aporrea el cráneo. Despego los ojos como puedo y me pongo la mano a modo de visera, para que no me dé el sol que entra a raudales por la ventana.

Es por la mañana. Estoy en bragas y camiseta, en la cama, pero no recuerdo haber llegado hasta aquí.

Me vienen a la cabeza imágenes fugaces de lo ocurrido anoche, en una neblina como de resaca.

Resaca, sí, ya...

No sé bien qué pasó ayer, pero perdón: esto no es una resaca. Me drogaron y lo sé porque una vez me echaron algo en la bebida en una fiesta de la facultad. Si no hubiera sido por E. J., seguramente me habrían violado y ni siquiera me habría enterado.

De ahí que no beba. Sé perfectamente cómo se siente una a la mañana de que te echen droga en la bebida.

¿Cuánto bebí anoche? Una copa. Sí, del vino que me sirvió la abuela.

Empiezan a venirme fragmentos de lo que me contó: Tonya Shaffer, una acosadora, fingía ser Lizzy, algo más, no sé qué historia rocambolesca que inventó mi abuela para engañarme.

No estaría mal si no fuera por las cartas de mi madre o el viaje que hice a Nebraska para conocer a Dianne.

Ostras, las cartas.

El pánico se apodera de mí por un momento hasta que recuerdo que me las dejé en mi piso. «Fiu». Además, les hice fotos, por si acaso. Y las fotocopié en la biblioteca de la facultad para que E. J. también las tuviera por si acaso.

Le doy un repaso a la habitación y reparo en las señales de desorden apenas visibles. No es que esté desordenada, pero sé si alguien ha tocado mis cosas.

Se me eriza la piel: en efecto, han estado registrándome el cuarto.

Aprieto los dientes con una furia que rápidamente se convierte en regocijo: también me llevé los manuscritos originales de mamá a mi casa.

Otro pensamiento hace que me incorpore en el acto.

¿Y si han ido a mi piso? Tienen una copia de la llave, se la di a mi padre el día que me ayudó a llevar un sofá nuevo hace unos meses.

Salgo de la cama y cojo el bolso, que está encima del escritorio, donde yo nunca lo dejo. Saco el teléfono, deslizo el dedo por la pantalla y me quedo mirando el mensaje: «Contraseña incorrecta».

«Qué capullos». Han intentado mirarme el móvil.

Desbloqueo la pantalla y llamo del tirón a E. J., que lo coge al primer tono.

—Mackenzie, tía, ya te vale —me dice a modo de saludo—. Anoche te llamé quinientas veces, te mandé mensajes y estuve a punto de plantarme en casa de tus padres. ¿Estás bien?

—No lo tengo claro. Pero escucha, necesito un favor. ¿Estás ocupado?

—¿De verdad? Estaba aquí, que me iba a dar algo esperando a que llamaras.

—¡Estoy bien, E. J., tranquilo! Necesito que hagas algo por mí. Coge la llave de mi piso que te di, ve, busca los manuscritos y las cartas y llévatelos a tu casa.

—¿Kenz? —Lo noto preocupado.

—Ya, E. J. Por favor.

—Pero ¿estás bien?

—Sí, estoy bien.

—¿Seguro?

—¡E. J., por favor! Hazlo por mí. Pero ya. Tengo que colgar. ¡Espera! Otra cosa: si no te llamo yo de aquí a dos horas, llámame tú.

—Me estás asustando.

—No te asustes. Pero si hoy no respondo ni nada, llama a la policía. Tengo que irme. Si va todo bien, hablamos dentro de dos horas o así.

Cuelgo, me pongo los vaqueros a toda prisa y salgo del cuarto. A hurtadillas, para ser exactos, porque no sé con qué me sorprenderá mi abuela después de haberme drogado.

Mientras bajo de puntillas las escaleras, oigo voces. La abuela está al teléfono. Mi padre también está hablando por su móvil, lo que es raro, porque nunca se levanta antes que yo.

Huelo a comida. «Bien». Eso puede querer decir que Minna está en la casa, y, si es así, la abuela no intentará nada extraño.

Vuelvo de puntillas a mi cuarto y me pongo a pensar y a pensar.

Se me repite en la cabeza lo ocurrido anoche. ¿Estaré loca? No, sé que las cartas que recibí las escribió mi madre y no la mujer que me crio. De hecho, ahora que lo pienso, no se parecen en nada a cómo me hablaba de pequeña mi madre falsa.

Vale, vale. Venga. La única prueba de que a mí me crio Tonya Shaffer es el testimonio de Dianne Jacobson. Aunque un análisis de ADN cambiaría las cosas, y para eso necesito algo que perteneciera a la mujer que me crio.

Lo de incinerarla ha sido muy inteligente. Si Elizabeth Casper no era Elizabeth, sin duda es una buena manera de impedir su exhumación para un análisis de ADN.

Con los nervios de punta, llego a escondidas hasta el vestíbulo y de ahí al dormitorio de mi madre.

Mis padres dormían en habitaciones separadas. Siempre me pareció raro, pero, visto ahora, lo puedo entender. El cuarto de ella es cuatro veces el mío, más una habitación contigua que convirtieron en vestidor. Al contrario que el estudio, aquí son todo tonos nacarados, con algún adorno en borgoña, una lámpara de araña dorada e instantáneas gigantes de mi madre en sesiones fotográficas de moda.

La habitación está como ella la dejó el día de su muerte. Yo no soy poli ni nada, pero, si no me equivoco, necesito pelo suyo.

Voy primero al tocador gigante. Hay toda una colección de frascos de colonia, de maquillaje y productos para el cabello. También hay fotografías enmarcadas de sus apariciones en revistas. Desde luego a esta mujer no le faltaba amor propio.

Doy con un cepillo que tiene varios pelos en las cerdas. En uno de los cajones, encuentro una bolsa de plástico llena de esponjas de maquillaje; las saco y meto en cambio los pelos del cepillo. Después miro la papelera que hay a los pies del mueble. Bingo. Más pelo para la bolsa.

Si no valiera con eso, lo tendría crudo, así que voy al baño.

Nunca he hecho nada que me dé más repelús, pero las circunstancias excepcionales requieren acciones excepcionales. Me agacho por el suelo de la ducha, lo inspecciono y saco una bola de pelo del desagüe. Aguantando las arcadas, meto el amasijo en la misma bolsa. Inspecciono entonces la bañera, pero tiene pinta de que la han limpiado.

Es solo por si acaso, me digo.

De pronto, sin embargo, me viene otra idea que hace que se me disparen la adrenalina y el corazón.

¿Cómo no se me ha ocurrido antes?

51

De vuelta en mi cuarto, cierro con llave la puerta y empiezo a rebuscar en los cajones de mi escritorio, de donde saco viejos cuadernos del instituto y todo lo que pillo.

«¿Dónde la metí? ¿Dónde la metí?».

Sé que tiene que estar en alguna parte. Antes lo tiraba todo, pero siempre hay cosas sin sentido que se acumulan en los cajones durante años.

Saco una carpeta con papeles del instituto y empiezo a pasar las páginas como una loca, rebuscando, apartando folios, examinando los cuadernos y los trabajos del colegio, apuntes, cartas, hasta que la encuentro. Y no necesito más.

Cierro los ojos y doy gracias al universo.

Es una justificación de una falta de asistencia por un viaje al que mi madre me obligó a ir con ella; fuimos a Cayo Hueso una semana que yo tenía colegio. Me colocó en un hotel, me dejó allí con la televisión por cable y el servicio de habitaciones y estuvo varios días sin aparecer.

La justificación está escrita a mano. La escribió delante de mí, rápido, porque, por alguna razón, era un viaje que había surgido a última hora. Pero nunca se la entregué a mi profesora.

Ahora saco el teléfono y abro una foto de las cartas y la pongo junto a la nota manuscrita, para comparar la caligrafía.

Mi madre nunca escribía nada a mano, y lo cierto es que hasta ahora no me había percatado. Nunca la vi escribir manuscritos y tampoco cartas. No escribía y punto. Siempre «ocurría» en su estudio, tras la puerta cerrada. Lo hacía todo, y cuando digo todo es todo, con el ordenador. Incluso las notas que me dejaba cuando yo estaba en el colegio las escribía en el ordenador y las imprimía. Me parecía una auténtica fricada por su parte. Ahora comprendo que estuvo décadas siendo muy cuidadosa.

Pero la fastidió esa única vez.

Esta justificación del colegio podría ser una de las pocas cosas que me aseguren que no fue ella quien escribió los manuscritos. Lo intentó, sí, se nota que intentó perfeccionar la letra para que pareciera la de los manuscritos, pero no hace falta ser una experta calígrafa para ver que las mayúsculas no presentan las mismas florituras, que las letras pequeñas son más redondas o que, en general, tiene un estilo más inclinado.

No me cabe duda: esta nota la escribió una persona distinta a la del manuscrito. La guardo en la mochila junto con la bolsa llena de pelo.

Y ahora tengo que salir de esta casa como sea.

Llaman a la puerta con fuerza y pego un brinco.

—Mackenzie, querida, ¿estás despierta? —La voz de mi abuela es de un empalagoso exagerado, pero a mí no me la pega ya.

Aprieto los dientes para apartar el ligero pánico que estoy notando en el pecho.

—¡Sí, abuela!

Intenta abrir sin esperar mi respuesta, pero está cerrado con llave.

—¿Puedo entrar?

Voy a la puerta y respiro hondo para tranquilizarme. No puedo mostrar mi enfado o no conseguiré engañarla. Y tengo que salir de aquí como sea.

La abuela ya está toda acicalada, con un vestido midi de alta costura, maquillada y con el carmín rojo mirándome como una señal de stop. No sé qué le ha dado a esta familia con el carmín rojo.

—¿Cómo te encuentras, querida? —Sonríe estudiando mi cara, pero su voz es fría como el acero.

—¿Qué pasó anoche? —pregunto a bocajarro, aunque me maldigo en el acto por ser tan directa.

—Hum... —La abuela frunce sus finísimas cejas en una mueca compasiva—. Tuve que ayudarte a subir al cuarto. No sabía que te afectara tanto el alcohol. —Un acorde de su risa falsa me retuerce la jaqueca—. Te pusiste a decir cosas sin sentido y luego no se te entendía. Te subimos entonces a tu cuarto y nos cerraste la puerta en la cara. ¿Te encuentras mejor, querida?

Su preocupación parece tan real que casi se me olvida que yo no me emborracho así de rápido. No sé qué me echaría en el vino anoche, pero me noqueó en menos de diez minutos.

Sigue apuntándome con su sonrisa falsa y una mirada que no pestañea, como si intentara leerme el pensamiento.

El miedo se me extiende por el cuerpo y hace que me flaqueen las rodillas, pero consigo sonreír.

—Sí, estoy... Bueno, no, la verdad —digo con dramatismo, frotándome la frente—. Ay, Dios, no puedo creerme que me emborrachara. —La miro con toda la ingenuidad que soy capaz de reunir—. Todavía estoy como borracha. ¿Qué tonterías estaba diciendo anoche?

El gorgorito de su risa me vuelve a helar la sangre.

—No te preocupes, querida. Últimamente todo el mundo se dedica a soltar rumores desagradables. Lo importante es que nos mantengamos unidos.

—Ya. Sí, unidos —repito—. Yo creo que... creo que necesito...

—Necesitas vestirte y bajar. Tenemos un importante asunto legal que resolver.

—¿Legal?

—¡Sí! —Sonríe de oreja a oreja—. Como sabrás, tu madre se lo dejó todo a tu padre en el testamento. Pero hemos estado hablando y hemos decidido que fue un poco desconsiderado por su parte darte de lado. Tu padre y yo hemos pensado que lo justo sería abrirte un fondo fiduciario.

Me quedo boquiabierta.

—¿Un fondo fiduciario?

—Sí.

—O sea, ¿dinero?

—Sí, querida. Eso es lo que significa el fondo.

—Y yo podría acceder a...

—Cuando cumplas los veinticinco.

Contengo la respiración y la retengo todo lo que puedo para que no se me vea lo mucho que la odio en estos momentos y no escupirle directamente a la cara.

Es un soborno, ella lo sabe, yo lo sé. Quiere comprar mi silencio durante los próximos cuatro años, y a saber lo que pasa con el fondo entretanto. Lo más fuerte de todo es que, aunque todavía no sabe cuánto sé, ya ha planeado todo esto con mi padre durante la noche.

Qué rapidez.

Suelto el aire y cierro los ojos.

—Creo que no me encuentro bien, abuela —digo débilmente para cambiar de tema, y la miro con ojos suplicantes—. Y hoy tengo que ir a clase. No puedo perderme las de hoy.

—¿Hoy? —Se ve decepción en su mirada—. Pero, querida, si hoy es el homenaje en tu facultad.

Se me había olvidado por completo.

—Es verdad.

Mi abuela estudia mi vestimenta, los vaqueros que me he puesto y la camiseta con la que he dormido.

—Por favor, ponte algo apropiado para la ceremonia —me pide—. Pero antes de irte necesito que me firmes los papeles.

—¿Hace falta firmar un acuerdo de confidencialidad para lo del fondo?

La abuela sonríe.

—Por supuesto. Es dinero proveniente de los derechos literarios.

No dice de «tu madre» porque ya todos sabemos que en esta casa «tu madre» significa muchas cosas.

—Y haz el favor de bajar a desayunar con nosotros —añade mientras gira ya sobre los talones y se va.

Me vuelven a la cabeza las palabras del diario de mi madre: «Tu abuela es una arpía, amapola mía».

Aprieto los dientes.

«Mamá, estabas equivocada: mi abuela es un monstruo».

52

—Me están sobornando, E. J. —le cuento mientras voy, desanimada, de un lado a otro del salón de mi amigo.

Por fin he salido de casa de mis padres, aunque no sin antes firmar los papeles que la abuela y el abogado de la familia me han obligado a firmar, por supuesto.

E. J. no se mueve, arrellanado como está en su silla de ordenador, con las manos detrás de la cabeza. Me sigue solo con la mirada. Sobre la mesa de centro hay una pila de cajas: los manuscritos que ha traído de mi piso. «Menos mal».

—Primero intentaron hacer como si yo estuviera loca —explico—, y luego a mi abuela le da por abrirme un fondo. ¿Y sabes por qué? Porque temen que me ponga a hablar con otra gente y a hacer preguntas. En el homenaje de hoy mi padre va a dar un discurso y a aceptar un reconocimiento póstumo para mi madre. La abuela también va a ir, aunque, por supuesto, no quiere ningún drama innecesario. Ni que yo pueda decir algo de lo que la prensa se haga eco; para ser exacta, que diga cualquier cosa sospechosa sobre A. Z. Ganven en los próximos años.

—¿Y si lo que quieren es protegerte?

Me detengo ante mi amigo y lo fulmino con la mirada.

—¿Protegerme? ¿No será más bien encubrir un asesinato? O peor...

Vuelvo a ir de un lado para otro.

—Mordicia —me llama, pero no hago caso—. ¡Kenz! —Me detengo entonces—. Tía, que estás hiperventilando —me dice, y por fin se levanta y me coge de los hombros para retenerme—. Relájate.

—¿Que me relaje? —La hiel me hierve por dentro—. ¿Y si subo a ese estrado y le cuento a todo el mundo que mi padre conspiró para matar a mi madre biológica?

—Sé razonable —me pide E. J., que no me suelta todavía los hombros—. Tu abuela te ha echado droga en la bebida. Tienes que ser más lista y mantener el pico cerrado hasta que consigas más pruebas.

—¿Y si hago unos carteles que digan «Se busca a la verdadera A. Z. Ganven» y los pego por todo el campus?

E. J. suelta una risita, pero sigue sin apartar las manos de mis hombros.

—Estás como una cabra —me dice medio susurrando—. Por eso te quiero. Anda, ven aquí.

Me coge y me da un abrazo tan deprisa que no tengo ni tiempo para protestar. Y, en cuanto me tiene cogida, no quiero que me suelte. Es mi roca. ¿Quién habría pensado que a los veintiún años mi roca no sería alguien de mi familia sino mi mejor amigo?

Sin embargo, la sensación que tengo con su cuerpo pegado al mío no es la que se siente con un amigo. Con tu mejor amigo no tendrías ganas de quedarte piel con piel y más allá...

—No he dormido en toda la noche. Te llamaba como

un loco sin parar. Ha sido lo peor. Pensar que te había pasado algo... Ha sido horrible. No vuelvas a hacerme *ghosting* en tu vida.

—Que no —le digo con la frente en su hombro mientras inhalo su olor—. Ha sido sin querer.

—Lo sé. No vayas al homenaje —me dice en voz baja, sin soltarme, con la mejilla pegada a mi cabeza—. Por favor, no vayas. Sé que es un homenaje a tu madre, o a..., en fin, y que estará allí tu familia, pero te van a volver loca y no merece la pena. No me gusta verte así. Me hace pensar en cómo se sentía tu madre cuando escribió las cartas.

Cierro los ojos con fuerza y contengo la respiración para no llorar. No puedo llorar. No pienso volver a llorar por culpa de ellos.

Le digo a E. J. que me lo pensaré, pero, en cuanto salgo de su casa, sé que voy a ir.

Es otro evento. Lo que decía antes, que todo lo que tiene que ver con A. Z. Ganven es un evento. O sea, publicidad, dinero y número de seguidores.

El salón de actos Pearl está lleno hasta la bandera. Para cuando el décimo orador termina su discurso, el público se remueve ya en su sitio. La mayoría ha venido para ver si ocurría algo emocionante. Sin A. Z. Ganven en persona, el acto es más árido que un plato precocinado más recalentado de la cuenta. Mi madre era una leyenda. Bueno, al menos, la mujer esa...

El discurso de mi padre ha sido, con mucho, el peor. Puede que sea porque su voz me da repelús. Hasta su encantadora sonrisa y sus hoyuelos me parecen superfalsos. La sonrisa que llevó a mi madre a la ruina, a mi auténtica madre.

Cuando termina el homenaje, hay un pequeño cóctel para socializar.

El salón —que pronto recibirá el nombre de A. Z. Ganven— está lleno de víboras. Hay que verlas ahí, relamiéndose, yendo de un corrillo a otro, charla que te charla, pero más que nada esperando para sacar provecho del gran evento. Agentes literarios, gente de recursos humanos, la plana mayor del escalafón superior de la universidad.

Me quedo al fondo, con la esperanza de que nadie repare en mí. He venido a liarla. Aunque cuanto más contemplo la muchedumbre indiferente, más tengo la sensación de que el tiro puede salirme por la culata. Mi vida es ya un infierno, y la de mi padre también. Lo sé.

Veo de lejos a la profesora Salma. Me saluda desde un corrillo de gente. Yo le devuelvo el gesto, pero me giro porque no tengo ganas de hablar.

—Quién iba a imaginar que estarías aquí al fondo —dice alguien a mi espalda.

Cuando me giro, veo que es el profesor Robertson.

—Hola —digo con un hilo de voz.

—Señorita Casper, creía que hablaría usted. —Me sonríe de esa manera que tiene, capaz de calmar tormentas o una clase llena de alumnos.

—No, gracias. Lo mío no es dar discursos.

Se queda de pie a mi lado, de cara al salón lleno de gente. Lleva una chaqueta de vestir sobre un jersey de cachemira y unos vaqueros, y tiene las manos metidas en los bolsillos.

—Quizá no seas consciente —me dice—, pero mucha gente valora de verdad la obra de tu madre. No es todo fans y publicidad adulterada. El talento es el talento. A veces puede pasar desapercibido y perderse en la marea del bullicio diario.

O de actos criminales, quiero añadir.

Podría contarle un par de cosas sobre el talento que se pierde por culpa de gente implacable que resulta ser de tu familia, pero me muerdo la lengua.

—Tu padre parece orgulloso —comenta.

—Mi padre es un mentiroso —suelto sin rodeos.

Me da igual que me pida explicaciones y ni lo miro para ver qué efecto tienen mis palabras en él.

—¡Mackenzie, querida! —Esa voz, tan condescendiente como familiar, hace que cierre los puños en los bolsillos de la sudadera.

La abuela viene pavoneándose hacia mí en un fastuoso vestido de manga larga que le llega al suelo y unas joyas que podrían cegar a un ciego.

Y se nota que algo trama.

53

—¿Cómo es que no estabas en primera fila? —Mi abuela le da un repaso rápido a mi atuendo poco glamuroso y sé que le indigna que no me haya vestido según la etiqueta, pero lo disimula muy bien—. Te teníamos un sitio guardado —me dice, pero desliza entonces su perspicaz mirada hacia mi acompañante.

—Profesor Robertson —se presenta este.

—Evelyn Casper, la abuela de Mackenzie —dice con todo su encanto mientras le tiende la mano.

Por una vez no se presenta como la suegra de la conocida escritora, como suele hacer.

—¿Es usted el profesor de Sociología? —pregunta dubitativa.

«Pufff, ahora no, abuela».

—El mismo —dice él con una risita.

—Ah, entonces es usted su profesor favorito.

—Ah, ¿sí?

No tengo que mirarlo para saber que él está sonriéndome y yo sonrojándome.

Hay sonrisas de muy distintos tipos. Me fijo en mi padre entre el gentío, estrechando manos, sonriendo también. Aunque ahora sé que su sonrisa puede matar...

Mi abuela me sigue la mirada y luego se centra en el profesor. Ella sabe cómo socializar y serenar al personal. Podría ser una gestora de crisis perfecta.

—Profesor, me gustaría presentarle a mi hijo. Él es quien gestiona la Fundación A. Z. Ganven. Si alguna vez quiere trabajar con nosotros, hacer algún estudio sociológico o lo que sea, estaremos encantados.

Levanto la vista y veo cómo mi profesor se pone tenso.

Vaya, mi abuela está intentando sobornarlo. Muy lista. Otra razón para odiarla.

Me sonríe entonces, con esa sonrisa falsa con la que engaña a tanta gente. No le devuelvo la sonrisa y en cambio le sostengo la mirada. Y me recuerda a la de mi madre, por su crueldad. No a la de mi madre biológica, la que escribió las cartas, sino a la de la mujer que me crio, Tonya Shaffer.

Mi abuela pone la palma en el hombro del profesor con, sí, mucha elegancia.

—Por favor, deme un momento, que voy a por mi hijo.

—Yo me voy —siseo entre dientes, abochornada; si el profesor Robertson quiere hacerle la pelota, eso es cosa suya.

—¿Pasa algo? —me pregunta observándome preocupado.

Conozco esa expresión: la falta de interés en mí en cuanto conocen a los verdaderos famosos. No es que mi padre tenga nada que ver con los libros, pero él es el marido y —sorpresa, sorpresa— el director de la Fundación A. Z. Ganven, que no es poca cosa.

De pronto me viene una idea: quiero ganar esto por una vez, quiero demostrarle a esta gente cuántas mentiras y cuánto veneno entraña la fama.

«Espera y verás, papá», digo para mis adentros mientras observo cómo mi abuela se disculpa con el grupo con el que está hablando mi padre y lo trae hacia nosotros, radiante como una estrella de Hollywood.

—Ben, querido, te presento al profesor favorito de Mackenzie —dice deteniéndose ante nosotros.

—Un placer —contesta este, que alarga la mano para dársela a mi padre.

Observo a mi padre, a la espera de alguna frase poco elocuente, algo que me dé cualquier razón para sacarle los colores. Porque sí. Por lo que hizo. Nunca lo perdonaré. No puedo.

—Encantado de conocerlo —dice mi padre con su sonrisa ensayada, pero entonces ocurre algo raro.

Cuando está dándole la mano al profesor, se le empieza a desdibujar la sonrisa, superrápido, hasta que el pánico se apodera de su cara. Se nota a la legua que está incómodo.

Mi abuela también se da cuenta.

—Me alegro de que Mackenzie tenga alguien a quien admirar en la universidad —interviene esta, y sigue regalándole la oreja.

Pero yo no aparto los ojos de mi padre.

Ya no hay sonrisa y tiene la cara muy blanca. Sacudiendo la mano, intenta apartarla de la de Robertson, pero no puede.

Me giro hacia mi profesor, pero se le ve sereno, como si no pasara nada.

Aunque sí que pasa.

Vuelvo a mirar a mi padre. Nunca se le ha dado muy bien disimular sus emociones. Mi madre, en cambio, era una auténtica profesional. Estoy convencida de que todo el montaje que hicieron dependía solo de ella.

Mi padre por fin se zafa con un tirón feo.

—Perdone. Tengo que... tengo que ir a hablar con una persona —murmura, y se aleja con paso apresurado.

La abuela lo fulmina con la mirada y después le dice al profesor:

—Lo lamento, es una velada muy ajetreada. —Luego le dedica su característica sonrisa sibilina y añade—: Espero que descanse usted del semestre. —Y con una rigidez apenas visible se va.

—¿Qué ha pasado aquí? —le pregunto a mi profesor.

—Me temo que tengo que irme —dice, y, sin mirarme, se aleja.

Yo me quedo desconcertada. Intrigada, sí. Y muy cabreada, mucho. Poco sorprendida por no haber podido decir lo que quería. Sintiéndome lo peor por el estrepitoso fracaso en mi intento de encarar a los monstruos.

En la historia de mi familia hay muchas cosas que huelen mal, y lo he visto claramente en la cara de mi padre. Una vez más.

¿Qué se hace cuando algo no te cuadra? Lo persigues, en la cabeza, recreándolo paso a paso.

Esta vez, sin embargo, me dedico a perseguir al profesor Robertson.

Lo veo sortear el gentío del salón hasta la salida. Voy tras él después por el pasillo principal y llegamos a la entrada lateral del campus. Atraviesa el parking y no queda nada del hombre tranquilo que era dentro.

El viento le levanta la chaqueta abierta mientras se acerca a su coche. Se la quita, a pesar de que hace fresco, y la lanza al interior. Con cara de enfado, se arremanga el jersey de cachemira y saca un cigarro del bolsillo y se lo enciende.

Parece agobiado mientras tira la ceniza al suelo y se echa luego el pelo para atrás.

No sabía que fumase. No sabía que pudiera ser así... Me encojo en el sitio cuando le pega un puñetazo furioso al techo del coche y luego le da otra calada nerviosa al cigarro.

Se me acelera el corazón a medida que me acerco a él.

—¿Profesor Robertson?

Se da media vuelta y su expresión irritada se suaviza al instante, cuando me reconoce.

—Señorita Casper. —Mira el cigarro, lo tira al suelo y lo apaga con el zapato; me sonríe entonces, aunque por primera vez en él parece una sonrisa forzada—. Ha sido un homenaje bonito para su madre.

Eso ya me lo ha dicho.

Nos quedamos unos segundos tomándonos las medidas. Yo no respondo ni aparto la mirada, pero intento averiguar de qué va todo esto.

—¿De qué conoce a mi padre? —tanteo.

—¿Cómo?

—A mi padre. ¿Lo conocía de antes?

—Mucha gente conoce a tus padres, Mackenzie. —Ahora de repente me llama Mackenzie y me tutea. Pero esa no es la respuesta que esperaba—. Tu madre dio una clase magistral aquí. —Se mete las manos en los bolsillos de los vaqueros y baja la mirada.

Mentira. Él no asistió, nos lo dijo el día que hablamos en clase de los libros de mi madre.

Tengo que irme, pero no puedo. Algo no me cuadra. No soy ninguna experta en calar a la gente, pero a estas alturas creo que de secretos sí que entiendo.

Aunque exhala con fuerza, tampoco se va. Media un momento incómodo entre ambos, pero a mí me da igual. Me han pasado cosas más raras en esta vida.

—Debería irme. ¿Por qué no entras? —me dice mirándome por fin a los ojos—. Ahí dentro hay mucha gente importante. Seguramente te venga bien hacer contactos.

Se saca una mano del bolsillo y se rasca el pelo.

Y es entonces cuando lo veo, algo que siempre había estado oculto por las mangas largas. Ahora que lo pienso, el profesor Robertson nunca lleva manga corta.

Me quedo mirándole el brazo y el corazón se me acelera tanto que creo que me voy a desmayar.

Podría ser una coincidencia, pero nunca he sabido de nadie que tuviera una cicatriz en forma de estrella en el antebrazo.

Salvo por una persona.

54

—El profesor John Robertson —está leyendo E. J. en la pantalla del ordenador.

—Eso ya lo sé, E. J. ¡Necesitamos más! —Doy vueltas con impaciencia por el cuarto mientras mi amigo intenta encontrar más datos por internet.

—Edad, cuarenta y seis. Máster y doctorado por la Universidad de Rutgers. Licenciatura en Sociología por la Facultad de Manford, Old Bow, Nebraska.

Gira la cabeza en mi dirección y abre mucho los ojos.

—¡Maldita sea! —Me detengo en medio de la habitación y me froto la cara con ambas manos—. ¿Cómo? ¿Cómo es posible?

E. J. gira en la silla para mirarme a la cara.

—Podría ser solo una coincidencia.

Me quedo mirándolo.

—Ah, ¿sí? ¿De verdad? Conque ahora te vas a poner en plan lógico, Emerson...

—Uau, mi nombre. —Contonea las cejas por haberlo llamado así.

Pongo cara de hastío.

—Necesito su dirección.

—Kenz, lo que pretendes hacer es...

—¿El qué, ilegal? ¿Ahora me vas a dar un sermón sobre ilegalidad?

—Es acoso, como mínimo.

—Yo no pienso acosarlo, solo necesito hablar con él. Y me refiero a hablar *hablar*. Se cometió un crimen. Aunque no sepa qué le pasó a Tonya ni a Lizzy, sabe quién es quién. Pienso averiguar si es el John que creemos o no. A estas alturas me da igual quedar como una idiota delante de un desconocido.

E. J. se hace con la dirección en segundos. Al parecer, es de lo más fácil que hay en internet: conseguir las señas de alguien, da igual que estén enterradas por las ahora famosas empresas de eliminación de datos.

A la media hora estoy aparcando a las afueras de la ciudad, junto a una casa pequeña en un barrio bueno.

Reconozco el coche del profesor, de cuando lo he visto antes aparcado en la facultad.

Bien, está en casa. A ver si no quedo muy mal.

Decidida, subo los escalones del porche y pulso el timbre.

Cuando abre la puerta, no hay sorpresa en su cara. Quizá culpa, puede que tristeza. No sé qué significa esa expresión, pero de sorpresa no es. De hecho, creo que estaba esperándome.

Empieza a mover la cabeza ligeramente, mientras ladea la boca en un gesto que parece contemplativo.

Sabe que lo sé. Se lo veo en los ojos, que, con su calma habitual, tienen atrapados sin embargo a los míos.

—Mackenzie —dice en voz queda.

—Profesor. —Lo saludo con la cabeza—. Quiero que me cuente de qué conoce a mi madre.

55

Si le contara a alguien que he estado yo sola en casa del profesor Robertson, charlando con él, surgirían rumores e insinuaciones por doquier.

Me siento en el sofá de cuero del salón y lo observo mientras él se disculpa por el caos reinante y recoge libros y papeles de la mesa y el sillón. No sabe lo que es caos. Más allá de que haya papeles y libros por todas las superficies, tiene el salón, con su gran librería y su chimenea, impoluto.

Va a la cocina para traerme un vaso de agua y luego se sienta en el sillón al otro lado de la mesa baja de cristal. Apoya los antebrazos en las rodillas y se me queda mirando con curiosidad.

No puedo apartar la vista de él, estudio sus gestos y la expresión de su cara. Estoy ante quien era el mejor amigo de mi madre. Me cuesta imaginármelo con veintitantos años.

No dice nada y se limita a observarme con gesto inquisitivo.

—Era buen amigo de mi madre cuando ella vivía en Old Bow —le digo.

Asiente.

—¿Cómo lo has sabido?

Podría mentirle y decirle que me lo dijo ella estando todavía con vida. Pero el caso es que no sé si sabe algo del «cambiazo».

—Leí sus diarios. —Arquea una ceja—. Y luego he visto la cicatriz. —Le señalo con la mirada el antebrazo, que tiene tapado por un jersey fino de manga larga.

—Claro, la cicatriz. —Contrae la boca en una sonrisa y, por instinto, se frota el antebrazo derecho con la mano izquierda—. ¿Cómo sabías que la tenía?

—Los diarios. Ya se lo he dicho.

—¿Y qué más contaban los diarios? —Me mira sin parpadear.

—Cosas interesantes. Que mi madre era buena amiga suya, antes de que mi padre apareciera en el horizonte.

—Ajá.

—¿Por qué no me lo dijo?

—¿Decirte el qué?

—Que la conocía. En esa clase, cuando sorteamos los temas y salió el nombre de A. Z. Ganven, se hizo el sorprendido.

—Cierto. —Parpadea como confirmando—. Por entonces no sabía que Lizzy era A. Z. Ganven.

—¿No?

—No. —Sacude la cabeza—. No me enteré hasta que leí el libro.

—¿Lo leyó?

—Sí. Todos sus libros, después de aquella clase. Me fijé en el apellido, Casper, que recordaba que era el de Ben. Vi la fotografía.

Se detiene, contemplativo. Me pregunto si está decidiendo cuánto debe contarme. En las cartas de sus diarios solo hay fragmentos sueltos. Seguramente el hombre que tengo ante mí sabía más sobre ella que mi propio padre.

—¿Llegó a hablar con ella cuando se enteró?

—No, pero quería. No lo hice... No reuní el valor hasta que fue demasiado tarde.

—¿No fue al funeral?

—No.

—¿Por qué no mantuvieron el contacto?

Exhala con fuerza y se pasa los dedos por el pelo antes de reclinarse de nuevo en el asiento.

—Un día estaban en el pueblo, Ben y ella, y al siguiente ya no estaban. Puff, así, sin más. Se mudaron a la Costa Este, me dijo alguien. Ella ya tenía agente, estaba a punto de firmar un contrato por un libro. Y a punto de dar a luz. A ver, era mucha tela. Tu madre siempre tuvo mucho ajetreo en su vida. No sé qué vio en Ben. Era guapo y de buena familia, pero... —John se queda callado.

—A usted no le caía bien —termino su idea.

—No me era simpático, no. No la trataba bien. No la trataba como a una novia. —No le quito ojo y lo noto alterado, con un discurso cada vez más impaciente—. Lizzy nunca le negaba nada cada vez que él necesitaba un sitio donde quedarse o algo de compañía cuando no le quedaba otra. Lo siento... —me dice levantando la vista para mirarme—, pero es la verdad. La casa de ella estaba siempre abierta para él, como una habitación de motel barato.

Abro la boca, como para decir algo, pero me quedo callada. Tiene razón, y no quiero interrumpirlo porque, quizá, por primera vez desde que lo conozco el profesor Robertson está perdiendo el temple.

—Él no se la merecía —prosigue—. Ella tenía mucho talento, y era hermosa. Y sí, claro, tenía la cabeza llena de pájaros, de locuras, pero eso formaba parte de su talento. Era muy cambiante. Pero, ay, Dios, era una persona hermosa que simplemente... —aparta la vista y cierra los ojos un segundo largo, como si le dolieran las palabras— se dejó utilizar por él —termina en un susurro, y se frota la frente—. Perdón —murmura—. Es que... me cabrea toda esta historia.

Asiento.

—¿Estaba enamorado de ella?

Suelta una risita.

—Estaba colado por ella, eso desde luego.

—¿Por qué no intentó retomar el contacto, averiguar dónde estaba?

—¿Para qué?

—¿Porque sentía algo por ella?

Ladea la cabeza como en un ligero reproche.

—Mackenzie... No me hables de usted, por favor. —Asiento con la cabeza—. Tú misma tienes ahora veintiún años. Si conocieras a tu media naranja, o al menos a alguien con quien te vieras viviendo en el futuro, te olvidarías de lo que hiciste hace dos meses. Y más en el último curso de la facultad. Cuando uno termina la carrera, cambian los círculos en los que se mueve, igual que los amigos. Y, si no vives en la misma ciudad, ya te digo yo que no vuelves a pensar en esa persona por la que estabas colado en la facultad.

—¿No te pareció extraño que se fueran así, sin más?

Se encoge de hombros y dice:

—Los padres de él no habían querido conocer a Lizzy, pero, en cuanto se enteraron de que estaba embarazada y de que iba a firmar un contrato por un libro, pues supongo que creyeron que era un buen partido para su hijo y punto. Además, ella siempre había querido una familia, así que yo di por hecho que, en cuanto ellos la aceptaron, ella se entregó por completo. No volvió a hablar con nadie de Old Bow, por lo menos que yo sepa. Conmigo desde luego que no. Decía que no le gustaba nada el pueblo, que quería salir de allí, y es curioso porque cuando llegó le encantaba. Le cogió manía a raíz de que Ben la engañara. Tendría que haberlo dejado entonces, pero nada, siguió con él. Nunca me escribió luego, eso sí te lo puedo decir. Una vez que se fue del pueblo, ya no intentó volver a hablar conmigo. —Me dedica una mirada cargada de significado, y me pregunto si estamos pensando lo mismo, si él lo sabe, pero acabo apartando la vista—. Yo me mudé y no le di más importancia, la verdad. Poco después conocí a mi mujer. Los amores del pasado pasan a mejor vida.

Quiero ver si lo sabe, si se dio cuenta de la diferencia en la fotografía de la autora. Dianne Jacobson se dio cuenta... ¿Y él?

—A Tonya Shaffer la conocías también, ¿no?

Gira la cabeza como un resorte con visible conmoción.

—¿Por qué me lo preguntas?

Intento escoger las palabras con cautela.

—Mi padre andaba detrás de ella. Pero eso ya lo sabías, te lo dijo mi madre. Fue a llorar a tu hombro, puede que más de una vez. Y tú te peleaste con él, de ahí la... —Señalo la cicatriz del antebrazo.

—Sí. —Se le disipa la sorpresa de la mirada—. ¿Y tú lo sabes por los diarios?

337

Asiento.

—¿Tienes tiempo ahora para que te enseñe una cosa? —le pregunto.

Sonríe.

—Sí, tengo todo el tiempo del mundo.

Saco las cartas de la mochila. Las llevo en una carpeta, ordenadas por fecha. Igual que los sobres, cogidos por un clip. No es que vaya a hacer ningún análisis forense, pero las tengo todas.

—¿Qué es eso? —pregunta.

—Son cartas del diario de mi madre. Cartas que escribió antes de darme a luz. —Despega los ojos de las páginas para mirarme—. Escribió sobre ti, claro —le digo con una sonrisa.

Alarga la mano hacia las cartas, pero se detiene y vuelve a mirarme.

—¿Puedo? —pregunta casi en un susurro.

56

Fuera está anocheciendo y el profesor Robertson se levanta para ir a encender las luces rápidamente. Lo hace sin despegar los ojos de las cartas que tiene en las manos.

Las lee con avaricia, rápido, una a una, sobrevolando las páginas con la mirada. Cuando termina de leer la última hoja, le da la vuelta una y otra vez y luego me mira inquisitivo.

—Ya está, esa es la última —le digo, y espero mientras las relee por encima un momento.

Sé cómo se siente. Yo sé lo que es: leer los pensamientos íntimos de alguien, leer sobre su felicidad y su dolor y ver cómo esa persona va desmoronándose poco a poco.

—Ahora que sabes todo esto, dime. —Quiero que hable, necesito saber qué sabe él—. ¿Qué crees que pasó?

Niega con la cabeza y me tiende las cartas.

—No tengo ni idea.

—¿Cuándo fue la última vez que la viste?

—Pues... la noche esa. —Apunta con la barbilla hacia la última carta, en mi mano—. Me dijo que quería dejar a Ben.

—Eso no me lo has dicho antes.

—No es tan fácil. Ella quería plantarle cara, ver si estaba dispuesto a cambiar. Ya lo había hecho otras veces y estaba convencida de que era una esperanza vana. Yo la noté con verdaderas ganas de dejar a tu padre.

—¿Antes de dar a luz?

Asiente.

Bajo los ojos hacia la carta, confundida.

—Ella... me preguntó si la ayudaría a mudarse —me cuenta—. Y, por supuesto, yo lo habría hecho, ella lo sabía. Sabía que la habría ayudado económicamente, aunque yo también andaba con varios trabajos e intentando acabar la carrera. Y sabía que la habría ayudado con la cría. Ella sabía que podía llamar a mi puerta cuando quisiera, que yo se la abriría.

—Si eso es así... —Me detengo porque entonces creo que no lo entiendo—. No lo pillo. ¿Cómo es que no volviste a contactar con ella? Al ver que pasaban los días y no aparecía...

—Porque me hizo daño, por eso. Una noche me dice una cosa y al día siguiente va y desaparece. ¿Qué querías que hiciera? Siempre estuvo muy pillada por Ben, siempre accedía a volver porque él le prometía la luna.

—¿Y la buscaste o algo, antes de que muriera? Cuando quisiste hablar con ella.

—Sí.

—¿Viste la fotografía que aparece en su primer libro? Cruzamos la mirada y él traga saliva.

—Sí.

—¿Y qué es lo primero que pensaste?

Noto que se le para el pecho y advierto que está conteniendo la respiración.

—Mackenzie, yo creo que tú... —Por supuesto, no es capaz de terminar la frase y aparta los ojos.

—¿Y qué me dices de esto? —Saco el móvil y busco el vídeo del funeral.

Lo rebobino hasta la imagen que le enseñé a Dianne Jacobson y le paso el teléfono. Luego lo atravieso con la mirada, intentando captar la más mínima reacción mientras estudia la fotografía y se frota luego los ojos con los dedos.

—Esos somos mis padres y yo, cuando nos mudamos a la Costa Este.

Ni responde, ni me mira, tampoco mira ya la fotografía y se limita a frotarse los ojos como si eso pudiera cambiar lo que está viendo.

—Dime, dime quién es —le ruego en un hilo de voz. No puedo evitar que se me salten las lágrimas porque no puedo soportar que me mienta nadie más—. Dímelo, por favor —susurro—. Porque tengo la sensación de que me estoy volviendo loca y creo que pasó algo horrible, pero nadie me dice nada —insisto con voz suplicante y temblorosa—. Dime que no estoy loca. Dime quién es la de la foto.

Por fin me mira a los ojos.

—Tonya Shaffer.

57

Si bien la confirmación debería haberme hundido en la miseria, un gran alivio se apodera de mí en cambio al saber que hay otra persona que conoce la verdad. Eso significa que ni Dianne ni yo estamos locas.

El corazón, desbocado perdido, está a punto de salírseme del pecho.

—Ajá. —Me enjugo la mejilla con el dorso de la mano para quitarme una lágrima—. Esa es la madre que yo conocí. La mujer que estuvo más de veinte años fingiendo ser Elizabeth Casper.

El silencio entre ambos es tangible, como un monstruo al que le salen dientes. Y le salen garras, que me arañan el corazón y lo hacen sangrar.

Hay otra persona que sabe que ocurrió algo horrible. Es un alivio, pero hace que la cabeza me dé vueltas con más preguntas todavía.

—¿Cuándo supiste que no era la Elizabeth Dunn verdadera? —le pregunto entonces.

—La seguí.

Me quedo mirándolo, perpleja.

—¿A quién?

—Después de la clase en la que dijeron que tú eras su hija, leí el *thriller*. Lizzy me solía leer sus cosas por aquel entonces, antes... antes de Ben. Yo conocía el libro y sabía de qué iba. Cuando lo leí y relacioné tu apellido con el de tu padre, supe que A. Z. Ganven era Lizzy. —Su triste sonrisa se desvanece en el acto—. Yo no quería presentarme así sin más en su casa, imagínate, ¡habían pasado más de veinte años! Pero es verdad que quería hablar con ella, ver cómo estaba. Preguntarle por qué nunca, ni una sola vez, se puso en contacto conmigo. Por qué se fue del pueblo con Ben sin despedirse. —Inhala hondo y luego exhala con fuerza y se queda callado un momento, con la vista clavada en las manos—. Lizzy era alguien importante ahora. Yo hacía poco que me había separado y me pasé varios días cuestionándome lo que había ocurrido entonces y cómo las cosas podrían haber sido de otra manera. Y venga a pensar y a pensar. Así es como uno toma decisiones irracionales, y eso es lo que yo hice. Supongo que me obsesioné con el tema. —Sonríe mirándome—. La obsesión es el blanco principal del márquetin, como sabrás. —Él mismo nos dio una clase sobre el tema—. Así que fui a su casa en coche. No llegué a entrar, me quedé en el arcén, en la curva que hay antes de la verja. Debí de estar allí una o dos horas. Suena a acosador, lo sé, pero estaba intentando reunir el valor para llegar hasta la puerta de la casa y llamar.

—¿Y?

—Y entonces salió un coche por la puerta y se incorporó a la carretera. Era ella, o eso pensé yo. Con gafas de sol, el pelo azabache, carmín rojo. La seguí. —Vuelve a frotarse la cicatriz del antebrazo y me quedo mirándolo, apremiándolo para que siga—. La seguí hasta el centro comercial al aire libre, hasta la cafetería que hay allí. Pidió por la caja de los coches y luego fue a un local a hacerse la manicura. La observé mientras entraba, asimilando cada detalle. Tenía mucha confianza en sí misma, se la veía estupenda. Y yo pensé: qué bien le han sentado estos veinte años. Cosas de la fama. Pero algo no me cuadraba. Tenía una forma de estar... No sé. Lizzy siempre fue humilde... y tímida. No creí que la fama hubiera podido cambiarla tanto. Aquella mujer estaba radiante. Cuando entró al local, yo me bajé del coche y fui también al salón de manicura.

—En plan acosador.

—Ya. —Ríe quedamente, algo abochornado—. Era un local pequeño y nada más entrar me la encontré de frente, quitándose las gafas de sol. —Se muerde un carrillo por dentro y la expresión se le vuelve sombría—. Yo las conocía a las dos, pero a Lizzy..., en fin, a ella la conocía bien, muy bien. Habíamos sido amigos durante tres años en Old Bow. Y supe que ni los años, ni la cirugía plástica, ni el maquillaje o el tinte de pelo pueden cambiar tanto a una persona. Desde lejos, o si no la conocías bien, sí, claro, tenía un parecido sorprendente. Pero ese día estaba muy cerca de ella, a pocos palmos. Me dio un repaso con cara divertida, como el resto de las señoras que había en el salón. «Estoy buscando a mi mujer», me excusé. «Un hombre con una mujer perdida es un hombre perdido», bromeó ella observándome. Y la cosa es esa, que Lizzy me habría reconocido, yo lo sé. Da igual que hubieran pasado veinte años que cuarenta, yo no he cambiado mucho. Y esa mujer no me reconoció, pero yo a ella sí.

—Tonya Shaffer.

—Sí, salvo porque la recepcionista se puso a hablar con

ella y le dijo: «Hola, Elizabeth. Qué alegría verte. ¿Cómo va el mundillo literario?».

Me muerdo el labio, con una mezcla de rabia y desamparo.

—¿Cómo puede ser? —le pregunto.

—¿Cómo puede ser qué?

—¿Cómo consiguió ella que alguien, mi padre, le hiciera algo a otra persona?

—¿Tonya? Tonya sabía justo lo que debía decir y cuándo para conseguir lo que quería. Tenía ese don para engatusarte. No sé, palabras misteriosas, bromas, se te pegaba mucho para luego retirarse, como las idas y venidas de una ola. —El profesor se frota la frente—. Te hacía sentirte muy bien contigo mismo. Parecía tu mejor colega. Que tú bebías, pues ella también. ¿Que leías? Ella leía. ¿Que jugabas a los videojuegos? Ella jugaba. ¿Que te gustaba el fútbol? Ella tenía una colección de cromos. ¿Que trabajabas en una cafetería y le dabas café gratis? Ella venía una noche antes del cierre y te ayudaba a recoger las mesas.

Pongo cara de hastío.

—Por favor...

El profesor se encoge de hombros.

—Para sacar algo a cambio, por supuesto. Estaba en todas partes. Hasta más adelante, mucho después, no me di cuenta de que tenía algo raro, como una viscosidad que hacía que no quisieras que ella se te pegara. Como que no era trigo limpio, pero tampoco era tan fácil quitártela de encima. Tenías que aguantarte hasta que fuera ella quien perdiese el interés. —Me mira con cara de preocupación—. Me temo que nunca perdió el interés en tu madre. Tu verdadera madre.

El silencio vuelve a pesar sobre nosotros.

—¿Qué vamos a hacer al respecto? —pregunto por fin.

—¿Qué se puede hacer?

—¿No sería suplantación de identidad?

—Claro, pero no sabemos qué pasó, qué hicieron. Fuera lo que fuese, Ben Casper estuvo implicado. —Contrae el gesto al decirlo.

—Pero... desapareció. Mi madre biológica. Algo debió de pasarle. Se libraron de ella... —Dios, hablo como un poli—. Eso es un crimen. Peor que sustraer una identidad.

—No podemos probarlo, Mackenzie. ¿Estás dispuesta a ir a la policía a hacer unas acusaciones horribles contra tu padre, solo para que las desestimen y él te la tenga jurada para siempre? Destrozarías tu vida, la de él y la de otra mucha gente.

Todos me dicen lo mismo —Dianne, E. J., el profesor—, y me entran ganas de llorar por lo indefensos que estamos.

—¿Tú crees que...? —Me paro a pensar, porque voy hilando ideas sobre la marcha—. ¿Crees que merece la pena ir a Old Bow?

La cara se le muda en un gesto divertido.

—¿Para qué? —Me encojo de hombros—. ¿Qué es lo que pretendes buscar allí? —Vuelvo a encogerme de hombros y lo miro desamparada—. ¿Qué crees que vas a encontrar veinte años después?

Vuelvo a encogerme de hombros, a punto de llorar.

—¿Para hablar con la gente? ¿Sus profesores? ¿Su casero? Alguien... No lo sé...

Los labios se le tensan en una sonrisa tenue, pero se le ve decepcionado cuando aparta la vista.

—No creo que podamos hacer nada. A no ser que involucremos a la policía.

—Ya, eso ya lo has dicho. —Nos quedamos un minuto callados y entonces intento otra cosa—. ¿A ti te...? —vacilo, pensando que va a creer que estoy obsesionada—. ¿A ti te gustaría ir a Old Bow alguna vez?

Las cejas se le disparan hacia arriba.

—¿A Old Bow?

—Sí. Para..., no sé, me gustaría ver dónde vivía mi madre, la facultad a la que iba, dónde trabajabas tú. Sería... Creo que así podría pasar página. —Se me queda mirando como si se me estuviera yendo la pinza—. Sé que es una petición extraña, siendo como soy tu alumna y eso...

Ostras, quizá acabo de ponerme en ridículo y he hecho que se sienta incómodo. Me mira como si estuviera proponiéndole algo indecente.

Me noto sonrojarme y me levanto del sofá, dispuesta a irme.

—Lo siento —me apresuro a decir, deseando que me trague la tierra—. Es que...

—Sí —dice, y reculo, sin dar crédito—. Me gustaría.

Me entran ganas de abrazar a ese hombre que es otro cabo suelto más del pasado de mi madre, porque ahora tengo la esperanza, aunque sea mínima, de que llegaré a saber algo más sobre ella.

58

Dos días después me llama mi abuela y me pide que vaya a casa de mis padres a firmar más papeles.

—Claro. Yo me llego con E. J. —digo obediente, y me da repelús lo falsa que sueno; en realidad me gustaría sacarle los ojos.

—No vengas con nadie, querida. Tenemos que hablar. Tu padre necesita apoyo moral.

—Es que estoy estudiando para un examen. Me paso con E. J. un momentito y nos vamos. ¿La semana que viene mejor, abuela?

Cada vez que digo «abuela» con voz cariñosa me dan ganas de vomitar en mi propia boca. Pero tengo que hacerme la tonta, de momento. He visto suficientes películas de miedo para saber que no hay nada peor que rebelarte contra gente peligrosa que tiene poder sobre ti.

Que es justo lo que es en estos momentos mi abuela, quien, por cierto, lleva ya aquí muchos días seguidos, cosa que no es normal.

E. J. me escribe a cada hora, mientras estoy en clase o en mi piso. Creo que quiere asegurarse de que no me secuestren o no me vuelva loca. Cuando le pido que venga conmigo, accede en el acto.

—¿Quieres que se lo digamos a alguien más? —pregunta.

Frunzo el ceño.

—¿A qué te refieres?

—¿Por si nos pasa algo?

Desencajo los ojos, sin dar crédito.

—E. J., venga ya. ¿Lo dices en serio? ¿Tú crees que..., lo ves como una posibilidad? —Se encoge de hombros—. Voy a firmar otro acuerdo de confidencialidad. Es un soborno —digo—, y lo saben. Están convencidos de que funcionará y yo estoy asegurándome de hacerles creer que va a salirles bien la jugada. Así que compórtate, E. J., hazte el simpático. Como si... como si no hubiera pasado nada. Como si mi madre no hubiera muerto. Sobre todo con mi abuela. Yo pienso hacerle la pelota. Y tú eres un experto en eso.

—Vale, Mordicia. —Me mira con reproche—. Ya lo pillo.

A las cinco viene a recogerme a mi piso.

Ya está oscureciendo cuando bajo. Me apresuro a salir del edificio y estoy a punto de montarme por el asiento del acompañante cuando a lo lejos suena una voz que me detiene.

—Perdone. ¿Señorita Mackenzie Casper?

Entorno la vista para distinguir una silueta alta de hombre que se me acerca y que tiene un mostacho que me resulta vagamente familiar.

—Soy el inspector Jiménez —se presenta enseñándome la placa.

«Ajá».

—Le recuerdo —le digo—. Del funeral. Y antes de eso estuvo también en casa.

—Así es.

No sé qué querrá, pero, ahora que he descubierto la cantidad de secretos que tiene mi familia, no me extraña que siga merodeando más de un mes después de la muerte de mi madre.

—¿Es cierto? —le pregunto.

—¿El qué?

—Que sospechaba usted que la muerte de mi madre no fue accidental.

—Me temo que así es. Aunque fue una teoría fugaz que no pudimos corroborar.

—¿Y en qué se basaba?

—Hallamos rodadas recientes no lejos de donde encontraron a su madre. Podía no ser nada, pero teníamos que investigar todas las vías posibles.

—¿Y sigue? —le pregunto en un intento de sonsacarle información; si está aquí será por algo.

—Sí, yo sí.

—¿Averiguó a qué coche pertenecían esas rodadas?

Suelta una risa queda, me da un repaso con ojos inquisitivos y luego regresa a mi cara.

—No.

Nos quedamos mirándonos un momento y luego, sin prisa, saca varias fotografías del bolsillo y me las enseña.

—Me preguntaba si reconoce usted a este hombre.

Las imágenes son capturas de una cámara de seguridad. Una es del funeral. Otra es de la terraza de casa. Miro la fecha que aparece en esta última: hace cuatro meses.

En la foto no se ve bien la cara, pero reconozco la gorra.

—¿Ha visto alguna vez a este hombre?

Asiento.

—Sí, en el funeral.

—¿Habló con él?

Lo miro sorprendida.

—No. Vi que mi padre estaba hablando con él y me pareció que discutían.

—¿Sobre qué?

—No lo sé seguro.

Si yo no estoy en posición de destapar la suplantación de identidad de mi madre, entonces iré dándole pequeñas pistas a la policía para que hurgue por otras vías.

—O sea, que no sabe usted quién es —afirma el inspector.

—No. ¿Le ha preguntado a mi familia?

—Sí, y piensan que se trata de un acosador. —Interesante; no creo que le pase desapercibida la amargura de mi sonrisa—. ¿No está usted de acuerdo?

—Ah. —Me hago la tonta—. No lo sé. Podría ser, supongo. ¿Ha comprobado las grabaciones de la casa, para demostrar esa teoría? Hace un año hubo un hombre...

—Sé lo del incidente de hace un año —me corta—. Este hombre no se comporta como un acosador. Y sí, solicitamos una orden para que nos permitieran acceder a las grabaciones de su finca y no encontramos nada.

—¿Pero...?

Se me queda mirando y yo hago otro tanto; todavía no me fío de él, pero, si es así de diligente, quizá pueda darle algo para despertar sus sospechas.

—Sigo pensando que la muerte de su madre no fue accidental —explica—. Pero por alguna razón su familia no está cooperando mucho y creo que este caballero tiene algo que ver.

Quiero decirle que Elizabeth Casper no es Elizabeth

Casper. Lo observo un momento mientras me pregunto qué diría si le cuento toda esta historia de locos y le enseño las cartas. Tiene unos cincuenta y pico años, me digo. Sin alianza. Podría ser uno de esos que se obsesionan con los casos, que quieren hacer justicia y no solo fichar un día tras otro en el trabajo.

—Si le digo una cosa, ¿me promete que no le contará a mi familia que fui yo la que se lo dijo? —lo tanteo.

Su cara de póquer es espectacular. No le muda el rostro, salvo por los ojos, que me clava con más intensidad.

—Claro que sí, señorita Casper.

—Quizá quiera volver a comprobar las grabaciones de hace dos días. Sé con seguridad que ese hombre estuvo en casa de mis padres.

El inspector arquea una ceja.

—Ah, ¿sí?

—Llegó en una camioneta blanca. Tenía una reunión con mi padre y mi abuela.

El policía asiente.

—¿Algo más?

—Esa fue la última vez que lo vi.

—¿Le preguntó usted a su familia por él?

—Me dijeron que quería chantajearlos.

—Ah, ¿sí?

Sonrío fríamente antes de añadir:

—A mí no me parece que nadie invite a un chantajista a una reunión familiar a la que asiste una agente.

—¿Una agente?

—Así es. Laima Roth, la agente literaria de mi madre, también asistió. —Me regocijo al decirlo: «Que te den, Laima».

El inspector se saca una tarjeta del bolsillo y me la entrega.

—Por favor, no dude en llamarme si... si quiere hablar de su familia o de cualquier cosa.

—¿Cualquier cosa?

Asiente y da un paso atrás, sin volverse. Cuando por fin se gira, lo llamo:

—¡Inspector!

Se vuelve en redondo, con gesto expectante.

—¿Alguna vez ha trabajado en casos de suplantación de identidad? —le pregunto.

No debería haberlo hecho, pero quiero que alguien se dé cuenta de que están pasando cosas chungas en mi familia. Puede que, si le doy una pista, empiece a hurgar en otra dirección.

El policía da unos pasos hacia mí, con cara de suspicacia.

—¿Por qué me pregunta eso?

—No, por nada. —Me encojo de hombros—. Estoy haciendo un trabajo para una asignatura y era por si podía darme algún consejo.

Relaja el gesto.

—Sí que he trabajado en alguno.

—O sea, que sí. —Asiento—. ¿Puedo llamarlo si me surgen dudas?

Sé que no es mi amigo y que ningún estudiante se dedica a llamar a un poli para hacer un trabajo. Él lo sabe y espero que no crea que soy tan tonta.

Pero no sonrío cuando lo digo ni aparto la vista. Nos quedamos así un momento, y le sostengo la mirada. Si es tan buen policía y sabe leer el lenguaje corporal, se irá a su casa y se hará preguntas. Con suerte, esas preguntas llevarán a la verdadera Elizabeth Dunn. Quizá esta madeja de mentiras se desenrede y no tenga que ser yo la que le destroce la vida a nadie.

Por supuesto, eso es lo que se llama pensamiento ilusorio.

—Sí. —Sonríe—. No se corte. ¿Puedo llamarla yo si tengo dudas?

—Sí, le daré mi número...

—No hace falta, ya lo tengo.

Ambos sonreímos y me subo por fin al coche.

—Te estoy viendo venir —me dice E. J. al tiempo que arranca.

—¿De qué hablas?

—Estás dándole pistas para que hurgue un poco más sin que parezca que tú sabes nada.

—¿Y te parece mal?

Se me queda mirando unos segundos y luego dice:

—No, yo habría hecho lo mismo.

Se pone el cinturón y emprendemos la marcha, rumbo a la boca del lobo.

59

Una hora después estamos subiendo por el camino privado que lleva a la casa de mis padres.

Por una vez me gustaría que hubiera vecinos, para tener testigos. No sé de qué, pero no me fío ni de mi sombra.

La casa nos recibe con luces en todas las habitaciones
de la planta baja, olor a pollo asado, tarta y velas, todo ello
coronado por la sonrisa hollywoodiense de mi abuela, que
nos espera en el vestíbulo.

E. J. le besa la mano, todo un caballero.

Mi padre nos recibe sosteniendo un vaso de whisky.
Aprieto los dientes cuando le doy un abrazo y luego me voy
a la cocina y respiro aliviada al encontrar a Minna. Casi lloro
cuando le rodeo la cintura desde atrás. Deja de remover las
zanahorias glaseadas que tiene al fuego y ríe cuando le digo:

—Te he echado de menos.

Es triste, pero nuestra asistenta es la única persona a la
que me alegro de ver en esta casa.

También está el abogado de la familia, un tipo mayor
que habla como si fuera el amo de Wall Street.

La abuela nos lleva a mi padre y a mí al estudio de mi
madre, donde el abogado me hace firmar más papeles.

Solo miro por encima de qué van, pero una vez más es un contrato de confidencialidad y una transferencia bancaria.

«Mira qué familia feliz», pienso con amargura mientras nos sentamos por fin todos a la mesa del comedor.

La abuela le pide a Minna que sirva vino.

—Yo no quiero —digo—. Creo que no llevo bien el alcohol. —Sonrío y me quedo mirando mi plato cuando la abuela ríe.

—Yo tampoco —dice E. J.

—¿Emerson? ¿No vas a tomarte una copa de vino con nosotros, querido? —pregunta la abuela mientras el abogado está ya dándole un buen sorbo a la suya.

—No, señora Casper. Muchísimas gracias.

—Bueno, espero que tengáis hambre.

—Yo en realidad tampoco voy a comer —dice mi amigo, y lo miro sorprendida—. El otro día estuve con gastroenteritis y todavía no me he recuperado. Vivo a base de gachas, pan, sopa... En los dos últimos días eso es lo más que he podido tragar. Gracias. Mackenzie no me dijo que íbamos a cenar. —Me sonríe y luego mira a la abuela y junta las palmas, disculpándose—. Ya lo siento.

Creo que quiere andarse con ojo. La verdad es que podría haber sido actor. Pero es encantador porque mientras cenamos, y yo remuevo la comida en el plato como si me la hubieran envenenado, él no para de hacer preguntas. A la abuela: sobre la casa, el señor Casper, su jardín de rosas. A mi padre: sobre golf (aunque juraría que mi amigo no ha jugado al golf en su vida).

Cuando terminamos de comer, E. J. sigue entreteniendo a mi abuela y a mi padre, sacando conversación, mientras yo me disculpo y subo corriendo arriba.

No voy a mi cuarto, sino al de mi madre, donde enciendo la luz y me quedo pasmada en el umbral.

Lo único que queda en el cuarto de ella son la estructura de la cama con el colchón y el tocador y la cómoda, pero vacíos. Voy directa al vestidor, que es tan grande como un dormitorio, y abro las puertas: nada, ni una prenda en las perchas. En el baño también lo han despejado todo. El cuarto está más limpio que una patena.

La rabia me inunda por dentro como una ola. No hay que ser muy lista para saber que mi abuela y mi padre están asegurándose de que no quede rastro en esta casa de la mujer que fingía ser Elizabeth.

No digo nada cuando bajo, y en cambio me voy a hablar con Minna y me despido de mi familia con una sonrisa falsa camino de la puerta.

—Han dejado limpio el cuarto de mi madre —le cuento a mi amigo en cuanto nos metemos en el coche.

—¿Le han dado un buen fregado?

—No, E. J., hablo de que no hay una sola pertenencia de mi madre en ese cuarto. Está vacío. Los armarios, los cajones, las paredes..., todo.

Nos quedamos mirándonos mientras comprendemos lo lúgubre del asunto.

Mi familia está borrando todo rastro del entuerto que han liado.

Y no hay nada que yo pueda hacer.

60

Pasa una semana sin que ocurra gran cosa. Voy a clase, releo los libros de mi madre.

Llamo a Dianne y acaba cogiéndomelo y todo. Le hablo de John y de que quiero ir a Old Bow. Le cuento lo del hombre que fue a la casa, lo que me dijo mi abuela sobre Tonya.

—Mentira cochina —responde Dianne, y río con ganas, aunque la cosa no esté para bromas.

Voy a clase de Sociología y me siento en primera fila, que es algo que nunca he hecho. Noto a Robertson con menos aplomo de lo habitual. Cuando me mira, pone ojos inquisitivos. Percibe mi mirada, y cuando termina la clase y todo el mundo sale del aula, conmigo a la zaga, no me pongo nerviosa cuando me llama a su mesa.

—Señorita Casper, ¿podría quedarse para hablar un momento, por favor?

Ambos esperamos a que salgan todos.

—He estado pensando en lo que dijiste —suelta por fin.

—¿En qué exactamente?

—En lo de Old Bow. —No dice nada y espero a que prosiga—. Creo que podría ser buena idea.

—¿El qué?

—Ir allí, para ti. Por si te sirve para pasar página o algo así.

—¿Y tú?

—Te acompañaría, sí.

Esa misma noche E. J. se pasa un minuto por mi piso antes de una reunión que tiene por Zoom con unos desarrolladores de software con los que está trabajando.

Me siento a lo indio en el sofá, con el libro que estaba leyendo a un lado, mientras él se acomoda en un taburete de la isla de la cocina y me observa incrédulo cuando le cuento que voy a volar con el profesor a Old Bow este finde.

—¿No es un poco inapropiado? —pregunta—. Teniendo en cuenta que es tu profesor...

—Vamos a ver, que solo se trata de un viaje juntos. Un día. Va a ser ir y volver.

—Ajá.

—¿No te parece bien?

—No, sí, creo que te hará bien.

—Yo también, por eso. Quiero que me enseñe dónde vivía mi madre, dónde estudió, la cafetería, todos los sitios.

E. J. asiente.

—¿Quieres que vaya con vosotros?

Sonrío débilmente.

—No, es mejor que no. Creo que voy a llorar un montón, y ya sabes que no me gustan esas cosas.

—Yo no tengo problema con que llores —me dice con una risita—. En mi hombro.

—Anda ya. —Suelto un resoplido, divertida.

—¿Quién más iba a dejarte que le empapases su sudadera favorita con tus amargas lágrimas?

Pongo cara de hastío, pero tengo que reírme.

—Es verdad. Por cierto, anoche llamé a Dianne.

—¿En serio? ¿Y te lo ha vuelto a coger?

—Sí, sí. Tuve que llamar tres veces para que respondiera, pero me dijo que podía telefonear si tenía cualquier pregunta.

—¿Y qué le preguntaste?

—Le conté lo del viaje. Y nos va a recoger en el aeropuerto para llevarnos a Old Bow.

—¿Dianne? —A mi amigo se le disparan las cejas hacia arriba.

—Pues sí. Le he contado que John sabe lo del centro de acogida y que conocía a Tonya. Que..., en fin, todo lo de las identidades cambiadas. El aeropuerto queda a cuatro horas de su casa, pero me ha dicho que no tiene nada mejor que hacer.

E. J. se levanta para irse ya, pero vacila un momento y me mira incómodo.

—Oye, cuando vuelvas... —dice por fin—, cuando vuelvas, ¿quieres que vayamos a cenar?

Lo miro sorprendida. Hemos cenado muchas veces juntos, pero en casa. Y, cuando hemos comido fuera, tampoco lo ha formulado de esa manera.

Aparto la vista intentando disimular que me ha dejado cortada.

—Sí, claro, pedimos y echamos un rato de tranquis.

—Me refería a quedar *quedar*. Para cenar.

No respondo. No puedo mirarlo. Debería ser normal, y lo es para todo el mundo menos para mí. He tenido otras citas, pero nunca he quedado para cenar así con nadie. Y E. J. tiene algo que me pone supernerviosa.

Le lanzo mi típica pulla.

—¿Se te ha acabado el suministro del bufé de ciberreinas? —digo, pero es un golpe bajo, muy bajo; es un chiste muy trillado, y los dos lo sabemos.

Levanto los ojos para buscarle la mirada, que tiene ahora una intensidad poco habitual.

Se le curvan los labios en una sonrisa de decepción.

—¿Es que no es evidente que últimamente no me interesan esas chicas? ¿O eres tú la única que no se entera de que estoy pillado por ti? —Se me escapa una risita nerviosa y jugueteo con la manga de la sudadera, tirando de hilos imaginarios, para evitar mirarlo—. Bueno, oye, dímelo y ya está, Kenz. Si no te intereso, lo entiendo.

El corazón me grita en protesta.

—Me encantaría, sí —digo, y hago un mohín con la boca; ahora mismo podría desmayarme de los nervios.

—Bien. —E. J. recoge la mochila del suelo—. Porque te lo habría seguido preguntando hasta que me hubieses dicho que sí.

Estoy apretando los labios con fuerza para no sonreír, pero es imposible disimular el sonrojo. Seguro que estoy colorada de la cabeza a los pies.

Lo oigo acercarse por detrás.

Se recuesta de nuevo en el sofá y me pasa un brazo por los hombros mientras me dice al oído:

—Mordicia, no te agobies.

—No me agobio.

—Sí, te agobias. Por dentro.

—Ya, claro, porque tienes rayos X...

—Yo a ti siempre te veo.

Luego el brazo se va y me obligo a respirar tranquila, a pesar de que el corazón me está aporreando el pecho.

Oigo una sonrisa en su voz cuando abre ya la puerta para irse y me dice:

—¿Kenzie? —Me doy la vuelta y me encuentro con esa sonrisa aniñada suya que me tiene loca—. Relájate. Todo saldrá estupendamente. —Me guiña un ojo y se va.

A pesar de que el viaje a Old Bow está en lo alto de mi lista de prioridades, estoy deseando que llegue ya la cena con E. J. Aunque todo lo demás de mi vida se vaya al garete, siempre me quedará él.

61

Volamos al aeropuerto que hay a una hora de camino de Old Bow.

Nebraska se muestra risueña bajo el sol de noviembre, a pesar del aire fresco y penetrante y las temperaturas bajas.

Dianne tiene el mismo aspecto que la otra vez que la vi: mono con peto, camisa de franela, botas, chaquetón forrado, la melena cana recogida atrás en un moño.

John y ella van en los asientos delanteros de la camioneta. Hablan sobre Nebraska y resulta que John es de una zona adonde ella iba antes a pescar.

Yo me quedo mirando por la ventanilla, con un ánimo más melancólico si cabe con este tiempo soleado. Las cosas tenebrosas a menudo ocurren a plena luz del día. Y luego hay décadas de consecuencias horrendas que mancillan infinidad de vidas.

No hay nada más que bosques y sembrados, con pueblecitos aquí y allá que parecen abandonados desde hace un siglo. Molinos de viento. Señales para cazadores. Vallas que publicitan atracciones turísticas, aunque me cuesta pensar qué podría haber aquí para entretener a turistas.

Atravesamos el bosque cuando un letrero gigante con un pez me llama la atención.

Río quedamente.

—Vaya pez más raro —digo desde el asiento trasero.

John se vuelve para sonreírme.

—Ahí hay un lago. Son parcelas privadas, creo, una urbanización de cabañas. El pez es un catán, que no es muy común en nuestro país, pero en ese lago sí que hay.

—Parece un pez con boca de pato.

John ríe por lo bajo.

—Tiene unos dientes muy afilados.

—¿Ese pez?

—Los lugareños lo llaman Dientes Afilados.

El corazón me da un vuelco al oírlo.

—El último libro de mi madre iba a llamarse *Dientes afilados*.

Veo que John y Dianne intercambian una mirada. Sé que creen que tengo un trastorno postraumático o algo así, por las cartas y las cosas que he averiguado.

Pero no es cierto. Es solo que todo me recuerda a mi madre, a la de verdad.

Old Bow es un pequeño pueblo universitario. Todo tipo de comercios salpican ambas aceras de la calle principal, que se extiende unos tres kilómetros. En un extremo se encuentra el campus, que ocupa unas cuarenta hectáreas con sus jardines, sus terrenos de juego y sus residencias.

Nuestra primera parada es en la facultad.

Un anciano con un traje y una corbata muy elegantes nos recibe en la entrada. Resulta ser un antiguo profesor del mío.

John —me ha insistido en que le llame así durante el viaje— me presenta como la hija de A. Z. Ganven.

—Ah, sí, estamos muy orgullosos de Elizabeth Casper —comenta el hombre—. A pesar de que se negara a hacer el discurso de inicio de curso... las cinco veces que se lo propusimos.

El hombre ríe alegre, mientras John y yo intercambiamos miradas elocuentes.

Los dos hombres se quedan riendo y hablando de los viejos tiempos mientras Dianne y yo recorremos el pasillo y leemos las placas y los recuerdos conmemorativos de otros estudiantes y profesores. Aunque a las dos nos dan un poco igual. Nos topamos entonces con un tablón de antiguos alumnos famosos. Por supuesto, figura una fotografía de mi madre, acompañada de elogios por sus libros. Es una de las instantáneas más recientes, la misma que sale en todos sus libros y en los comunicados de prensa.

—No puedo mirarla —digo volviendo la cara.

Dianne no responde.

Seguimos con la visita y nos llegamos a ver el bloque de pisos donde vivía, que está encima de un supermercado pequeño.

Cinco pisos. Fachada antigua. Estudiantes que vienen y van por la calle principal, a la que da el portal.

—Aquí vivió Lizzy los tres años —dice John con una nostalgia que es difícil obviar.

Los tres entramos por una bocacalle para llegar a la fea puerta verde de detrás, que tiene un timbre al lado.

Hay un hombre barriendo el patio interior que resulta ser el portero.

John le estrecha la mano pero no nos presenta, y se lo agradezco.

—¿Este bloque sigue siendo del mismo dueño? —pregunta John.

—Sí, sí —dice el portero, que es bajo y delgado y tiene perilla—. El mismo desde hace, ¿qué le digo yo?, unos cuarenta años o así.

—Yo antes venía aquí mucho —comenta John con una sonrisa amable y simpática—. Estudiaba en la facultad. Estoy aquí de visita ahora.

—Ah, ¿sí? Aquí vivió también la mujer esa, la escritora famosa, A. Z. Ganven, ¿sabe quién le digo? Tres años estuvo aquí. ¿La conoció?

John asiente.

—Sí.

—Pues ahora es millonaria. Una autora superventas.

—Ajá.

—De vez en cuando aparece algún fan por aquí, preguntando cosas. Algún rarito también. Hicieron incluso un velatorio con velas. Tuve que llamar a la policía el mes pasado. Me da que la palmó no hace mucho.

—Sí, así es.

—De vez en cuando vienen también periodistas.

—¿Usted la conoció? —pregunta con cautela.

—Qué va. —El tipo parece decepcionado—. Yo llegué aquí unos años después de irse ella.

—Vaya. ¿Conoce por casualidad al portero que vivía aquí antes?

Está preguntando por Kurtco. Conozco el apodo del antiguo portero por las cartas de mi madre, aunque John me dijo que solo lo había visto un par de veces.

—Qué va, no. Era el sobrino del dueño, por lo que sé.

—¿Era?

—Ajá. Fue a la cárcel antes de llegar yo.

—¿A la cárcel?

—Sí, lo metieron una buena temporada. Era camello.

Se me cae el alma a los pies. Yo esperaba encontrar al menos a una persona que hubiera conocido a mi madre, aunque fuera alguien sin importancia. Pero quizá mi padre no mentía cuando decía que mi madre era una ermitaña y salía poco.

Pasamos un rato dando vueltas por el pueblo en el coche. John nos enseña los sitios donde solían ir los dos, los bares por los que salían. No sabe dónde vivía Tonya, lo que es una pena. Y, aunque el día es alegre y Dianne y él ríen y bromean, yo no estoy de muy buen humor.

Acabamos volviendo a la calle principal y paramos en una cafetería para comer. Cuando termino mi bocadillo, John y Dianne piden café y yo me disculpo y les digo que quiero darme un paseo por mi cuenta.

Asienten, comprensivos. Necesito un tiempo a solas. Quiero ver el pueblo con los ojos de mi madre, sentir lo que ella sentía cuando iba andando a la facultad.

También sé que John y Dianne quieren hablar sobre mi madre y Tonya. Pero, ante todo, sobre mí. Creen que soy muy joven para verme envuelta en un secreto como el de mi familia. Está claro que querrán hablar sobre qué pasó y qué podría pasar en el futuro.

Doy vueltas sin rumbo por el pueblo durante más de una hora, hasta que las manos se me quedan heladas, tengo la nariz como un témpano y me suena por fin el teléfono: es John.

—Deberíamos ir volviendo para el aeropuerto —dice.

—Sí. Nos vemos en la calle principal, a la altura de la cafetería.

Cuando nos subimos a la camioneta de Dianne, se me encoge el pecho por la decepción.

Me debato entre la tristeza y el enfado. No sé qué esperaba encontrar en Old Bow: puede que algo, siquiera un indicio de lo que le pasó.

Pero no hay nada.

Dejamos atrás el pueblo y me quedo mirando por la ventanilla los bosques que flanquean la carretera. Son oscuros y sombríos y, para colmo, el cielo se vuelve gris de pronto y cae a plomo sobre los árboles. Me entran ganas de llorar.

Y ahí está otra vez, el cartel raro del pez.

Lo pasamos demasiado rápido y me vuelvo para mirarlo y repito como en un acto reflejo:

—Dientes afilados.

John se gira hacia mí y luego mira de reojo a Dianne antes de devolver la vista a la carretera.

—Algún día podríamos venir aquí y te enseño los lagos. De joven venía a acampar con mis amigos.

—Tú eres de esta zona, ¿no? —le pregunto.

—No exactamente, pero el lago era una joya oculta.

—Quizá, algún día... —repito.

Y así, sin más, con la alusión a un futuro lejano, mi única esperanza de saber algo más sobre mi madre desaparece por completo.

62

Dianne sale de la autovía para repostar gasolina en un pueblo.

Entro en la gasolinera y me pido un café, que me tomo a pequeños sorbos, observando por la ventana cómo John y Dianne hablan mientras ella echa gasolina. Ya no sonríen y en cambio los veo cuchicheando. Me pregunto si se les habrá ocurrido alguna forma de desvelar la verdad sobre mi madre. Nunca perderé la esperanza.

No tengo madre, es la idea que me golpea. Y de pronto me resulta tan desolador que debo apretar la mandíbula para contener las lágrimas.

Estaba tan cerca de descubrir la verdad... Pero no lo suficiente para llegar al fondo del todo. Y duele. No, esa no es la palabra. Es una constatación directamente demoledora. Es posible que nunca llegue a saber lo que le pasó a mi madre.

Un derrape repentino al otro lado de la carretera me hace volver los ojos como un resorte hacia una camioneta que describe una curva tan cerrada al salir de una tienda que deja una nube de goma quemada en el aire.

—Capullos —dice el tipo de la caja registradora.

Y entonces lo veo.

SUMINISTROS HUCKLEBERRY, pone en el letrero de la tienda.

El nombre me da la risa, me acuerdo de Huckleberry Finn.

De pronto me atraviesa un recuerdo fugaz: «Suministros Huckleberry».

Me quedo mirando el letrero y siento que el suelo desaparece bajo mis pies.

«No puede ser».

Corro al exterior.

—John, John, yo conozco ese nombre.

—¿Qué nombre?

—El de la tienda. —Señalo al otro lado de la calle—. Llamaron hace unas semanas diciendo que no habíamos pagado una factura. Yo no sabía de qué factura hablaban y no le di más importancia. Pero ¿por qué iban a tener mis padres una factura pendiente aquí?

—¿No podía ser un nombre parecido? —Intercambia una mirada de preocupación con Dianne, como si estuviera volviéndome loca.

—No sé, pero ¿y si no? —Lo miro suplicante.

Aunque no lo veo muy dispuesto, acaba cediendo.

—Venga. —Asiente—. Ahora venimos —le comenta a Dianne.

—No tardéis —protesta Dianne—. ¡O vais a perder el avión!

Entro con John en la tiendecita, donde los dueños parecen amontonar los productos en las estanterías sin molestarse en hacer que parezca un negocio.

—¿Puedo ayudarlos en algo? —pregunta una señora

mayor que hay tras el mostrador y que se vuelve de la pantalla de un ordenador.

—Sí —digo vacilante—. Mis padres tienen una cuenta con ustedes. Creo... —añado preguntándome si no estaré realmente volviéndome loca—. ¿Tienen ustedes de eso? ¿Cuentas con otras personas? ¿Para suministros y servicios?

—Claro. Cientos. Hacemos envíos por todo el país.

—¿Podría mirármelo, por favor?

—No puedo dar información así porque sí.

—Ya. Pero el caso es que creo que les deben dinero. Es por una deuda pendiente.

El gesto le cambia y se le borra un poco la altivez.

—¿Cómo es el apellido?

—Casper.

—Casper, Casper, Casper... —Clava los ojos en la pantalla mientras cliquea con el ratón—. No, no me aparece.

Casi suelto un gemido por la decepción.

—Puede que hayan usado otro...

—¿Y sabes cuál puede ser?

Se me cae el alma a los pies.

—No.

John se remueve a mi lado.

—¿A qué número llamaron desde la tienda? —me pregunta.

—Al teléfono fijo de casa. —Caigo en la cuenta entonces y pregunto—: ¿Podría buscar por el número de teléfono?

La mujer se encoge de hombros y dice:

—¿Cómo es?

Le dicto el número y vuelve a la pantalla, hasta que suaviza el ceño y dice:

—Pues sí, aquí está. Tiene un retraso de siete semanas

en el pago. El número está a nombre de Fincas con Solera, S. L. ¿Es eso? —Me mira inquisitiva.

Yo miro a John.

—Nunca había oído el nombre de esa empresa, pero si está el teléfono de mis padres, tiene que ser de ellos, ¿no? Un momento. —Me viene otra idea.

Saco el teléfono y marco el número de E. J., pero no da llamada. No tengo cobertura. Me tiembla el pulso mientras vuelvo a probar.

Suena entonces el timbre al entrar Dianne en la tienda.

—Vais a perder el avión, o tendré que conducir como una loca —dice, pero John le dedica una mirada elocuente y Dianne me mira a su vez como interrogándome.

—Escuchad —digo, y, llegados a este punto, el corazón me late tan fuerte que empiezo a jadear.

—Mackenzie, tranquila. Respira —me dice John—. ¿Te has tomado la medicación?

Sacudo la cabeza.

—No es eso. Es que... Hace unas semanas estuve investigando con mi amigo y resulta que Tonya heredó una finca a las afueras de Old Bow, por la época en que mis padres estaban en la facultad. La vendió años después a una sociedad limitada. No recuerdo el nombre, pero creo que... ¿como que podría ser esa misma?

John y Dianne se miran.

No estoy loca. Yo tenía razón. Mis padres tienen alguna relación con esta tienda de suministros.

—Si esa misma sociedad limitada pertenece a mis padres y tienen cuenta aquí...

—¿Piensa pagarme o qué pasa aquí? —nos interrumpe bruscamente la señora tras el mostrador.

Nos está mirando y no parece nada divertida.

—¿Sabe usted cuánto tiempo llevan teniendo cuenta con ustedes? —le pregunto.

La mujer vacila antes de volver la vista, irritada, hacia el ordenador. Las cejas se le arquean hacia arriba.

—Pues más de veinte años, por lo que veo aquí.

Siento que me flaquean las rodillas.

John se pasa los dedos por el pelo.

Dianne se acerca al mostrador.

—Señora —la mujer la saluda con la cabeza—, ¿adónde se llevan los suministros que piden?

—A una dirección.

—¿Y la tiene usted en sus archivos?

—Es verdad —intervengo—, debería.

La mujer me observa con mala cara.

—No puedo facilitarles información personal así, sin más.

Dianne se apoya en el mostrador y dice:

—La comprendo, pero podríamos estar ante un crimen.

—¿Cómo dice? —La mujer la mira de hito en hito.

—Me refiero a que o nos deja ver la dirección que le aparece en el archivo, o tendremos que recurrir a la policía para solicitar esa información y ellos ya vendrán con una orden para conseguirla.

—Ah, ¿sí? ¿Acaso me está amenazando? Pues que vengan. —La mujer suelta un sonoro resoplido.

Dianne no pierde el temple.

—Comprendo. El problema es que seguramente le confisquen el ordenador y le cierren la tienda mientras investigan. Y no queremos eso, ¿verdad que no?

La mujer no reprime su mala cara, pero vuelve la vista a la pantalla y escupe las palabras:

—El número veintidós del camino del Catán —dice—. A unos veinte minutos de aquí.

63

No consigo parar de temblar mientras volvemos a la carretera en dirección a Old Bow.

—Vais a perder el avión —nos advierte de nuevo Dianne.

—No pasa nada. A lo mejor todavía llegamos —responde John—. Pero necesitamos comprobar esto antes de irnos. Si hace falta, compraré otro billete para mañana por la mañana y nos quedaremos en un hotel. —Se vuelve y me pregunta—: ¿Estás bien?

Asiento, aunque tengo el corazón a mil por hora. No estoy bien. Ni de lejos.

Tampoco John: no para de frotarse las palmas de las manos contra los vaqueros y los siguientes veinte minutos pasan en un silencio absoluto.

Yo estoy mirando cada dos por tres la ruta que he descargado en el teléfono y el destino final, un puntito junto a un lago sin ninguna carretera visible que llegue hasta él.

Suelto una exhalación sonora.

—Mackenzie, ya verás cómo no va a pasar nada —me dice John, intentando tranquilizarme, pero sin girarse hacia mí—. Seguramente tengan inquilinos.

—¿Y mis padres llevan veinte años pagándoles las provisiones?

—Tendríamos que haber preguntado qué es lo que les sirven. Puede que sea leña. O carbón para la caldera. Este tipo de cosas...

—John —lo interrumpe Dianne, que luego me mira—. Aguanta un poco, bonita.

No presto atención a la carretera: solo veo el punto rojo y el cruce, que se acerca con una lentitud desesperante.

—Aquí estamos —digo por fin alternando la mirada entre el GPS y la carretera, que dobla a la altura del letrero del pez feo.

—¿En el letrero? —pregunta Dianne.

—Sí. —El corazón me aporrea el pecho con tanta fuerza que parece que va a romperme la caja torácica—. Dientes afilados —murmuro de nuevo.

A un kilómetro y medio del cruce, llegamos con la camioneta a un claro frente a una pequeña cabaña de madera.

Hay un viejo Toyota azul aparcado delante. El lago parpadea entre los árboles.

—¿Entramos? —pregunto.

Dianne suspira resignada.

—Ya que estamos... Venga.

Nos bajamos los tres del coche.

Me acerco a John y me detengo. Nos quedamos los tres contemplando la casa que hay delante del coche, sin movernos.

Tengo la respiración entrecortada. John se vuelve y siento su mano en el hombro.

—¿Mackenzie? —Lo miro—. No puede ser ella. Relájate. Tú respira y ya está, ¿vale? Seguramente no sea lo que esperas.

Respiro hondo y suelto el aire con fuerza.

—Vale.

Pero estoy aterrada, aterrada de que estemos equivocados. De que sea demasiado tarde. De que encontremos algo más siniestro de lo que esperamos.

Los tres empezamos a dar pasitos hacia la casa cuando de pronto se abre la puerta y nos paramos en seco.

Y a mí el corazón se me para también.

Estoy tan nerviosa que creo que voy a vomitar.

La mujer que aparece tiene unos cuarenta y tantos, lleva zapatillas de deporte, bata de enfermera, un plumón y el pelo oscuro atado en un moño despeinado en la cabeza.

Miro a John con gesto inquisitivo.

—No es ella —me asegura—. No es ella, Mackenzie, respira, ¿de acuerdo?

—Ufff. —Exhalo y trago la bilis que me ha subido a la garganta; no me vendría mal un tranquilizante en estos momentos.

—¿Puedo ayudarlos? —pregunta la mujer en voz alta mientras baja los escalones y se acerca.

Vuelvo a mirar a John porque no creo que pueda hablar y ni siquiera tengo claro qué decir.

—¡Hola! Sí. Estábamos buscando a una persona, pero no sé si tenemos bien la dirección —le explica.

La mujer se detiene a varios pasos de nosotros, con las manos en los bolsillos del chaquetón, se me queda mirando sin pestañear unos segundos, antes de estudiar a Dianne y a John.

—¿Es usted la dueña? —pregunta este último.

—No, yo solo trabajo aquí. —La mujer vuelve a mirarme.

—¿Trabaja? ¿Y en qué trabaja, si no le importa que le pregunte?

La mujer aparta por fin los ojos de mí y contesta:

—Soy cuidadora.

—¿Cuidadora?

—Sí, trabajo para una empresa de cuidados a domicilio. Cuido de gente.

—¿Y trabaja para alguien aquí?

—Sí, para una familia. Pero ¿a qué viene tanta pregunta?

Observo la casa tras ella, el humo que sale de la chimenea, el porche limpio y los parterres, que están vacíos pero limpios, como si tuvieran flores en verano.

—¿Cómo se llama esa persona? —le pregunta John.

La enfermera retrocede un paso.

—Mire, yo no quiero problemas. Y además no estoy autorizada a dar datos personales. A mí me pagan por mi trabajo y poco más.

—Comprendo. Es que estábamos buscando a alguien... Bueno, en realidad no sabemos bien a quién estamos buscando.

La enfermera resopla y da otro pasito hacia atrás, reculando.

Miro entonces hacia las ventanas de la casa y de pronto veo una cara. No distingo quién es, pero la cortina se mueve y la cara desaparece.

—Hay alguien dentro —murmuro.

John me mira primero a mí y luego a la enfermera.

—¿Sabe quién vive aquí?

La enfermera vuelve a darme un repaso antes de centrarse en John, ladear la cabeza y entornar los ojos como en un gesto de suspicacia.

—¿Son ustedes parientes o algo así?

—Podría ser...

La enfermera asiente y le lanza una mirada recelosa a John.

—A usted no lo había visto antes por aquí. —Al instante clava los ojos en mí de nuevo.

—Es que... es que hace poco que hemos sabido que ella podría estar viviendo aquí —digo vagamente, vacilante.

La cara de la enfermera se suaviza y estrecha un tanto los ojos mientras me observa.

—No se permiten visitas. Tengo órdenes estrictas al respecto. Tampoco puedo revelar información personal. —Los ojos se le van hacia John—. Lo siento, amigos, ojalá pudiera ayudarlos.

—¿Y eso por qué es así? —insiste John.

—Mi cliente se encuentra en un estado frágil.

—¿Có-mo...?, ¿qué quiere decir? —pregunto con el corazón en la garganta.

Me vale cualquier pista, puedo venir en otro momento y colarme en la casa y averiguar quién vive.

—Hoy tiene un día muy bueno —dice la enfermera señalando la casa—. El tiempo le afecta bastante. No habla mucho. Dice palabras. Escribe. Escribe cosas muy bonitas que no tienen mucho sentido. No conecta bien con la mayoría de la gente. Eso es lo que le pasa. Tengo órdenes estrictas de que no se le acerque nadie que pueda desencadenarle otro ataque.

Pero, con todo lo que ha dicho, yo me aferro a una única palabra: «escribe».

379

—¿Ha dicho que escribe? —susurro, y miro suplicante a John y luego a Dianne—. Escribe. La persona que vive aquí escribe.

—No sale mucho —dice la enfermera—. Y menos con este tiempo. Tampoco puedo dejarlos entrar. Lo siento, pero me pagan bien para mantener a salvo a mi paciente.

Los tres nos miramos.

Estoy triste, y angustiada, y de los nervios. Pero ante todo estoy deseando saber quién hay dentro.

Tenía la esperanza de hallar fragmentos de mí misma en este viaje, en este estado, lo que fuera, algo que no hubiese visto nunca en la mujer que me crio o en el hombre al que llamo «padre».

John parece casi tan nervioso como yo.

—En fin... —La enfermera exhala con fuerza y saca el móvil del bolsillo—. Tengo que pedirles que se vayan. Si no, tendré que llamar a seguridad.

El corazón me aporrea el pecho con saña, presa de la desesperación.

Y entonces la puerta de la cabaña chirría al abrirse.

La enfermera se vuelve.

—Vaya, qué raro —murmura, dejando caer las manos por la sorpresa, mientras nosotros tres vemos también que una mujer sale al porche—. No es normal verla salir. ¡Tenemos visita, Tonya!

El nombre hace que se me erice el vello de la nuca.

—Madre mía —susurra Dianne.

La mujer que ha salido aparenta unos cuarenta y tantos años. Tiene una melena poblada que lleva suelta y le llega hasta el pecho. Viste un jersey grueso de lana, pantalones de pijama y zapatillas de estar en casa.

Se queda parada en el borde del porche, mirándonos de frente.

Se oye una sonora exhalación y un murmullo, de nuevo de Dianne, que se tapa la boca con la mano y mira de hito en hito a la mujer del porche.

—Dios mío —dice a mi lado John, que se queda boquiabierto, se pasa los dedos por el pelo y abre mucho los ojos.

—¿Es... es ella? —pregunto en un susurro, como si temiera mis propias palabras.

Pero, cuando la contemplo, no necesito confirmación alguna. Ahora yo también advierto el parecido. Si utilizara una de esas aplicaciones para envejecer mi foto veinte años, esta sería yo: la mujer con pelo canoso y rasgos finos, que empieza ahora a dar pasitos lentos en nuestra dirección.

La enfermera levanta las manos ligeramente, tendiéndoselas con las palmas hacia arriba, como si la mujer fuera a caerse.

Todavía no sabemos qué le pasa, si le rige o no la cabeza, pero, mientras la observo, se me empañan los ojos.

—Joder —dice John exhalando de nuevo, y por un momento le veo la cara paralizada por la conmoción.

Pero los ojos se me van de nuevo a la mujer y me late tan fuerte el corazón que a punto está de salírseme del pecho.

No mentían: soy su viva imagen.

No cabe duda: aunque la mujer que me crio se le parecía, si conocías a ambas, te habrías dado cuenta de la diferencia.

El pecho me tiembla con un sollozo diminuto. Es la

primera vez que veo a esta mujer, a mi madre biológica, pero no es eso lo que me da ganas de echarme a llorar.

¿Sabéis lo que es una crueldad? Arrebatarle a una persona inocente sus talentos, sus logros, sus seres queridos y tenerla encerrada veintiún años.

¿Sabéis qué es peor que asesinar? Enterrar a alguien en vida.

La mirada de la mujer que viene hacia nosotros se detiene solo un instante en Dianne. Luego, en John, donde se queda un poco más.

Camina con lentitud, con andares algo inestables y pasos irregulares, como si no le funcionaran las piernas bien del todo.

Luego sus ojos se posan en mí y ahí se quedan, lo que me retrotrae de golpe a los diarios y a la historia de la bella mente que fue cercenada por un inefable acto de crueldad.

La mujer aminora el paso mientras sigue recorriendo mi rostro con la mirada y, cuando por fin llega a nuestra altura, se detiene ante mí.

Tenemos la misma estatura, la misma constitución, la misma cara. Los brazos le caen a ambos lados. Huele a chimenea y a flores. El viento le revuelve los largos mechones canos, aunque se nota que, hace tiempo, eran negro azabache. Tiene los labios cortados y la piel pálida. Unas arrugas le bordean el rabillo del ojo. Hay belleza en ella, marchita por los años de soledad y por alguna enfermedad indefinida que sin embargo no le ha ajado la cara.

No cabe duda de quién es: mirarla es como ver mi futuro.

Siento que voy a partirme en dos. El mundo se detiene a nuestro alrededor.

Su mirada es serena pero en cierto modo vacía mientras pasea los ojos por mi cara y ladea ligeramente la cabeza.

—Hola —digo, aunque me sale como un susurro.

Siento tal presión en el pecho que me cuesta respirar. Lo único que me hace sonreír es que los ojos de esta mujer no están ribeteados de tristeza ni de trauma ni ninguna clase de locura. Están calmos como el mar.

Levanta la mano despacio, como si le costara un gran esfuerzo. Me encojo en el sitio cuando me repasa el contorno de la cara con las yemas de los dedos, centímetro a centímetro.

Tiene un tacto cálido, como una pluma. Maternal. A pesar de que a saber cuánto tiempo, en un pasado lejano, le permitieron ser madre.

Por un momento siento que se me parte el corazón. Me duele saber que esta mujer nunca llegará a conocerme del todo. Son los segundos más lentos de mi vida, la sensación del corazón quebrándoseme un poco más mientras esta mujer pasea los ojos por mi cara. Me quedo paralizada, temerosa de moverme y espantarla.

Cuando baja la mano, la comisura de su labio se eleva mínimamente en lo que parece una sonrisa. Se le empiezan a empañar los ojos.

¿Está retrayéndose en sí misma? No, por favor. No-no-no.

Pero no es eso: los ojos le brillan, pero creo que son lágrimas. ¿Es posible?

El corazón no me cabe en el pecho, parece a punto de estallarme. También mis ojos están al borde de las lágrimas.

—Soy Mackenzie —digo con voz temblorosa, pero sonriéndole.

Es entonces cuando su mirada se clava en la mía, con unos ojos rebosantes de bondad, y se le separan los labios en una primera palabra.

La palabra que tantas veces me he repetido, leyéndola en sus diarios.

La palabra que nunca he oído en voz alta.

Es un susurro suave que a mí me resuena con tanta fuerza que me parte el alma cuando dice:

—Amapola.

64

Un año después

—¡Date prisa! —me grita E. J. desde el salón.

—¡Que alguien me eche una mano aquí! —grito a mi vez desde la cocina, luchando por sacar del horno la fuente de coles de Bruselas gratinadas.

Oigo las risas de John y Dianne en el salón y, aunque me quemo un poco con la fuente hirviendo, no puedo evitar sonreír por la emoción.

Hemos estado juntándonos así en casa de John casi todas las semanas desde que..., en fin, encontramos a mi madre hace un año. Pero es nuestro primer Acción de Gracias juntos: E. J., John, Dianne, mamá y yo. Dianne nos llama el «escuadrón justiciero».

Técnicamente, fue E. J. quien desenterró toda la información sobre el pasado de mi madre, incluida la dirección de Dianne. Gracias a él, la loca cadena de acontecimientos de este último año desató la tormenta. Pero fue gracias a Dianne y a John, que me llevaron a Old Bow, como por fin llegamos al fondo del asunto. Así que sí, somos un escuadrón, todo un equipo.

Dejo la fuente sobre la placa de la cocina y me inclino para olerla.

Se acercan unos pasos rápidos.

—¿Te ayudo?

E. J. me rodea la cintura por detrás y me acaricia el cuello con la nariz.

—Date prisa, tortuguita.

—Lo intento, pero deja de distraerme —bromeo, y suelto una risita cuando me besa en el cuello.

—No te distraería si no fueras tan *distractiva* —me murmura al oído.

—Oye, a ver esas manos.

—Como sigas comportándote como una borde, tendré que llevarte a algún sitio cerrado para darte una lección. —Me cuela una mano por debajo de la blusa.

Estallo en risas y me zafo de su agarre.

—Están esperándonos —susurro.

Me da un beso en la mejilla desde atrás y luego va a por la pila de cuencos limpios.

—¿Las coles van aquí? —Coge uno.

—Sí.

Lo observo ayudar como un buen novio y no puedo parar de sonreír.

Tengo suerte. Se lo digo todos los días y él se pavonea henchido de orgullo. Pero es que es verdad, soy la chica más afortunada del mundo.

—¡Vamos, que nos vamos! Están todos esperando. —Me da un pequeño codazo mientras lleva un cuenco de coles y una botella de refresco.

Este Acción de Gracias tengo toda una mesa de personas a las que dárselas.

John —que ya es «John» y no el profesor Robertson— está leyendo algo en el móvil.

Mi madre está a su lado. Lleva ya casi un año sometiéndose a una terapia integral y los médicos dicen que nunca recuperará del todo sus capacidades, ni tan siquiera la mitad. Apenas habla, pero sé que entiende bastante, que capta muchas cosas. Me encanta cómo me mira, como si yo fuera todo su mundo.

Nos sonríe con dulzura cuando entramos en el salón con la comida.

Dianne lleva ya un año viviendo en la ciudad, en una casa que alquiló para el tiempo que duraran los juicios y el circo mediático. Testificó en varias ocasiones contra Ben y Evelyn Casper, así como contra Tonya Shaffer, quien había estado viviendo todo este tiempo bajo la identidad de Elizabeth Dunn.

—Mirad esto —dice John, que lee en la pantalla del teléfono—: El último artículo del *New York Post*:

FRAUDE, SECUESTRO, ESCLAVITUD.
LA VERDADERA HISTORIA DE LA VERDADERA
A. Z. GANVEN

—Lo llaman «el fraude literario del siglo».

Y lo es, desde luego.

Cuando encontramos a mi madre, a la de verdad, el FBI se involucró en la investigación. John, Dianne y yo tuvimos que quedarnos una semana en Old Bow. E. J. cogió un avión y se vino. Y otro tanto hizo el inspector Jiménez.

Y luego nuestras vidas estallaron por los aires, por decirlo suavemente.

Dianne fue la primera testigo en el caso de suplantación de identidad. La siguieron varias personas del centro de acogida que reconocieron a la mujer que aparecía en las primeras fotos con mi padre y la identificaron como Tonya Shaffer. Algunos de los amigos de la facultad de mi padre también acudieron a la policía para contar lo que sabían sobre Tonya y Lizzy. Profesores de la facultad de Old Bow. Alguien incluso rescató las viejas fotos de la ceremonia de graduación y resultó que John tenía también negativos sin revelar de aquella época, y por supuesto había varias fotos de Lizzy.

Se practicaron distintos análisis de ADN que confirmaron que la mujer que vivía en la cabaña del lago era realmente mi madre biológica. Las muchas enfermeras que habían trabajado cuidándola en los últimos veinte años dieron detalles sobre la medicación que habían estado dándole, calmantes en su gran mayoría, que ellas mismas fueron reduciendo con el tiempo. Ninguna había conocido en persona a la auténtica Tonya Shaffer, la que se hacía pasar por Elizabeth Dunn.

Las pruebas documentales de la sociedad limitada que adquirió la finca y pagaba los gastos para la manutención de mi madre en la cabaña condujeron hasta mis padres.

Estos deberían haberse deshecho de los diarios y los manuscritos originales: tenían huellas digitales de la mujer de la cabaña del lago.

Lo gracioso es que, si mi abuela no les hubiera sacado a mi padre y a Tonya la única foto que hay de esa época, habría sido mucho más difícil identificar a Tonya de joven. De hecho, quizá la investigación no habría arrancado nunca.

Al hombre que estaba chantajeando a mi familia y al que habían estado pagando durante años no lo han llegado a localizar. Mi padre culpó a su mujer, a quien acusó de adulterio y de pagar a ese hombre por su silencio. Lo han condenado a cadena perpetua.

A mi abuela también la han condenado por ser cómplice en los cargos de suplantación de identidad y de fraude. Se habría librado si las enfermeras que cuidaban a mi madre no hubieran confirmado que Evelyn Casper fue de visita a la cabaña en múltiples ocasiones durante los últimos veinte años. De hecho, en cuanto Tonya y mi madre se mudaron a la Costa Este, mi abuela cogió un avión a Old Bow para «encargarse» de las cuestiones legales. Ha estado metida en el ajo desde el minuto uno. Aparte, se embolsaba un buen pico de los derechos de autor de A. Z. Ganven. Un cuarto del total, ni más ni menos. Le han hecho devolver el dinero y la han mandado a la cárcel.

¿Lo ves, mamá? Te dije que la abuela era un monstruo.

No me da ninguna pena. Después de ver dónde vivió durante años mi madre biológica, no me da nada de cosa. Encontraron los papeles con sus escritos en la cabaña, cientos de folios. Por suerte, los forenses demostraron que se trataba de la misma caligrafía que la de los manuscritos originales de las obras ya publicadas.

La suplantación de identidad desencadenó un auténtico pandemonio.

Contraté a abogados expertos en derechos de autor. Lo único que ha quedado indemne ha sido mi fondo fiduciario. A mi padre y a mis abuelos les han confiscado todo lo demás: propiedades, fondos, ahorros, regalías futuras.

Los abogados expertos en propiedad intelectual y medios han hecho el agosto con el juicio. Conseguimos al mejor del país para que representara a mi madre y ganó. Y aunque le devolvieron su dinero y sus derechos, o al menos parte de ellos, ella no puede utilizarlos legalmente dado su estado mental, de modo que me han asignado a mí como custodia de la Fundación A. Z. Ganven. Y como su tutora legal.

Lo más importante es que mi madre ha recuperado su nombre, Elizabeth Dunn, y los derechos por sus libros. No es que ella comprenda del todo lo ocurrido, pero tampoco es que le importe mucho. Sí que veo en sus ojos, sin embargo, cuando me mira a mí o a John, que es feliz a nuestro lado, y eso es lo único que importa.

¿Y la bruja de Laima Roth? Pues la interrogaron y la acusaron de ser cómplice, pero, por supuesto, la editorial y el gabinete de comunicación le consiguieron un buen abogado.

«Yo no sabía nada de lo de la identidad falsa —declaró—. No había conocido a Elizabeth Dunn en persona hasta la firma del contrato. Yo soy la mayor víctima de este caso».

Puede que, en lo legal, se fuera de rositas, pero los periodistas se la han comido viva. Los acuerdos de confidencialidad son confidenciales hasta que interviene el FBI. No pudo explicar por qué la supuesta Elizabeth Dunn-Casper tuvo que contratar a escritores fantasma para escribir las partes que le faltaban de sus propios manuscritos.

John ya le ha buscado unos agentes nuevos a mi madre, y la antigua editorial ha perdido los derechos sobre la obra publicada de A. Z. Ganven. Menudo circo se formó. Firmamos un contrato con una editorial nueva. Y mientras los viejos ejemplares se venden por extraordinarias sumas de dinero, las ventas anticipadas de los nuevos ejemplares alcanzan cotas insospechadas.

El otro día estuve hablando con el inspector Jiménez, que se ha hecho famoso aquí en la ciudad. Todavía bromea conmigo por lo de mi supuesto trabajo de clase sobre suplantación de identidad.

De modo que aquí estamos ahora, celebrando nuestra victoria. La mía, la de encontrar a mi madre. La suya, la de conseguir por fin justicia.

Sonríe con ternura cuando la miro de reojo. Dicen que seguramente sufriera un ictus durante el parto que le causó daños cerebrales y pérdida de memoria. Y estuvo mucho tiempo sedada hasta que las enfermeras que cuidaban de ella decidieron que aquello no tenía sentido y empezaron a recortarle la medicación. Pero, por lo visto, lo de no hablar es por su propia elección. Quizá algún día hable más conmigo. Eso sí, le encanta que le lea mis cuentos.

Lleva ya un año en un centro de rehabilitación física. Pero estamos buscándole casa y, cuando la tenga, lo arreglaremos todo para que esté bien cuidada.

—¿Qué te ha dicho el nuevo agente? —me pregunta John cuando estamos por fin todos sentados en torno a la mesa.

—Me ha preguntado si estoy interesada en escribir un libro sobre mamá.

—Ni te lo pienses —dice E. J. metiéndose una cucharada de boniatos asados en la boca—. Tienes talento. ¿Quién mejor que tú para escribir esta historia tan rocambolesca? Podrías llamarla *Dientes afilados*.

391

Lo miro alarmada y luego miro a mi madre, sintiéndome mal por la mención a su título.

Pero ella sonríe con la vista puesta en su plato. Creo que entiende casi todo lo que decimos.

—Ya veremos —murmuro.

—¿Puedo salir en el libro? —pregunta E. J.

—Eres como un crío —susurro, sonriendo y poniendo a la vez cara de hastío.

John y Dianne se ríen.

Mi madre es en estos momentos una celebridad y su fotografía —sin carmín y con el pelo canoso— se ha hecho viral. Se ha convertido en una nueva leyenda y en una especie de mártir.

Nuestro Acción de Gracias es alegre. John es muy atento con mi madre y le sirve agua y le lleva la tarta. Creo que en otros tiempos la quiso. Y creo que, ahora desde otro lugar, sigue queriéndola.

Llaman a la puerta.

Con las cejas arqueadas, John se levanta.

—Espero que no sean paparazzi —murmura.

Vuelve al cabo de un minuto, con cara de confusión y un sobre en la mano.

—No había nadie en la puerta —dice, pero veo su cara de preocupación cuando me tiende el sobre.

Para Mackenzie Dunn. De tu fan número 1. ♡

65

Trago saliva y repaso los rostros de la mesa, que me miran expectantes.

—¿Qué es eso? —pregunta impaciente E. J., con los ojos clavados en el sobre.

Lo abro con manos temblorosas.

Es una hoja arrancada, igual que las que recibí hace un año. Del mismo diario. Con la misma caligrafía. La página empieza a mitad de frase:

puede, es solo una posibilidad, y, por favor, perdóname, mi niña bonita, pero puede que Ben no tenga nada que ver contigo.

Con amor, mamá.

Me quedo mirando las palabras en estado de shock, mientras intento recordar cómo era la frase anterior, en la última carta que llevo meses sin releer.

—Kenzie, cuéntanos —me urge E. J.—: ¿qué pone?

Intento hacer memoria: de la última carta, la que mi madre me escribió desde casa de John cuando estaba todavía embarazada de mí y quería dejar a mi padre. La carta acababa abruptamente.

Si Ben vuelve a mentirme, se va a enterar.
O desaparece ella o desaparece él.
Lo tendrá que decidir Ben. Pero

Miro el folio con manos temblorosas:

puede que Ben no tenga nada que ver contigo.

—¿Te importa?

Veo a John al levantar la cabeza y, como en un acto reflejo, le tiendo la hoja, incapaz de quitarle ojo.

Él siempre fue un apoyo para mi madre en Old Bow. Era a él a quien ella acudía cuando necesitaba ayuda. Fue él quien le prometió que la ayudaría a mudarse y escapar de mi padre.

—Perdonad —digo, y me levanto de forma tan brusca que vuelco la silla.

—Mackenzie... —La voz de John resuena a mi espalda mientras me meto como una flecha en el baño, corro el pestillo, abro el grifo y cierro los ojos.

Me cuesta respirar, pero más me cuesta contemplar la verdad que me abofetea la cara.

—No puede ser... —murmuro mirándome en el espejo para intentar identificar los rasgos de mi padre en mi reflejo.

Las lágrimas empiezan a rodarme por la cara. Trato de respirar hondo, pero tengo el pecho como atrapado por unas garras de hierro y la sangre me retumba en los oídos.

Necesito tranquilizarme, pero me tiemblan las manos y el agua helada que les estoy echando no sirve para nada.

Todavía temblorosa, abro el armario del baño. Necesito algún analgésico o un somnífero, lo que sea que me calme. Veo varios botes con receta médica en el estante de en medio y, de pronto, me quedo mirando y mirando como una zombi solo uno de ellos, uno con un nombre que conozco muy bien.

No tendría ni idea de qué es si no fuera porque a mí también me lo han recetado: por mi enfermedad hereditaria, que suele transmitir uno de los progenitores.

Abro la boca y ahogo un grito. Los recuerdos me sobrevuelan la cabeza como un puñado de moscas: la carta de mi madre en la que hablaba de la noche que fue a casa de John con una botella de alcohol. Luego, sus palabras en la última carta:

Mientras escribo esto, John nos está preparando la cena. Me mira de reojo, con el gesto torcido. Sé que tiene preguntas, pero no estoy preparada para responderlas.

Recuerdo cómo me miró John después de la clase aquella en que él me preguntó por mi salud y yo le conté lo de mi enfermedad. No, no fue compasión lo que vi en sus ojos. Fue conmoción al comprender que padecíamos lo mismo. Él ya supo entonces que yo era hija de Elizabeth.

Me ruedan las lágrimas por la cara cuando cierro los ojos y recuerdo lo mal que lo he pasado en este último año de juicios, el odio que he sentido por mi padre, por lo que le hizo a mi madre. Era un odio tan amargo que cuando fui a verlo a la cárcel le dije solo eso: «Ojalá no fueras mi padre».

Sonrío entre el llanto y el sollozo, incapaz de procesar mis sentimientos en este momento.

—¿Mackenzie? ¿Kenzie? —me llega la voz amable de John tras la puerta, seguida de unos golpecitos suaves.

No puedo evitar sollozar cuando asimilo esa voz, que me habla con más preocupación y cariño que ninguna otra que haya oído antes.

—Abre la puerta, por favor. No pasa nada. Vamos a hablar —me dice en voz baja.

Descorro el pestillo y abro lentamente para revelar la parte de mi vida que nunca supe que existía.

Me encuentro a John con la carta en la mano y escrutándome con la mirada, con unos ojos que se contagian de mi dolor al ver mis lágrimas.

Levanto en alto el bote de pastillas e intento que me salga mi voz más potente.

—Tú lo sabías —susurro, sin embargo.

Él mira de reojo la hoja que tiene en la mano, luego el bote y de nuevo a mí.

—Sí —reconoce en apenas un hilo de voz.

—¿Desde cuándo?

—Desde que te dio el ataque en mi clase. —Sonríe débilmente—. Cuando me contaste lo de tu enfermedad.

—¿Por qué...? —Se me escapa un sollozo—. ¿Lo has sabido todo este tiempo? ¿Por qué no me lo habías dicho?

Traga saliva.

—Quería conocerte mejor antes. Y, además, ya bastante tenías. Quise darte tiempo, Mackenzie.

Una sombra aparece entonces a su espalda, una mano que se le posa en el hombro con suavidad.

Es mamá.

Lo mira a él, luego a mí y después el bote de pastillas. Hay un interrogante en su mirada. O tal vez solo esté intentando saber qué es lo que pasa. Ojalá ella pudiera contarnos la historia completa.

Pero entonces sonríe y apoya la mejilla en el hombro de John.

Y él asiente.

—Vamos a estar bien —dice sonriendo débilmente, pero con esa expresión suya tan poderosa, capaz de calmar tormentas o una clase llena de alumnos. O de borrar años de mentiras—. Vamos a hablar, Kenzie, por favor. Ya es hora.

Asiento, sonriendo. Él, ella, yo: por fin el puzle está completo.

—Sí, hablemos.

66

DIANNE

Dicen que cuando te haces mayor lo que quieres es haber tenido una vida con muchas historias que contar. A mí lo que me gustaría es no tener tantas. Y que las que tengo no fueran tan siniestras.

Llevo años sin celebrar Acción de Gracias, pero creo que esto es especial, ver cómo esta familia se reúne por fin. Sobre todo por Lizzy. La pobre mía ha vivido un infierno.

Y ahora llega otra carta, en un día así. Lo que acabamos de saber: que John quizá sea el padre de Mackenzie. Están en el cuarto de al lado, hablándolo todo. John, Mackenzie y Lizzy.

La chica desde luego ha salido a su madre en bondad, pero también en determinación. Aunque a John no lo conozco tan bien, con unos padres así, esa niña se va a comer el mundo, no me cabe la menor duda.

Emerson y yo no somos en esta casa más que invitados, pero tenemos oídos. El chico le hinca el diente al pavo, se encoge de hombros cuando me río y luego me pasa los boniatos asados.

—Van a estar ahí un rato. Ya que estamos, comamos.

—No te cortes, chaval —le digo con una sonrisa; es un buen chico.

¿Qué podemos hacer? Dios sabe lo que ha sufrido esta familia. Yo solo espero que no se dediquen a desenterrar más secretos del pasado.

No tengo hijos, pero en todos los años que estuve trabajando en Keller vi a muchos críos, cada uno con sus historias, sus problemas y sus esperanzas.

Intenté mantener el contacto tanto con Lizzy como con Tonya una vez que salieron al mundo.

Pero ¿Tonya? Se quedó embarazada cuando todavía estaba en el centro de acogida. Hubo una agencia que le pagó una buena suma por tener al crío bajo cuerda y entregarlo luego en adopción. La gente como Tonya es capaz de sacar rédito de una cosa así. Ella nunca supo lo que era cuidar a otra persona y preocuparse por ella.

Lizzy se fue a la facultad. Me llamaba de vez en cuando, por mi cumpleaños y por Navidad, hasta que desapareció. No le guardé rencor. La mayoría de los críos no necesitan tener que recordar de dónde vienen.

Hasta que hará un año entré en la gasolinera donde suelo ir a comprar. Mary estaba tras el mostrador, con un libro en la mano.

Mentiras, mentiras y venganza, se llamaba.

—¿Está bien? —le pregunté.

—Ya te digo. Con decirte que no consigo despegar los ojos del libro —me dijo sacudiendo la cabeza—. No te lo pierdas: una chica que se crio en un centro de esos de acogida y van tres chicos y la deshonran. Nadie levanta un dedo por ayudarla, nadie. Salvo la encargada, bendita sea, que es la única que se preocupa por la chiquilla. Así que, cuando crece, la chica les da una lección de no te menees. Y luego va y les ajusta las cuentas con toda la mala leche. A mí estas cosas tan crudas no suelen gustarme, pero estos tres desde luego se lo buscaron ellos solitos.

Cuando miré la contra del libro, me quedé paralizada al ver la foto de la autora.

Yo creo seriamente en las coincidencias. Y no suelo ir a librerías. Pero ese mismo día conduje veinte kilómetros para comprar el libro y me lo leí de una sentada.

Como no tengo ordenador y mi móvil es de los antiguos, fui a donde Mary, que tiene un sobrino al que se le dan bien todas esas historias técnicas.

—Elizabeth Casper —me dijo—, así se llama la escritora. —Me enseñó imágenes y todo lo que pudo encontrar por internet, pero, por mucho que la miraba, no veía ni rastro de Lizzy en la cara de la escritora.

Estaba más claro que el agua: aquella era Tonya.

El sobrino de Mary me consiguió sus señas y me dijo que le había costado lo suyo encontrarlas, así que le di veinte dólares por las molestias.

Y luego decidí que debía verla con mis propios ojos.

¿Una ancianita como yo? Tengo tiempo de sobra. Me fui en mi coche hasta la Costa Este, tardé tres días. Eché la escopeta, por si acaso.

A. Z. Ganven. Nombre de postín, casa de postín, coche de postín. Sin derecho legítimo alguno. En cuanto le puse la vista encima, en el aparcamiento del centro comercial al aire libre que hay al lado de su casa, supe que no era Lizzy.

Me bajé del coche.

—¡Tonya!

Tendríais que haber visto lo petrificada que se quedó,

como un ciervo ante los faros de un coche. Pero no se dio la vuelta y se limitó a rebuscar algo en el bolso y seguir andando. Siempre se le había dado muy bien actuar.

Entramos en el supermercado y la perseguí por los pasillos.

Pelo de postín, maquillaje de postín, ropa de postín. Pero ni por esas podía ocultar quién era.

Se dio cuenta de que la rondaba y se puso como un palo cuando me coloqué en la cola detrás de ella, y poco más y echa a correr cuando la seguí hasta el coche.

Se dio media vuelta, furiosa.

—¿Qué es lo que quiere? ¿Por qué está siguiéndome?

No me había reconocido, ¿sabéis? Lizzy, en cambio, me habría reconocido al momento.

—¿Qué tal es hacer de Lizzy? —le pregunté, y añadí—: Tonya.

Me fulminó con la mirada, inundada del mismo odio que había visto en ella cuando vivía en el centro de acogida.

—No se me acerque ni muerta —bufó, y subió al coche.

—¿Qué le hiciste, Tonya? —insistí adelantándome un paso más.

Pero pisó a fondo el acelerador y casi me atropella al salir con el coche.

Yo no había ido hasta allí buscando venganza, dinero ni chantajes. Yo solo quería una cosa: la verdad. Quería saber qué le había pasado a Lizzy.

Me dediqué a seguir a Tonya, a esa farsante. No me preguntéis cómo una ancianita como yo fue capaz de hacerlo. Yo cazo y me he echado a la cara presas más complicadas que ella.

Cerca de su casa había un lago, en un pequeño parque

municipal con senderos para pasear. Ella iba allí todos los días a andar y se dedicaba a parlotear por el móvil casi todo el tiempo.

Una mañana de aquella misma semana, ahí estaba otra vez, por uno de los senderos que se adentraban en el bosque. Aparqué la camioneta en el arcén, cogí la escopeta y la seguí.

A veces solo hace falta un sustito para conseguir la verdad.

Me vio llegar. Yo no intenté esconderme, iba andando unos diez metros por detrás de ella, con la escopeta al costado. Me daba igual que me viera alguien. Yo no pensaba hacerle nada, solo quería que habláramos.

Pero esa mañana no había ni un alma en el bosque.

—¿Qué quieres, vieja bruja? —chilló.

Se detuvo entonces y se volvió, con los brazos en jarras, como si estuviera posando para una foto. Me miró con el mentón hacia arriba, envalentonada. Las gafas de sol, que le tapaban media cara, ocultaban la maldad de sus ojos.

Le conté quién era yo, le conté lo que sabía.

—¿Qué le hiciste a Lizzy, Tonya?

Se rio.

—Lárgate ya, vieja bruja. ¿Qué te creías, que podías venir aquí y obligarme a contarte historias disparatadas?

—No, solo la verdad, Tonya.

Torció la boca en una mueca burlona.

—¿Quieres dinero? Pues no lo vas a conseguir. Eso... —dijo señalando la escopeta— no te va a servir de nada. En cuanto dispares, esto se llenará de deportistas mañaneros e irás a la cárcel. Así que aparta tu culo gordo de mi vista.

Yo quería que admitiera lo que le había hecho a Lizzy, fuera lo que fuese.

Pero se rio en mi cara y entonces empuñé la escopeta.

—Me lo vas a decir, Tonya.

La apunté y me fui acercando; no hay nada de malo en darle un pequeño susto a alguien, y a esa mujer no le iba a venir nada mal un poco de intimidación.

Ella siguió riendo, como el diablo que era. Y tampoco se quitó las dichosas gafas de sol en todo ese tiempo.

—Uuuh, qué miedooo... —dijo riéndose y blandiendo los dedos en el aire.

¿Una sociópata? No lo creo. Están los sociópatas y luego está Tonya. Ella era otra cosa: era la maldad encarnada.

Siguió riéndose mientras retrocedía, todavía con el cañón de la escopeta apuntándola. Soltó todo tipo de improperios y de hiel por la boca cuando le hundí ligeramente la escopeta en el pecho.

La verdad es que yo solo quería asustarla. Tonya se lo buscó ella solita.

Se escurrió y se cayó para atrás.

Los caminos de la vida son inescrutables.

Lizzy escribió en su libro que el castigo es blanco y la venganza es roja.

La mía sonó a la crisma de Tonya partiéndose contra una roca. No volvió a levantarse.

¿Y sabéis qué? Que no me siento mal. Así funciona la justicia.

Mentiras, mentiras y, luego, venganza, ¿no era eso?

EPÍLOGO

WALLACE KING

—Madre mía.

Resoplo ante el periódico abierto que tengo en las manos y luego me quito el porro de la boca y le doy un trago a la Budweiser.

Mi yate de pesca cabecea ligeramente con las olas. Las aguas turquesas de Cayo Hueso reflejan el luminoso sol de la mañana. Esto es el paraíso.

Aplasto la lata vacía, la tiro a un lado y saco otra de la nevera.

Esto es vida, colega. Después volveré al puerto, iré al bar del pueblo, me comeré unas ostras y me tomaré unas copas. Con suerte, me ligaré a alguna guiri y me la llevaré al catre. Siempre se ponen más contentas cuando ven mi casa.

Me lo merezco después de quince años a la sombra.

Una lástima lo de Tonya. Esa mujer, colega, era la leche. Y, además, hacía unas mamadas de diez.

Le doy otro trago a la cerveza, con el titular todavía resonándome en la cabeza. Cuando llevo media lata bebida, vuelvo a leerlo:

GENIOS CRIMINALES: BEN Y EVELYN CASPER
Madre e hijo cómplices en suplantación de identidad, secuestro, fraude y enriquecimiento ilegítimo entre los numerosos cargos que se les imputan en el juicio del siglo.

Hay muchos palabros altisonantes en ese texto, pero el caso es que Benny se va a pudrir en la cárcel. El muy capullo se lo ha ganado a pulso.

Escupo por la borda y apuro la cerveza.

Nunca comprendí qué veía Tonya en él. Cuando llegó a Old Bow, ligó conmigo en un bar.

Yo estuve con ella primero, que conste.

Una sonrisa bonita, gran delantera, mejor culo si cabe. Y descarada. Esa chica tenía chispa, os lo digo. No se conoce a tías así todos los días. Y menos en Old Bow.

Tonya Shaffer, la hostia...

Ni media hora después de entrar por la puerta, ya tenía su bonito culo aposentado encima de mí. A las pocas horas estaba en mi casa, haciéndose unas rayas y bebiendo cerveza como una campeona. No me importaba compartir mi alijo con una tía buena como ella.

Volvió al día siguiente, más caliente que el pico de una plancha. Le conté que mi tío era el dueño del edificio, que yo no pagaba alquiler porque hacía de portero. Pero cuando empezó a preguntar por Lizzy, mi vecina de al lado, supe que Tonya había venido al pueblo con segundas intenciones.

A mí me la soplaba. Quiso que le diera una copia de la llave del piso de Lizzy. ¿Ilegal? Sí, pero ¿quién se iba a dar cuenta, es o no? Lo que yo te diga, era un polvo de primera. Valía la pena.

Luego me enteré de que andaba tonteando con el capullo de Ben. Eso me cabreó. Pero Tonya me explicó que él le debía dinero. Que tenía que seguir en buenos tratos con él. Así que se escabullía para venir a verme y nos asegurábamos de que Lizzy y Ben no supieran que Tonya los tenía vigilados.

Chica lista, Tonya.

No me cosqué de nada hasta un año después, justo antes de que me metieran en el trullo por vender farlopa y todo lo que pillaba.

La última vez que vi a Tonya, la pillé queriendo entrar a hurtadillas en el piso de Lizzy. Echamos un polvo de despedida. Así me lo planteé yo. Dos días después, di con los huesos en la cárcel. Pero ese día, cuando me dijo que la esperara un rato y se metió en el baño, mangué un cuaderno de cuero muy elegante que había en la barra de la cocina. Resultó que era de Lizzy.

En su momento no le di importancia, la verdad. Siempre podía devolverlo cuando no hubiera nadie, me dije. Total, llevaba días sin ver a Lizzy, que además estaba a punto de parir.

Pero ¿ese cuaderno? Me cambió la vida.

Era el diario de Lizzy, y leyéndolo me enteré de que nuestra querida mosquita muerta estaba a punto de conseguir un contrato de edición. Aparte, todo apuntaba a que se le estaba empezando a ir la olla.

¿Y Tonya? Resultó que tonteaba con Benny más de lo que yo creía.

En fin, las cosas...

Al principio me cabreé, pero luego lo comprendí: Tonya no iba solo detrás de un puñado de dinero. No, lo suyo era una carrera de fondo.

Lo dicho, una chica lista.

Dos días después los polis me tiraron la puerta abajo. Algún chivato debió de venderme. Quince años entre rejas por eso. Ojalá supiera quién me vendió. Le partiría los huesos uno por uno.

La biblioteca de la cárcel no es que fuera la biblioteca del Senado, o el sitio ese grande que siempre sale en la tele. Pero recibe donaciones. Yo casi siempre me quedaba con las revistas, sobre todo por las fotos.

Mentiras, mentiras y venganza. En cuanto vi el libro en la estantería, me sonó de algo. Tonto no soy. Me vino entonces: el diario de Lizzy, ahí había visto ese título.

¿Y quién estaba mirándome desde la sobrecubierta del libro? Mi Tonya, joder, toda maqueada, intentando hacerse pasar por la mosquita muerta. Ella era de todo menos una mosquita muerta, pero me tuve que reír como un pirado con la foto. La recorté y todo y la colgué encima de la cama. Muy a mano, para que me entendáis...

Empecé a buscar artículos sobre ella en todos los periódicos que pillaba. Luego salió otro libro. Joder, cuando estás en el trullo lo único que tienes es tiempo, así que me lo leí. Aunque me costó lo suyo, me los leí todos. El tercero era más rarito, pero aun así se vendió muy bien. Tonya estaba forrándose mientras yo me pudría en mi celda.

Después de quince años preso, nada, salgo, más tieso que la leche, y todas mis cosas metidas en cajas en el trastero de mi tío, que es un santo varón.

¿Y qué hice? Cogí el diario de Lizzy y me fui directo para la Costa Este.

De la Costa Este os voy a decir una cosa: mucho lirili y poco lerele. ¿Tonya, en cambio? (Perdón, Elizabeth Casper). Estaba para mojar pan: treinta y tantos y con el cuerpo de una veinteañera. ¿Y su supuesta hija? Ni siquiera era de ella. Yo sabía perfectamente de dónde había salido esa esmirriada.

Tonya intentó pasarse de lista y la primera vez que me vio se hizo la sueca conmigo. Pero tuve que refrescarle la memoria, recordarle que nos conocíamos desde hacía mil, y que a Lizzy también la conocía yo muy bien, y desde luego ella no era Lizzy.

—¿Qué es lo que quieres, Kurtco?

¿Lo veis? Recobró la memoria de golpe.

Ese apodo nunca me gustó. En la cárcel me llamaban por mi apellido, Kingman, mucho más regio.

Cuando se lo dije a Tonya, se rio. Ya sabía yo que se iba a descojonar.

Yo lo que quería era que se escapara conmigo, como me prometió en su momento. Pero yo no tenía nada y ella lo tenía todo, el casoplón, las criadas, los coches. Así que le dije que la lealtad no era barata. Le comenté lo del diario.

—Embustero —me soltó.

Y eso me dolió, pero, como digo, no soy tonto. Le puse las cosas claras:

—Escribió dos libros mientras estaba embarazada. Yo sé de qué van los libros, que si el incendio del granero, que si tu viejo amor del centro de acogida, tus devaneos con Benny.

—Estás mintiendo. ¿De dónde ibas a sacar tú el diario?

—¿Te acuerdas del último polvo que echamos en el piso de Lizzy? Pues lo mangué de la encimera, por pura diversión. Lo fliparías con lo que pone dentro.

—¿Qué pone?

Sonreí de medio lado.

—Más quisieras tú saberlo. Lo tengo en un sitio seguro, así que no intentes ninguna tontería.

—Dame tiempo. Dos días.

A los dos días quedamos en su casa, una mansión, por supuesto. Había una vieja allí.

—¿Quién es esta? —pregunté.

La Cruella de Vil esa estaba mirándome como si acabara de salir de la cárcel. Cosa que era cierta.

—Soy la madre de Ben —me dijo la vieja, muy digna ella.

Resultó que aquella arpía era la más espabilada de la habitación. También llevaba en el ajo desde el principio.

De locos, ¿verdad?

No me enteré hasta tiempo después, cuando me dedicaba a follar con Tonya aquí en mi yate en Cayo Hueso, el primero que me compré con su dinero. Me contó que la primera noche que llegaron a la Costa Este los tres, Ben, la cría y ella, la muy bruja la sentó y le dijo directamente: «Yo no soy tonta y tú no eres tan lista. Quiero saber quién eres y dónde está la verdadera Elizabeth Dunn».

—¿Dónde está Lizzy? —le pregunté yo entonces a Tonya.

Pero no quiso decírmelo nunca.

En su momento me imaginé que Benny y ella le habían hecho alguna jugarreta a la chica y la habían mandado a paseo. Cuando le conté a Tonya mi teoría, se rio sin más, se la sudaban mis preguntas. Ella sabía que yo cumpliría mi parte. Está claro que sé guardar secretos. Soy un hombre sencillo. Yo lo único que quería era una casa en los

Cayos, un barco apañado y tener la vida resuelta. ¿Es mucho pedir?

Tonya intentó romper conmigo varias veces, pero yo no pensaba soltarla. Era mi gallina de los huevos de oro. ¿Y Benny? Por lo visto, follaba de pena, me lo dijo ella. Yo, en cambio, la tenía contenta. Siempre volvía a por más.

Así que ese era el trato que tenía con la vieja bruja y con ella. El dinero más fácil que he conseguido en mi vida. Me daban mi parte por tener el pico cerrado. Cada seis meses, como un reloj.

Pero entonces la palmó.

Lo primero que pensé es que Benny se la habría jugado. Él, claro está, sabía lo de Tonya conmigo. Pero no daba la talla como asesino. Demasiado pusilánime. ¿Su madre, en cambio? Harina de otro costal.

Fui a hablar con Benny, ¿y sabéis qué me dijo?

—Ya está. Se te acabó el chollo.

—Hum, no lo creo. Tú llevas años exprimiendo este negocio redondo. Yo habré llegado tarde a la fiesta, pero ¿y si sigues con el trato y te callas la boca?

Se rio, el muy capullo. No debería haberlo hecho. En cuanto me dijo que yo era escoria, supe que iba a joderle la vida.

—No te acerques ni a mí ni a mi hija, ¿me entiendes? —me ordenó. ¡Ordenó! ¿Os lo podéis creer?

¿Cuál es la mejor forma de destrozarle la vida a alguien? Sacar sus secretos a la luz.

Yo no soy rico, pero exprimí a Tonya todo lo que quise. Benny, en cambio, estaba acabando con mi paciencia.

Así que de vuelta al diario de Lizzy.

Le mandé un par de páginas a la hija. «Voy a ponerla

un poco de los nervios y luego voy viendo», me dije. Pero Benny me amenazó con cortarme el grifo para siempre y entonces puse toda la carne en el asador.

Cuando vivía en Old Bow era camello. Cuando estás metido en ese mundo, aprendes a estar pendiente de todo lo que pasa.

Una mañana muy temprano, al poco de amanecer, estaba yo volviendo de una venta. No había ni un alma por las calles. Pero ¿a quién me encuentro en el portal? A la entrañable Lizzy, muy despeinada y con cara de culpabilidad, con un tío al lado. Sé reconocer un devaneo cuando lo veo. Él se inclinó para besarla y ella pegó un bote hacia atrás y miró alrededor como si hubiera robado un banco.

—Ha sido un error —masculló—. Por favor, no se lo digas a Ben.

Yo como si no hubiera oído nada. Pero el día que mangué el diario y leí todo el culebrón, supe a qué se refería ella en la última página. La entrañable Lizzy le puso los cuernos a Benny y el muy tonto ni se coscó de que no era el verdadero padre de la cría.

En fin. Eso son cosas para el canal Lifetime. Pero la venganza es la venganza, ¿no? Eso es lo que escribió Lizzy en sus libros.

Así que, cuando Benny me mandó a la mierda, con Tonya ya bajo tierra, nada me impedía hacerle la vida un infierno. Solo tenía que andarme con cuidado para no salir yo escaldado.

¿Alguna vez habéis jugado a la veintiuna? ¿Sabéis qué es lo mejor? Que podéis buscar el patrón e intentar ver cómo se gana. Eso es lo que quería que hiciera esa chica, Mackenzie. Le mandé las primeras páginas del diario de su madre, la de verdad, me refiero. Y luego unas cuantas más...

Porque, si la chica sabía leer entre líneas, pillaría de qué iba la película y seguiría investigando. Y eso es lo que hizo; de hecho resultó ser más lista de lo que yo había pensado. De Lizzy desde luego no lo ha sacado.

Ahora que lo pienso no sé qué tiene que ver todo esto con la veintiuna.

Lo mismo da.

Cuando tuvo todas las piezas, no sé cómo, pero encontró a su madre. Todo este follón ha estallado mientras yo estoy aquí en mi barco en Cayo Hueso viendo el telediario, brindando por Tonya en el cielo (¡tu fan número 1, nena!) y por Lizzy en su manicomio o donde esté (bendita sea), y riéndome de Benny (que se pudra en la cárcel). Si hubiera sabido que tenían a Lizzy escondida, habría pedido más pasta. Pero las cosas no salieron así.

Por si eran un poco lentos —la chica gótica y el tal John, el que se lo había montado con Lizzy en Old Bow—, les mandé otra página del diario en Acción de Gracias. Una sorpresita por ser fiesta y eso.

Así que ahora Benny está en la mierda total.

Ah, ¿y la mamaíta de Benny? Espero que a la muy bruja le vaya la marcha carcelaria.

¡A mi salud!